KB272735

黄金人形

황금인형 6

장경 新무협 판타지 소설

초판 1쇄 찍은 날 § 2004년 2월 23일
초판 1쇄 펴낸 날 § 2004년 3월 3일

지은이 § 장경
펴낸이 § 서경석

편집장 § 문혜영
편집책임 § 장상수
편집 § 서지현
마케팅 § 정필 · 강양원 · 이선구 · 김규진 · 홍현경

펴낸곳 § 도서출판 청어람
등록번호 § 제1081-1-89호
등록일자 § 1999. 5. 31
어람번호 § 제2-0338호

주소 § 경기도 부천시 원미구 심곡1동 350-1 남성B/D 3F (우) 420-011
전화 § 032-656-4452 팩스 § 032-656-4453
http://www.chungeoram.com
E-mail § eoram99@chollian.net

ⓒ 장경, 2003

값 8,000원

ISBN 89-5831-013-8 04810
ISBN 89-5505-794-6 (SET)

장경 新무협 판타지 소설

黃金人形

황금인형

6
완결

도서출판
청어람

6권

黄金人形

알 수 없구나, 사람의 일

1

애릉현에서 서쪽으로 구십 리가량 가면 녹구진(綠口鎭)이라는 곳이 나온다. 녹수(綠水)와 상강(湘江)이 합쳐지는 물길의 요지라 예로부터 번성했다.

나루가 사람들의 발길로 서서히 분주해지기 시작하려는 때였다. 한 척의 배가 느릿하게 녹구진에 모습을 드러냈다.

배는 마치 죽은 자들이 움직이는 유령선과 같았다. 뱃전에 사람의 그림자 하나 보이지 않았다. 배가 나루에 접안을 하려는 순간이 되자 비로소 사람들의 그림자가 비쳤다.

흰 장포에 이마에는 붉은 띠, 허리에 칼을 찬 수십 명의 젊은 도객들이었다. 배가 나루에 이물을 걸치자 그들은 몸을 날려 나루에 도열했다.

젊은 도객들에 뒤이어 배에서 내린 자들은 붉은 띠 대신 이마에 영웅건을 두른 다섯 명의 청년들이었다. 그들은 칼이 아닌 검을 차고 있었다.

청년들을 싣고 왔던 배들은 올 때와 마찬가지로 소리없이 뱃머리를 틀었다.

다섯 명의 청년은 나루를 걸어갔다. 수십 명의 도객들이 그 뒤를 따랐다.

도검으로 무장한 젊은 청년들! 표정없는 얼굴에 말 한마디 없었다.

나루를 서성거리던 자들은 청년들의 예사롭지 않은 분위기에 주춤주춤 엉덩이를 뺐다.

기가 죽기는 녹구진을 지키는 진병(鎭兵)들도 마찬가지였다. 그들은 청년들의 신분을 확인하기 위해 마지못한 표정으로 다가왔다.

창을 엇대어 길을 막고 통행증을 확인하려는 그 순간, 도객들의 칼이 일제히 칼집을 떠났다.

"크악!"

"악!"

처량한 비명.

목 없는 병졸들의 시신이 강물을 붉게 물들였다.

한참 전장을 비켜난, 시절 소일하기에 딱 좋은 곳에 배치를 받아 하루를 히히덕거리며 지내던 진병들이 동료들의 비명에 놀라 우르르 달려나왔다.

도객들의 칼이 다시 빛을 뿌렸다.

진병들은 도객들의 상대가 전혀 되지 못했다. 그들 역시 앞선 자들을 따라 목 없는 귀신이 되어야 했다.

벌건 대낮에 군병들을 참살하고도 도객들은 표정 변화 하나 없었다.

훌쩍 앞서 가고 있는 다섯 명의 청년 검객을 묵묵히 뒤쫓았다.

그들은 사람 웅성거리는 시장을 지나 서북쪽으로 향했다. 안덕산(安德山)이라는 작은 산 아래에 자리 잡은 문파, 금검문(金劍門)!

그들이 향하는 곳이었다.

금검문은 녹구진 일대를 그 세력권으로 몇십 년 흔들림없이 자리를 지켜온 문파다.

문주는 형산파 출신인 여욱(呂昱)이라는 자로 호남십절(湖南十絶) 가운데 하나인 검영십팔류(劍影十八流)의 창시자다.

형산파의 든든한 후광, 녹구진을 중심으로 녹수와 상수 일대에 단단히 쌓아온 상권으로 금검문은 명멸을 거듭하는 여타 중소방파들과 달리 그 위세가 부동으로 높았다.

금검문은 언제나 사람들의 발길로 번잡하다. 그런데 오늘은 달랐다. 싸늘한 침묵 속에 창칼만이 번쩍일 뿐이었다.

군졸을 죽이고도 젊은 도객들은 주위의 시선에 전혀 아랑곳하지 않았다. 보란 듯 금검문을 향해 오고 있었으므로 금검문의 전 문도들은 초긴장 상태에서 그들을 기다리고 있었다.

모든 일을 아들들에게 맡겨 평소에는 잘 모습을 드러내지 않는 금검문주 여욱조차 모습을 보였다.

여욱을 비롯한 금검문의 문도들이 곧 불어닥칠 혈풍(血風)을 걱정하며 잔뜩 찌푸린 인상으로 앞을 바라보고 있을 때였다.

오 인의 젊은 검객을 선두로 도객들이 금검문에 나타났다.

도객들은 오 인의 검객을 중심으로 좌우로 흩어지며 금검문을 에워쌌다.

"네놈들은 누구냐?"

고함을 지르는 자는 여욱의 둘째 아들. 그는 칼을 세우고 도객들을 향해 달려들려 했다.

여욱이 둘째를 잡았다. 그는 느끼고 있었다, 오 인의 검객을 비롯한 도객들의 실력을. 여자와 아이들은 피난하게 하는 것이 옳았는데… 그러나 이미 위험은 목전에 닿은 것!

피할 수 없는 일전을 각오하며 여욱은 깊은숨을 들이쉬었다. 그가 문도들을 헤치며 앞으로 나갔다.

"어디서 온 분들이신가?"

여욱의 물음에 오 인의 청년 검객 중 가운데 청년이 싱긋 웃으며 말했다.

"마교."

여욱을 비롯한 금검문 문도들의 표정이 창백하게 굳었다.

집정대사도가 구걸왕에게 선전포고를 한 후 마교의 공격은 계속되고 있었다. 그 대부분이 한적한 곳에 위치한 작은 문파들이다. 사람 이목 번잡한 곳, 진을 지키는 병사들이 있는 곳까진 아직 마수(魔手)를 뻗치지 않았다. 금검문은 중소방파 중에서도 크다면 크다고도 할 수 있는 곳이었기에 마교도들의 내습을 크게 걱정하지 않고 있었는데…

"쳐라!"

마교라는 소리에 여욱의 큰아들이 반사적으로 고함을 질렀다.

그 말이 떨어지자 먼저 움직인 자들은 마교의 검객들과 도객들이었다.

도객들은 쾌도무비로 금검문을 침습했고 다섯 명의 검객들은 곧바로 여욱을 덮쳤다.

여욱의 아들들이 급히 여욱을 구원했다. 하지만 마교검객들의 검은 그들이 상대하기에 너무 벅찼다.

검이 몇 번 빛을 발하자 피분수가 하늘을 가리며 치솟았다. 여욱의 아들들의 피였다.

검객들이 가슴을 움켜쥐고 쓰러지는 여욱의 아들들을 한 번 더 쳤다. 여욱의 아들들은 제대로 된 저항 한 번 못하고 목 없는 귀신으로 사라졌다.

여욱의 눈에 불길이 타올랐다.

"죽어라!"

살기 가득한 검화(劍花)가 피어올랐다. 여욱을 호남십절로 이끈 검영십팔류였다.

마교검객들 중 한 명이 여욱을 상대했다. 그가 검광을 뿌리는 사이 나머지 검객들이 여욱 주변의 자들을 장작 쪼개듯 쪼개며 여욱을 에워쌌다.

그들의 검이 여욱을 향해 일제히 날아갔다. 천지간에는 온통 검의 그림자뿐!

마교의 검객들이 펼친 것은 오행검진(五行劍陣)을 개량한 번천오행검진(翻天五行劍陣)으로 여욱이 도저히 막아낼 수 없는 것이었다. 일 대 일로 겨루어도 이기기 쉽지 않을 상대인데 검진까지 펼쳤으니…

여욱의 몸이 거세게 흔들렸다. 다섯 자루의 검이 동시에 그의 몸을 꿰뚫고 있었다.

검객들이 교묘하게 검을 틀어 여욱의 몸에서 검을 뺐다. 여욱의 몸이 고깃덩이가 되어 떨어졌다.

여욱을 가볍게 해치운 후 검객들은 금검문으로 들어섰다.

금검문은 이미 아수라장이었다. 도객들에 의한 일방적인 도살! 금검문 최후의 날이었다.

가끔 들리던 비명도 더 이상 들리지 않았다. 금검문엔 싸늘한 침묵만 흘렀다.

여기저기 사람들의 그림자는 보였으나 그들의 대부분은 마교의 도객들과 금검문의 여자들이었다.

그들 아닌 자들은 이제 모두 주검으로 누워 있었다.

집정대사도는 강호인들이 '마교' 그 이름만 들어도 공포에 떨도록 복수혈맹원들에게 잔혹한 복수전을 명했다. 해서 '마교' 그 깃발이 지나는 곳엔 모든 것이 잿더미가 되었다. 그러나 아이와 여자들에게는 손을 대지 않았다. 그런데 금검문에서는 달랐다. 금검문에 몰아친 혈풍은 치 떨리게 가혹했다.

금검문의 본전 앞에는 네 명의 여자가 아이들을 껴안은 채 두려운 눈빛으로 앉아 있었다. 이미 명을 달리한 여욱의 마누라와 며느리들이었다.

두 명의 젊은 도객이 그들 곁으로 다가갔다. 그중 한 명은 여욱의 마누라와 큰며느리의 몸에 칼을 꽂았고 다른 한 명은 아이들을 강제로 뺏어 내동댕이쳤다. 그리고 남은 며느리들을 각자 꿰어차고 어디론가 사라졌다.

후원에는 십여 명의 도객들이 이십여 명의 여인들을 에워싼 채 술을 마시고 있었다. 그들의 칼 역시 인정이 없기는 마찬가지였다. 울부짖거나 하는 여인이 있으면 단칼에 목을 날렸다.

별채의 꽃같이 고운 두 명의 아가씨는 여욱의 딸이다. 그녀들은 세 명의 도객을 상대로 나신을 퍼득거리고 있었다.

학살과 강간!

젊은 도객들은 표정 변화 하나 없이 태연히 금검문을 휘젓고 있었다.

칼 부딪치는 소리, 여자들의 자지러지는 비명이 한동안 시끄럽게 울려 퍼졌지만 그 누구도 감히 금검문에 발을 들이지 못했다. 모두 목을 움츠린 채 금검문의 참변을 지켜만 볼 뿐이었다.

오로지 한 사람만이 금검문에 발을 들였다. 얼굴 여기저기에 저승꽃, 하얗게 센 눈썹, 나이를 짐작하기 힘든 늙은이였다. 그는 본전 앞에 서서 금검문에서 일어나는 모든 일을 지켜보고 있었다.

젊은 도객 한 명이 의자를 가져와 늙은이의 뒤에 놓았다.

대청에도 의자 하나가 놓여졌다. 곧 이어 그 의자에 앉을 사람이 나타났다. 금검문에 부는 혈풍과는 전혀 상관없을, 문사복 차림에 속눈썹 길게 늘어진 단아한 인상의 중년인이었다. 그는 다섯 명의 검객들의 호위 속에 의자에 앉았다.

본전 앞에 선 늙은이의 눈썹이 꿈틀 일어났다. 중년인은 그가 어릴 때부터 보아왔던 자였다. 집정대사도!

젊은 도객들은 집정대사도가 사조직으로 키운 유인들이다. 집정대사도 뒤에 선 다섯 명의 검객들은 유인들 중에서 가장 실력이 뛰어나다는 오룡.

같이 복수를 이야기하지만 집정대사도가 키운 방법에 따라 파천결과 유인들은 복수의 방법이 달랐다.

파천결은 칼을 듦에 최소한의 명분은 이야기한다. 그러나 유인들은 아니었다. 그들에게 존재하는 것은 집정대사도에 대한 절대충성, 집정대사도의 명뿐이었다.

배에서 내리기 전 유인들은 복수를 다지며 향을 사르고 술을 마셨다. 중요한 명이 떨어질 때마다 치르는 의식으로 향은 분혼향(焚魂香), 술은 쇄정주(碎精酒)다. 이지를 마비시키는 기운을 가졌으므로 유인들은 더욱 잔인해질 수 있었다.

분혼향과 쇄정주가 사람이 가져야 할 심성을 없앤다는 것을 유인들은 안다. 그럼에도 그들은 향을 피우고 술을 마셨다.

파천결과 또 다른 점이다. 파천결은 자신의 몸을 불사르는 것으로 복수를 이야기하고 유인들은 자신의 이지를 불사르는 것으로 복수를 이야기한다는 것!

복수를 핑계로 유인들을 피도 눈물도 없는 마물(魔物)로 키운 자, 집정대사도는 잠시 창천을 우러렀다. 그가 무심한 눈빛으로 늙은이를 바라보며 입을 열었다.

"먼 길을 오시라고 했습니다. 원로에 노고가 많으셨을 텐데 자리에 앉으시지요."

늙은이는 자리에 앉지 않았다. 무거운 침묵으로 자리를 지켰다.

세월의 풍상은 눈두덩이에도 걸쳐 쳐진 주름으로 그의 눈은 잘 보이지도 않았다. 얼굴도 잿빛으로 굳어 그는 석상처럼 그 어떤 희로애락도 표현하지 못했다. 가늘게 떨리는 눈꼬리만이 지금 그의 감정을 표현해 줄 뿐이었다.

"보기에 좋은 장면이 아니었습니까? 그러나 전주(殿主), 그들 또한 우리를 이렇게 대했습니다."

집정대사도가 말했다.

늙은이는 주름으로 덮여 거의 보이지 않던 눈을 번쩍 떴다.

"상옥(翔玉), 이놈!"

곧 죽을 늙은이의 목소리라고는 전혀 생각할 수 없는, 전각을 뒤흔
드는 천둥 같은 고함이었다.

집정대사도는 눈썹 사이에 살짝 주름을 그리며 등받이에 몸을 기댔
다. 상옥은 그의 이름이다.

"전주께서도 화를 낼 줄 아는 분이셨군요. 두 차례 토벌전 때도 교
주께서 분사할 때도 화를 내지 않아 저는 제성전의 전주는 희로애락을
모르는 백치이거나 나무로 만든 목각 인형인 줄 알았습니다."

그가 실소를 흘렸다.

제성전! 교의 제의와 교의를 담당하는 자. 집정대사도를 대하고 있
는 늙은이가 바로 제성전의 전주였다.

집정대사도의 말에 제성전주는 입 언저리까지 떨었다. 그가 손을 들
었다. 그의 손이 불덩이처럼 달아올랐다. 강호인들에게 가장 잘 알려
진 마교의 절학 중 하나인 삼양장!

삼양장의 후끈한 열기가 코앞까지 느껴졌지만 집정대사도는 전혀
표정의 변화를 보이지 않았다. 묘한 미소로 제성전주를 바라볼 뿐이었
다.

제성전주는 눈을 감으며 입술을 깨물었다. 그가 공력을 풀고 손을
내렸다.

"나를 부른 이유가 무엇이냐?"

"전주께 보여주고 싶었습니다, 내가 얼마만큼 변했는가를. 많이 변
한 것 같습니까?"

대답할 가치도 없는 말이라 생각했는지 제성전주는 아무 말도 않았
다.

"많이 변했다고 생각하고 계시겠지요. 내가 이곳까지 전주를 부른

이유는… 바로 그 사실을 확인시켜 드리고 싶었기 때문입니다."

제성전주는 참담한 표정으로 하늘을 우러렀다.

"상옥 이놈… 하늘이 두렵지 않느냐? 교주의 영령이 네놈을 지켜보고 있다."

"하늘? 난 처음부터 하늘의 의지 같은 건 믿지 않았소. 믿은 것은 내 의지뿐! 하늘로부터 자유롭지 못했는데 어찌 예전의, 지금의 집정대사도가 있었을까."

"네놈에게 교는 역시 네놈의 야욕을 실현시킬 도구 이상은 아니었구나!"

집정대사도는 눈살을 찌푸렸다.

"전주, 너무 박정하게 말씀하지 마십시오. 한때 나도 교를 아낀 적이 있었소. 교주가 살아 있을 때… 내가 교주를 얼마나 따랐는가 하는 것에 대해서는 의심하지 말아주시오. 교주께서 돌아가시지 않았다면… 전주, 나는 여전히 교주의 한쪽 팔로 집정대사도로서의 임무를 수행하고 있었을 것이오."

"참으로 미친놈이구나! 네놈이 지금 하고 있는 짓거리를 보라! 감히 교주를 따랐다는 말이 나오느냐!"

교주 이야기가 나오자 다시 흥분이 되는지 제성전주는 눈꼬리를 떨었다.

"전주에겐 그 세상이 전혀 달라 보이지 않았을지 모르지만 내겐 달라 보였소. 교주가 있는 세상과 없는 세상… 그런 것을 보면 난 정말 교주를 좋아했던 게 분명했소."

"네놈은……."

제성전주는 기가 막혀 말도 제대로 하지 못했다.

"그렇소! 니는 이렇게 변했소!"

집정대사도가 자리에서 벌떡 일어났다. 그가 허리에 찬 칼을 들어 앞으로 내밀었다. 교주를 상징하는 신물, 신장도!

"전주, 대성회가 얼마 남지 않았소. 교권의 향방이 결정 나겠지. 전주께서는 누구의 편을 들어주시겠소? 소교주? 아마 맞겠지. 중립을 가장하고 계시지만 전주께서 소교주를 후원함은 천하가 다 아는 일 아니오."

"그렇다! 이제껏 속내를 밝히지 않았지만 이제 당당히 밝힐 것이다! 절대 교권을 네놈에게 줄 수 없음을!"

제성전주의 가장 큰 임무는 무엇인가. 교의, 제의를 밝히는 것 이상으로 중요한 일이 교의 영속성(永續性)을 다지는 것. 따라서 제성전주는 교의 다양한 이견을 대해(大海)와 같이 안아내야 했다.

때문에 집정대사도, 복수혈맹에 대해 이제껏 침묵했었다. 그런데 그 침묵도 한계에 달했다. 이해해 줄 수 있는 한도를 벗어나 버린 것이다.

"그렇게 말씀하실 줄 알았습니다. 그래서 내가 전주를 이 자리에 불렀소. 전주, 만약 내가 대성회에서… 교권 장악에 실패한다면 어떻게 할 것 같소?"

제성전주의 표정이 굳어졌다.

"맞소. 생각하신 그대로입니다. 나는 그들이 우리에게 붙여준 이름 '마교' 그 이름으로 오늘 이곳 금검문에서 벌인 그 이상의 살육을 세상 모든 놈들에게 돌려줄 것입니다."

제성전주의 손끝이 파르르 떨렸다. 그의 손이 삼양장으로 다시 불타고 있었다. 예측대로 집정대사도가 생각하고 있는 것은 옥석구분에 이전투구!

강호인들은 잘 모른다, 자신들의 교가 서로 다른 생각을 가진 서로 다른 파로 나뉘어져 있음을. 때문에 집정대사도가 저지른 일에 대한 책임은 모두에게 돌아올 것이다.

설혹 서로 다른 파로 나뉘어져 있음을 강호인들이 안다고 하더라도 악영향이 너무 크다. 교에 대한 오랜 역사적 편견이 더해 지금 그렇지 않은 자들도 언젠가는 집정대사도처럼 야수의 이빨을 드러내리라 생각할 것이 틀림없었다.

복수를 외치는 목소리 큰 강호인들에 의해 당하기 전에 먼저 선공(先攻)으로 마교를 멸하자는 소리까지 나오리라. 세상과의 화해는 물 건너간 이야기가 된다는 뜻이다.

"전주, 아시는 것처럼 내겐 세상을 뒤집어엎을 힘이 조금 있소. 천조단에 만병(蠻兵)……."

만병에 대해 알고 있는 사람은 아직 제성전주가 유일하다. 일전에 집정대사도는 자신의 힘을 과시할 생각으로 제성전주에게 은밀히 말했다.

일차 토벌전 이후 강호인들의 눈을 피해 달아난 곳이 남만(南蠻). 그곳 밀림의 오지에서 집정대사도는 밀림의 법칙인 강자생존 그대로 살아가는, 식인(食人)까지 서슴지 않는 야만의 부족을 만났고 무공과 잔술수로 그들을 굴복시켜 신과 같은 지위에 올랐음을. 연후 그는 그 남만의 부족을 선동, 여러 부족들을 병탄해 이제 꽤 많은 남만병을 거느리게 되었다고 했다.

복수혈맹이 가끔 선보이는 독과 독충들은 바로 그곳 남만의 부족들에게서 조달된 것이었다.

"아무리 못해도 사서(史書)에 변란(變亂) 정도로는 기록될 난을 일으킬 수는 있소. 하지만 너 역시 우리 교가 세상 사람들의 증오의 대상이 되기를 원치 않으니… 전주, 나는 우리 교가 순리대로 가기를 바랍니다.”

신장도를 거두며 집정대사도는 자리에 앉았다.

“순리라 하면 교의 교권이 네놈에게 돌아가야 함을 말하는 게냐?”

“내가 교를 위해 일할 수 있는 방법이 교권을 쥐는 것 외엔 다른 방법이 없군요. 교권을 쥐지 못한다면… 각자는 각자의 길로 가야겠지요.”

제성전주는 노안을 꿈틀거렸다. 잠시 침묵하던 그가 광소를 터뜨렸다.

“껄껄껄! 껄껄껄껄!”

귀가 아플 정도의 카랑카랑한 웃음이었다.

갑작스러운 제성전주의 광소에 집정대사도는 미간을 좁혔다.

“상옥아, 상옥아, 네 행동이 너무도 궁벽하구나. 그렇게 두렵더냐?”

“무슨 말씀을 하시는 겁니까?”

“보라, 지금 네가 하는 꼴을. 그야말로 네놈에게 딱 어울리는 잔머리 굴리는 하류배의 모습이다. 비열하고 추저분한. 상옥아, 상옥아, 나는 안다. 영웅호걸인 양 겉치레하기에 정신없던 네놈이 왜 지금 그 더러운 본성을 드러낼 수밖에 없었는가를. 아무렴! 두려웠겠지. 태상령!”

집정대사도는 어지간해서 자신의 감정을 표현하지 않는다. 그러나 태상령이라는 말이 떨어지자 안색이 일순간에 변했다.

“고려의 그 애송이 놈을 내가 두려워한다고?”

전혀 아니라 하고 있었지만 말에도 숨길 수 없는 자신의 감정, 적개심이 담겼다.

"교도들의 마음이 급격히 태상령에게 기울고 있음은 네놈도 잘 알 것이다. 암! 아무리 좋은 얼굴, 아무리 좋은 말도 광명정대한 그 기운을 가릴 수는 없지. 네놈이 만들어낸 모든 거짓 수작들은 태상령의 손짓 한 번이면 끝이다. 네놈이 복수라는 허구의 말로 키워낸 파천결부터 흔들리고 있음을 보면 알 일 아니더냐."

집정대사도의 입술이 묘하게 뒤틀렸다. 파천결의 동요는 그도 보고받은 일이다.

묵검 하후은 이후 한 번 더 성인학을 처단하기 위해 파천결을 동원했다. 하지만 그 파천결마저 하후은을 따라갔던 처음 파천결처럼 일이 어떻게 돌아가고 있다는 한마디 말도 없이 어정쩡하게 성인학 주변만 졸졸 따를 뿐이었다.

때문에 집정대사도는 성인학을 처치하기 위해 재차 파천결을 보내는 건 포기했다. 대신 순무당주 황건을 보내 은밀히 하후은을 만나 하후은의 본심을 파악하라고 지시했다.

어쨌든 파천결이 흔들리고 있음은 사실이었으니 집정대사도의 충격은 컸다. 복수를 위해 초연히 목숨까지 내던지던 자들도 흔들리고 있는데 다른 자들이야…….

"교언영색(巧言令色)이라는 말은 내게 어울리는 말이 아니라 태상령을 자처하는 그놈에게 어울릴 말이지요. 태상영패로 까마득한 지난 세월의 은혜 운운에 더해 교주의 흉내까지! 그 유치한 장난이 교도들에게 얼마나 먹힐 것이라고 생각하오?"

"세상에 진실만한 감동은 없다. 누가 유치한 장난을 하고 있는가는 곧 알게 되겠지."

제성전주는 말을 끊었다.

집정대시도도 의지에 몸을 기대며 침묵했다. 한참 후 그가 자리에서
일어나며 입을 열었다.

"전주, 사람의 마음을 믿소?"

"……."

"생각보다 사람의 마음은 우스운 것이오. 이제 나는 그 사실을 또
한 번 확인해 보려고 하오."

"또 무슨 수작을 하려는 게냐?"

"내가 벌이는 일이야 전주께서 말씀하신 그대로 아니겠소. 유치한
장난을 좀 치려고 하오."

집정대사도가 하얗게 웃었다.

"대성회까지 건강하시기 바랍니다."

그가 머리를 숙였다.

"가자!"

유인들을 끌고 그가 금검문을 뚜벅뚜벅 걸어나갔다.

집정대사도는 강둑을 따라 걷고 있었다. 굽이치는 물결을 바라보며 그는 실소를 흘렸다.

'두려웠던 게 맞는가?

생각하니 금검문에서 자신이 보인 행동은 제성전주의 말대로 가소로운 면이 분명 있었다. 역천의 대계를 꿈꾸는 자신이 한낱 파락호보다 못한 짓거리를 벌였으니…….

금검문을 쫓기듯 나섰다는 것도 마음에 걸렸다. 제성전주가 황급히 금검문을 떠나는 자신의 뒷모습을 보며 어떤 생각을 했을지.

스스로를 돌이킬 여유마저 없을 정도로 위기감에 쫓기고 있는 건 분명한 듯했다.

모두 고려의 그 젊은 애송이 놈 탓!

엄청난 무위를 지녔다는 것은 이미 확인했다. 제거할 욕심만 앞세워

섣불리 달려들었다기는 놈의 위명만 더해줄 따름이다. 진력을 기울여 단칼에 놈을 처치해야 한다. 그전에!

제성전주에게 말한 대로 준비를 해둔 유치한 장난이 있었다. 종종 써먹는 수법인데, 종종 써먹는다는 것은 그만큼 효과가 있다는 것.

예정대로라면 지금쯤 그 계획이 펼쳐지고 있을 터였다.

강변을 따라 묵묵히 걷던 집정대사도는 다시 실소를 흘렸다. 제성전주가 자신에게 한 말이 떠올랐다. 교언영색으로 사람들을 선동하는 악랄한 인간!

'맞는가?'

하늘의 논리, 성인(聖人)의 논리를 따르자면 제성전주가 한 말은 틀린 말이 아니다. 그러나 그는 이미 하늘의 논리를 버린 지 오래였다.

사람은 사람에게 늑대 그 이상은 아니다. 해서 선(善)이란 무엇인가? 싸워서 이기는 것!

그랬다. 자신의 생각에 대전환이 일어난 때는 교주의 죽음, 바로 그때가 아니었다. 강호인들에게 쫓기고 있을 때…

그때 교도들이 보인 그 비굴한 모습에서 그는 사람에 대한 기대를 접었다.

사람을 믿지 않게 된 것이다.

이후 자신에게 일어난 모든 생각 변화의 근원이라고 할 수 있었다.

가끔 자신의 생각에 문제를 느꼈지만 교리나 성인의 그 말씀으로 돌아가고 싶은 생각은 절대 없었다. 먼지 가득 쌓인, 퀴퀴한 서가에 들어가는 기분만 들 뿐이었다.

집정대사도는 강둑을 따라 반 마장 정도 걸었다.

멀리 날렵한 유선(遊船) 한 척이 보였다. 그를 위해 준비된 배였다.

집정대사도가 보이자 유선은 급히 닻을 올렸다. 그리고 누군가가 황급히 달려왔다.

작자가 집정대사도에게 대지급이 적힌 서신을 건넸다. 연왕부에서 세작으로 뛰는 자가 보낸 급전이었다.

해원이 실수를 한 게 있었다. 그녀는 집정대사도의 정보력을 과소평가했다. 해서 별 생각 없이 연왕부의 군대와 같이 움직이고 있었는데…

실상 첩보전에 관한 한 집정대사도의 능력은 응천부, 연왕부에 못지않았다. 세상에 깔린 사람이 교도들이므로. 집정대사도는 그들을 세작으로 활용하고 있었다.

집정대사도는 서신을 펼쳤다.

그의 안색이 변했다.

연왕부 기마 오천 출동, 현재 영보(靈寶)를 지나 서축 방면으로 쾌속 진군, 적의 대장 경계령이 떨어진 태상령 한 패거리의 일남일녀로 생각됨, 계속 보고하겠음.

태상령 패거리에 서축, 문득 떠오른 생각이 대파산! 대파산에는 천조단이 있다.

'설마?'

응천부와 싸우기에도 바쁜 연왕이 강호의 일까지 신경을 쓰리라 믿어지지 않았다. 그러나 그 군마를 이끄는 자가 태상령 패거리라고 하니…….

집정대사도의 얼굴이 굳어졌다.

황금인형은 어디에 있는가? 대흑저의 손을 거쳐 그의 손에 있었다. 때문에 그는 황금인형이 품고 있는 비밀을 이제 정확히 안다. 응천부가 황금인형을 손에 넣으려는 이유도, 연왕부가 황금인형을 손에 넣으려는 이유도.

태상령 패거리들, 곧 장백노사의 제자들이 황금인형을 찾고 있는 이유에 대해서는 의혹이 좀 있었다. 황금인형 안에는 그들이 말한 고려의 기서, 황금보전이 들어 있지 않았으므로.

어찌 되었든 연왕부도 고려의 젊은 놈들도 목메어 황금인형을 찾고 있는 건 사실이다.

얼마 전 황금인형을 찾는 또 다른 자, 응천부의 현헌이라는 환관에 의해 불귀도가 쑥대밭이 되었다. 지밀원에서 보고하기를 대흑저로 인해 일어난 일이 아닐까, 대흑저가 꼬리가 밟혀 일어난 일일 것이라고 했다. 그것이 맞다면 응천부 아닌 연왕부에서도 대흑저의 꼬리를 잡았을 수 있다.

대흑저는 천조단에 편입되었다. 황금인형을 가져온 공, 오대산주라는 신분, 무공 실력 등을 고려해 천조단 최고급 장교반인 승룡대 부대주(副隊主)로 임명했다. 그의 실력과 명성을 고려한다면 부대주 이상의 직책을 내려야 하나 들어온 지 얼마 지나지 않아 일단 맡긴 직책이 승룡대 부대주였다.

어쨌든 대흑저가 있는 곳이 천조단이었으므로 대흑저가 꼬리를 달았다면 천조단의 위치가 고스란히 드러났을 수도 있다.

황금인형이 자신의 정치 생명까지 뒤흔들 수 있는 중요한 물건임을 모르지 않을 테니 기마 오천이 어디 문제일까. 연왕의 군사 출동이 당연하다고 생각했다.

'대파산이 틀림없다! 황금인형을 찾아! 그럼 고려의 그 젊은 놈들은?'

알 수 없었다, 왜 그들이 연왕부와 같이 움직이고 있는지.

'어떤 밀약이 있었겠지!'

연왕부와 고려 놈들이 한통속으로 움직이고 있는 이유를 아는 게 중요한 게 아니라 지금 중요한 것은 천조단을 연왕의 군대로부터 지키는 것이었다.

천조단이야말로 그가 가장 심혈을 기울였던 일이 아닌가. 천조단이 무너진다면 그가 설 수 있는 자리는 강호 이상외엔 없게 된다. 피의 복수를 외치는 마교의 수장이니 천하 강호인들의 원한을 한 몸에 받게 되는 대마두로.

천조단 개개인의 힘은 군병 두세 명쯤은 너끈히 상대가 가능하다. 하지만 그들이 싸워야 할 상대는 개개인이 아닌 잘 훈련된 군대.

잘 훈련된 군대의 힘은 강시들로 짜여진 군단의 힘에 버금간다. 집단적인 싸움에 아직 익숙하지 않은 천조단으로서는 전화 속에 단련된 연왕의 군대를 이기기 힘들다. 급히 천조단을 구원해야 했다.

복수혈맹을 향해 천조단 구원을 요청하는 긴급한 전서구를 띄우기 위해 집정대사도는 급히 배에 올랐다. 황급히 붓을 놀리던 그가 무슨 생각인지 갑자기 붓을 뚝 멈추었다.

'만약 대파산으로의 군대 파견이 치밀한 계획 속에서 움직이는 것이라면……'

문득 든 생각이 천조단을 없애기 위해 움직이고 있는 세력이 과연 연왕부와 고려의 젊은 놈들뿐이겠는가 하는 것이었다. 마교라면 이를 가는 구파일방이 있고 소교주를 위시한 주화파도 있다.

사실 소교주에 대해선 연왕부의 손을 잡은 대 의심이 있다. 그는 소교주를 비교적 잘 알았다. 어쨌든 천조단도 교의 한 조직. 적들과 손을 잡고 천조단 괴멸에 앞장을 섰다면 소교주는 파벌 싸움의 승리를 위해 골육상쟁의 화도 마다하지 않았다는 교도들의 거센 비난을 면할 길 없다. 또 아무리 급하다지만 철천지원수 주가 놈들을 자신의 우군(友軍)으로 끌어들였을까!

소교주의 주화파가 천조단 괴멸에 나섰으리라 생각할 수 없었다. 하지만 고려 젊은 놈들이 연왕과 내통하고 있다는 건 사실이었고 소교주가 고려 젊은 놈들과 한통속으로 움직이고 있는 것 또한 사실이었으니 연왕부와 소교주가 모종의 협약을 맺었을 가능성을 무시할 수는 없다.

조금 걱정은 되었지만 '봐라! 소교주는 원래 주가 놈들과 한 편이었다!' 라고 할 수 있는 정치적 이익이 있었기에 그 걱정은 별로 되지 않았다.

정작 걱정스러운 것은 구파일방!

연왕은 강호인들과 친분이 두텁다고 했다. 공동의 적이기도 하니 친분을 바탕으로 천조단 와해에 같이 움직이자고 제의했을 수도 있다.

연왕의 군대, 구파일방, 고려 젊은 놈들의 삼자동맹이 맞으면 복수혈맹도 어떻게 손을 쓸 수가 없다. 전력을 기울여도 힘들 터인데 이미 전력의 삼 할 정도는 태상령과 소교주를 제거하기 위해 투입된 상태이니…….

집정대사도는 붓을 든 채 입술을 잘근잘근 깨물었다. 속수무책인 듯했다.

남보다 지나치게 머리가 빨라 생각하지 말아야 할 것까지 이것저것 생각한 결과!

붓을 든 채 한동안 멍하니 서 있던 그의 눈빛이 어느 순간 번쩍 빛을 발했다.

그들이 동맹군으로 움직인다면 자신도 동맹군으로 상대하면 될 일이다. 그에게는 동맹군을 부를 매력적인 물건이 있었다. 황금인형!

연왕부 못지않게 황금인형에 목을 메는 곳이 웅천부, 곧 현헌이라는 환관!

집정대사도는 황금인형을 미끼로 현헌을 끌어들여 연왕의 군대를 막으리라 생각했다. 연왕부 손으로 황금인형이 넘어가는 건 볼 수 없을 테니 싫든 좋든 현헌이라는 자가 나서리라고 생각했다.

그의 붓이 일필휘지 치달았다. 곧 이어 전서구가 하늘 높이 치솟았다. 현헌을 담당하고 있는 세작에게 날려 보낸 전서구였다. 뒤이어 복수혈맹, 천조단을 향해서도 전서구가 날았다.

전서구를 날린 후 집정대사도는 급히 배를 몰았다. 강바람이 차갑게 부딪쳤다.

뱃전에서 날리는 머리칼을 손으로 쓸며 그는 눈을 차갑게 빛냈다.

천하는 언제나 그의 머리 속에 있었다. 그런데 지금 이런 일이 벌어지고 있었으니… 호되게 뒤통수를 맞은 기분이었다. 적개심이 맹렬하게 타올랐다. 다른 사람 아닌 난데없이 나타난 성인학이라는 고려의 젊은 놈에 대한 분노였다.

그는 웅천부와 연왕부에 대해 관심을 소홀히 한 이유를, 구파일방의 행적을 꿰뚫지 못한 이유를 성인학에게서 찾았다. 성인학을 상대하느라 대세(大勢)를 보는 눈을 잃었다고 생각했다. 때문에 그답지 않게 감정을 통제하지 못하고 치를 떨었다.

'힘 자랑만 할 줄 아는 놈인 줄 알았더니……'

선왕과의 합종연횡을 이루어낼 능력이 있을 줄은 꿈에도 몰랐다. 재평가를 해야 할 듯했다.

세상에는 상극(相剋)이라는 게 있다. 어쩌면 자신의 상극이 고려의 그 젊은 놈일지 모른다는 생각도 들었다. 제거는 빠를수록 좋다고 마음을 굳혔다.

그러나 남보다 머리 회전이 빨라 형세를 너무 기민하게 파악한 것에 더해 그가 저지른 또 하나의 실수가 있었으니, 주된 적이 누구인가에 대해 아직도 파악을 하지 못하고 있다는 것!

그는 주적(主敵)이 성인학 아닌 해원이라는 사실을 아직도 파악하지 못하고 있었다.

성인학이야 원래 그가 파악한 그대로, 자랑할 것이 '무(武)'에 대한 열정 하나밖에 없는 단순한, 그저 그런 계교에도 넘어갈 자임은 이제 모두가 아는 사실 아니었던가.

성인학은 가만히 찻잔을 들었다. 손 둘 곳 없을 정도로 영 자리가 어색했다.

성인학을 뚫어지게 노려보고 있던 자가 탁자를 거세게 치며 자리에서 일어났다.

"황산에서 분사한 그분은 다른 사람 아닌 네 아버지였다! 그런데 네가 어떻게 그런 말을 할 수 있느냐!"

퉁방울만한 눈을 부릅뜨며 고함을 지르는 자는 강소, 안휘, 절강성 일대를 책임진 장반으로 강동의 화우(火牛)로 불리는 오우산(吳愚山)이라는 자. 별호 그대로 성격이 불 같은 자였다.

"오(吳) 숙(叔), 제가 분명 확신하는 것은 아버님도 피로 점철될 복수는 바라지 않을 것이라는 겁니다."

오우산의 말을 또박또박 받아치고 있는 자는 장자영.

"네가 네 아버지를 몇십 년 친구인 나 이상 아는가 보구나! 너는 알아야 한다! 네 아버지라면 저 불한당 같은 주가 놈들을 그냥 두지 않았다!"

장자영에 대해 아무리 나이 많은 교도들도 교주의 핏줄에 대한 예의로 쉽게 하대를 하지 않았다. 그러나 오우산은 달랐다. 그는 황산에서 분사한 교주의 아주 친한 벗이었으므로.

때문에 장자영도 오우산에 대해 장반이나 노야, 대야 대신 숙부라는 호칭을 썼다.

아버지의 친한 벗이었으니 오우산에 대해 장자영은 믿고 의지하고자 하는 마음이 있었을 것이다. 하지만 현실은 극단적인 대립. 주전파의 최선봉에 선 장반이 오우산이었다.

만나봐야 좋은 이야기 나올 것이 없었으니 원래 오우산은 성인학, 장자영을 만나지 않으려 했다. 그런데 지금 같이 자리를 하고 있는, 강서를 중심으로 복건과 광동 일대를 책임진 장반인 곽전충(郭全忠)이 억지로 등을 떠밀어 오게 되었다.

처음부터 어색할 수밖에 없는 자리였다. 곽전충이 아무리 분위기를 풀려 해도 냉랭함은 더해갔다. 그러다가 이런저런 이야기 끝에 결국 오우산은 자신의 분노를 터뜨리고 말았다.

장자영은 오우산의 고집을 안다. 말이 통할 자가 있고 통하지 않을 자가 있다. 아버지와의 각별한 정을 생각해서도 좋게 좋게 넘어가고 싶었다. 하지만 지금 그녀를 지켜보고 있는 수많은 눈들! 마냥 좋게 넘어갈 수 없는 게 그녀의 처지였다.

"몇십 년 사귀었다는 것을 핑계로 아버님에 대해 쉽게 말하지 말아요. 오 숙이야말로 아버님을 잘 모르시는군요. 이전에 아버님은 몇몇 동도들과 함께 주원장을 피습한 적이 있었죠. 따끔히 주원장을 혼내고 돌아서는 길에 호법 한 분이 말했죠. 왜 저놈을 죽이지 않느냐, 언젠가 앙갚음을 할 놈이다. 그때 아버님께서 이런 말씀을 하셨다고 하죠. 그 세대에는 그 세대의 한계가 있소, 싫든 좋든 한계이니 받아들일 수밖에, 주원장 저놈을 죽인다고 해서 특별히 아주 달라질 그 무엇이 있다고는 생각지 않소. 그렇게 말씀하셨죠. 유명한 이야기이니 오 숙께서도 들었을 거예요. 아버님의 그 말씀에 대해 오 숙께서는 어떻게 생각하세요?"

"생각할 게 무엇이 있단 말이냐! 네 아버지의 문제는 지나치게 우유부단했다는 것! 그때 주원장 그놈을 죽였다면 우린 지금과 같지 않았을 것이다!"

"아버님은 우유부단하지 않았어요. 아신 거예요. 굴곡없이 돌아가는 세상은 없다는 것을, 세상이란 오히려 굴곡 그 자체이므로 인내할 때는 인내할 줄도 알아야 한다는 것을, 대승리자는 작은 마귀들과의 다툼에서 승리하는 자가 아니라 영겁을 바라보며 묵묵히 전진하는 자의 것임을! 오 숙, 이제 분명히 묻겠어요. 우리 승리의 귀착은 어디죠?"

"난 네 궤변에 답할 의무를 느끼지 못한다!"

오우산이 짜증스런 표정으로 소리쳤다.

"교리예요. 그래서 다시 묻겠어요. 우리의 교리 어디에 복수에 대해 말하던가요?"

오우산의 인상이 일그러졌다.

쾅! 그의 주먹질에 탁자가 부서졌다.

"무슨 이런저런 말이 필요하단 말인가! 지금 내 눈에 보이는 것은 죽은 우리 동도들의 얼굴뿐이다!"

그가 거친 콧김을 내뿜으며 고함을 질렀다.

"그러세요? 그럼 교를 떠나세요."

"뭣?"

"꼭 복수를 원한다면 교를 떠나라고 했어요. 복수는 교의 것이 아니니까."

낮고 다부진 목소리, 장자영이 단호하게 말했다.

"나보고 교를 떠나라고?"

오우산의 얼굴이 시뻘겋게 달아올랐다. 장자영을 노려보던 그가 성인학을 향해 시선을 돌렸다.

"모두 네놈 때문이다! 태상령? 이미 잊혀진 지난날의 그 기억이 뭐 대단하다고! 지금 태상령은 없다! 있다면 적전분열을 노리는 주가 놈의 앞잡이만 있을 뿐!"

그가 성인학을 향해 주먹을 내뻗었다. 강동 최고의 철권이라는 소문에 걸맞게 권풍이 광풍폭우로 밀려왔다.

모두 놀랐지만 성인학은 태연했다. 의자에서 몸을 반절 비틀며 손바닥으로 오우산의 주먹을 쳐냈다. 연이어 자리에서 일어나며 장, 권, 팔뚝을 이용한 연타 공격.

빠박! 빡! 빡!

권장 어우러지는 소리.

오우산의 고함에 좌불안석 안절부절 어쩌지 못할 때의 성인학과 싸움에 임했을 때의 성인학은 너무도 달랐다.

강동의 무적 철권도 성인학의 우레와 같은 공격에 별다른 힘을 못 썼다. 성인학이 손짓을 하듯 가볍게 떨쳐 낸 마지막 수법, 소오장에 휘청 밀려나 자신의 자리에 도로 철퍼덕 앉는 수모를 당해야 했다.

상대가 될 수 없었다. 지금 성인학이 열고 있는 무의 세계는 예전과 다른 지평의 무학이었으므로. 실명노승이 전이대법으로 전해준 공력을 차츰 자신의 것으로 녹여 공력도 엄청 불어나 있었다.

오우산이 데려온 교군들이 놀라 달려왔다. 그들은 성인학을 향해 칼을 뽑았다.

"그만두어라!"

오우산이 꽥 소리쳤다.

"소문이 거짓은 아니었군. 가자!"

그가 자리에서 일어났다.

"오 장반, 왜 이러시오. 좀 더 이야기를 하고……."

강서의 장반, 곽전충이 그를 잡았다.

"더 할 이야기 없소!"

곽전충을 뿌리치며 오우산은 발걸음을 옮겼다.

그때 성인학이 입을 열었다.

"잠깐 멈추시오."

잠시 미적거리던 오우산이 등을 돌렸다.

"먼저 태상령, 태상영패에 대해 말하리다. 나는 태상영패로 여러분들에게 지난날의 은혜를 잊지 말라고 이야기해 본 적이 없소. 앞으로도 이야기할 생각이 없소. 그런데 왜 태상영패를 들고 다니는가. 나는 태상영패를 길에서 주운 것이 아닌 이전 태상령 그분으로부터 직접 받았소. 그분은 내게 태상영패를 주며 내가 이것을 가짐으로써 환란에 처한 여러분들의 교에 도움이 될 것이라고 했소. 어떻게 들릴지 모르겠지만, 내가 태상령임을 자처하고 태상영패를 가지고 다니는 이유는 그것이 전부요. 태상영패를 건네준 그분의 깊은 뜻을 믿기 때문에."

"전대 태상령을 직접 만났단 말인기?"

오우산이 이마에 굵은 주름살을 그리며 물었다.

"직접 찾아오셨습니다. 찾아오셔서 인연의 법을 강조하며 태상영패와 몇 가지 안배, 이런 것……."

성인학은 씩 웃으며 소오장을 가볍게 펼쳤다.

웃으며 가볍게 펼친 소오장이었지만 중인들의 눈은 둥그레졌다. 아름드리 나무가 폭풍을 만난 듯 우수수 흔들리고 있었기 때문이다. 말로만 듣던 장풍!

장자영이 나섰다.

"오 숙께서도 태상령께서 전대 태상령을 만나 태상영패를 얻은 것을 조작이라 생각하고 계시군요. 그렇게 믿겠다는 데야 어쩔 수 없죠. 아! 제성전주께서는 알고 계십니다. 전대 태상령께서 우리 교와 당신의 인연을 대신해 줄 사람에 대한 천거를 부탁했을 때 그 천거를 해준 사람이 제성전주였으니까요. 제성전주께서는 그때 하후 오라버니도 같이 천거한 것으로 압니다. 그런데 결국 태상영패는 지금 보시는 성 공자에게 맡겨졌죠. 사실 여기 계신 태상령께서는 당신의 일이 있습니다. 그런데 전대 태상령께서 일을 맡겼기 때문에 어쩔 수 없이 우리의 일을 돕고 있는 것이죠. 강호인들이 우리를 어떻게 보고 있는지 여러분들은 잘 알고 있을 거예요. 설마 그 험한 곳의 일을 도와 챙겨갈 자신의 몫이 있다고는 생각하지 않으시겠죠? 지금 이 자리에 있는 것! 태상령께서도 힘든 선택이었다는 것을 여러분들은 알아주시기 바랍니다."

타고난 재능이든 삶 자체가 감동적이라 말이 감동적이든 웅변에 관한 한 장자영을 따를 자 없다. 성인학을 바라보는 자들의 눈빛이 흔들렸다. 오우산도 이마에 심경의 흔들림을 나타내는 주름살을 그렸다.

뭐 특별한 말을 했다고!

특별했던 것은 교도들의 마음을 읽을 줄 아는 장자영의 재능이었다. 그녀는 알고 있었다. 환란에 처한 교를 위기에서 구해줄 아버지와 같은 영웅의 출현, 신인(神人)의 출현을 바라는 교도들의 마음을!

해서 언제나 그녀 이야기의 초점은 성인학 바로 그 자체였다. 교를 구원해 줄 수 있는 자가 성인학임을 명확히 각인시키는 그 길이 대성회에서의 승리를 보장받는 가장 빠른 길이라는 것을 예전에 알았으므로.

"소교주께서 너무 과분한 말씀을 하시는군요. 한 일이 뭐 있다고. 솔직히 이젠 해야 할 일이 무엇인지도 잘 모르겠습니다. 생각하니 복수… 복수라는 것도 틀린 것 같지는 않으니… 의인은 원한을 잊지 않지요."

엉? 갑자기 이 무슨 말!

장자영은 당황했다.

"당장 생각나는 일이라는 게, 개인적으로 집정대사도라는 자는 정말 마음에 들지 않습니다. 어떻게든 그는 처리할 생각합니다. 그 외는… 복수에 성공한다고 하더라도 지금 상태라면 교가 온전할까 하는 걱정이 듭니다. 내홍(內訌)으로 천하를 얻고도 교를 잃을 수 있다는 걱정. 해서 오 장반께 드리고 싶은 말은 최소한 교의 단합을 위해 노력해 달라는 것, 그 말만은 꼭 드리고 싶습니다."

성인학이 자신의 말을 끝냈다.

오우산은 거친 손길로 허리띠를 맸다. 성인학을 힐끔 한 번 바라본 후 그가 손을 들었다.

"가자!"

오우산과 강동이 교도들이 총총히 발걸음을 옮겼다.

"배웅을 해드려야 하지 않겠소?"

성인학의 말에 장자영은 고개를 끄덕였다. 그녀가 오우산을 따랐다.

오우산은 한동안 장자영에게 눈길조차 주지 않았다. 늦은 발걸음으로 교군들을 앞서 보낸 후에야 입을 열었다.

"갈 길이 다르다!"

따라오지 말라는 이야기였다.

"그래도 오 숙은 오 숙이잖아요."

"그런 호칭이 무슨 필요가 있단 말이냐! 다음에 만날 때 서로 피를 볼지도 모르는 일인데!"

"피까지 볼 생각이었나요?"

"……."

"그래서 태상령께서는 말씀하셨죠, 단합에 대해. 그래도 화합하지 못할 문제에 대해서는 교법(教法)이 있잖아요. 오 숙, 대성회에서 우리 교는 우리 교의 진로를 결정지을 것입니다. 결정이 그렇게 났으니 모두 따라야겠죠?"

"대성회에 자신이 있는 모양이구나, 그토록 당당히 이야기하는 것을 보니!"

"태상령의 말을 듣다 보니 문득 이런 생각이 들더군요. 지자(智者)도 현자(賢者)도 아닌 내가 미래의 일을 어찌 알랴. 불확실한 미래를 믿느니 지금 같이 있는 동도를 믿는 게 낫다."

"네 눈에는 내가 동도로 보이던 모양이구나. 나는… 대성회에서 나와 다른 생각이 결정 난다면… 네가 걱정할 일은 없다! 교법에 반기를 든다는 건 이미 교도가 아닌 것! 적과 싸우는 데 주저할 일, 염려할 일이 무엇 있겠느냐!"

"알았어요."

장자영은 한숨을 쉬며 발걸음을 멈추었다.

"오 숙, 안녕히 가세요."

오우산은 인사도 받지 않았다. 뚜벅뚜벅 걸어갔다.

장자영은 씁쓸한 미소를 흘리며 등을 돌렸다. 그때 귓가에 닿는 목소리.

"곽전충을 조심하라!"

오우산의 전음이었다.

"최소한 나는 그와 다르다."

그의 전음이 허하게 울렸다.

견딜 수 없는 목마름으로 성인학은 눈을 떴다.

깜깜한 밤이었다.

'내가 왜 이러지?

온몸에 기운이 하나도 없었고 눈도 흐릿했다. 머리마저 어질어질해 온 세상이 빙글빙글 돌고 있었다.

몸에 큰 이상이 생긴 듯했다.

'특별한 일도 없었는데……'

오우산의 난동을 마치 자신이 죄처럼 생각해서 곽전충은 오우산의 몫까지 더해 그를 극진히 대접했다. 잘 먹고 잘 마시고, 나중에는 곽전충의 교군들과 패를 갈라 축국까지 벌이며 놀았다. 그 뒤로…

'어!'

성인학은 미간을 좁혔다. 그러고 보니 그 이후 기억이 없었다. 언제

잠자리에 들었는지도 잘 생각이 나지 않았다. 곽저충과 닭소를 나눈 것까지만 기억이 났다.

'문제가 있군. 주화입마?'

문제를 찾자니 든 생각이었다. 하지만 공력 운용에 무리를 한 적도 없었고 감당 못할 공력을 불시에 얻은 적도 없다. 주화입마란 있을 수 없는 일이었다.

'수행 중에 잠깐잠깐 생긴다는 마장(魔障)인가?'

그 이상 생각할 수 없었다.

성인학은 머리 위에 있는 물을 찾아 마셨다. 순간, 불덩이처럼 치솟는 기운.

사지 백해에 산산이 흩어져 있던 기운이 갑자기 한꺼번에 일어나 그의 목마름을 더욱 자극했다. 좀 전의 목마름과 다른 또 다른 목마름. 황당하게도 그것은 욕정이었다.

가장 견디기 힘든 유혹!

그의 눈에 핏발이 섰다.

그때 무엇인가 부스럭거리는 소리가 들렸다.

성인학은 눈썹 사이를 좁혔다.

주의해서 보지 못했는데 그가 있는 방은 발을 사이에 두고 다른 방과 연결되어 있었다. 발이 올라감과 동시에 불쑥 나타난 사람은 여자였다.

어디선가 본 기억이 있는 여자였다. 하지만 머리 속이 너무 혼란해 어디서 보았는지, 누구인지 생각을 할 수 없었다.

여인은 몸매가 훤히 보이는 나삼 차림이었다. 그녀는 주저없이 성인학에게 몸을 맡겼다.

여인의 매끄러운 살갗이 닿자 그나마 조금 남아 있던 성인학의 이지도 타오르는 불길에 잿더미로 사라졌다.

성인학은 능사처럼 감겨오는 여인의 몸을 거세게 붙잡았다. 그가 몸을 반 틀어 여인을 깔았다. 그의 거친 손길에 여인의 젖가슴이 드러나고 도톰한 엉덩이가 드러나고 마지막 비처가 드러날 때였다.

뎅— 뎅— 뎅—

이른 새벽 공양을 알리는 사찰의 종소리?

성인학은 부지간에 벌떡 일어섰다. 그가 밖으로 정신없이 치달았다.

종소리를 듣는 순간 그의 머리에 떠오른 것은 쌍계사 종소리와 함께 시작되는 장엄한 지리산의 새벽이었다. 성인학의 시작도 그 새벽으로부터 시작되었다.

습관화된 그 오랜 수행의 기억이 잠시 그를 욕정에서 붙든 것이다. 하지만 색욕이란 성인학이 수행한 그 오랜 시간 이상의 오랜 시간 사람의 몸에 깃들어진 것이었으니… 몇 리도 못 가 그는 다시 치솟는 불덩이로 괴로워해야 했다.

그가 무엇을 어떻게 해야 할지 몰라 허덕거리고 있을 때였다.

"태상령!"

여인의 목소리.

언제부터 따라왔을까? 장자영이었다.

성인학은 장자영을 향해 달려갔다. 그리고 장자영을 허겁지겁 껴안았다.

"무슨 짓이에요?"

짝! 성인학의 눈에 불똥이 튀었다.

성인학은 놀란 표정으로 주춤 물러났다.

"혹시 색계(色計)?'

충혈된 눈, 거친 숨소리, 아무래도 맞는 듯했다.

'오 숙이 곽전충 그자를 조심하고 했는데 설마 그자가?'

오우산이 떠나면서 한 말이 마음에 걸려 내심 조심을 했었다. 그런데 이런 지저분한 술수를 쓸 줄은 몰랐다. 물론 아직 확증이 없으니 조사를 해봐야 할 일이지만… 그전에 성인학을 구해야 하는데…….

"먹어요."

장자영은 허둥거리고 있는 성인학에게 반강제로 머리를 맑게 하는 청명환(淸明丸) 한 알을 먹였다. 그리고 성인학을 끌어 사람 발길 닿지 않는 곳을 찾았다.

낡은 제각(祭閣)이었다.

청명환을 먹었지만 인간의 본능을 불사르는 최음제의 효능을 막기에는 역부족이었다. 사실 성인학이 이만큼 버티고 있는 것도 그의 심후한 공력, 사심없는 마음 덕분이라고 할 수 있었다.

성인학의 숨결이 점점 거칠어지는 것을 보고 장자영도 그 사실을 알았다.

입술을 깨문 채 잠시 무엇인가를 생각하던 그녀가 고개를 들었다.

"무, 무슨……."

성인학은 당황해했다.

"다른 선택이 없잖아요."

장자영이 옷을 벗으며 말했다. 옷을 벗는 그녀의 얼굴엔 추호의 망설임도 없었다.

"나, 나는, 그런 파렴치한 짓을……."

"시끄러워요! 지금 그런 말을 할 때가 아니잖아요!"

장자영이 독살스럽게 소리쳤다. 거리낌없이 옷을 벗던 그녀도 마지막 한 장의 옷을 벗는 덴 주저했다.

"당신은 뭐 하세요? 옷을 벗어요!"

성인학의 머리는 뒤죽박죽이었다. 장자영의 앙칼진 목소리에 화들짝 놀라 옷을 벗었다.

"아니, 저, 소교주는… 하후 공자가……."

혼망 중에도 그 생각은 난 듯했다.

"나는 하후 오라버니를 오라버니 이상으로 생각해 본 적이 없어요. 그런데 정말 당신은 못 말릴 사람이군요. 지금 그런 생각이 나요? 그리고… 지금 내가 순결을 찾는 건 사치예요! 우리의 처지가 어떤지 공자께서 더 잘 아시잖아요!"

장자영이 눈물까지 글썽이며 소리쳤다.

성인학은 가쁜 호흡만 삼켰다. 피치 못할 사정이라고 장자영이 아무리 말해도 피치 못할 그 지경에 가기 전까지 그는 장자영의 몸에 손을 댈 수 없었다.

장자영은 한숨을 쉬었다.

"속가의 무문들은 남녀 상화(相和)로 인한 정(精)의 손실을 막기 위해 체접술(體接術) 한두 가지는 기본으로 익혀요. 우리에게도 그런 게 있죠. 그 체접술을 이용하면 성합(性合)을 하지 않고도 악독(惡毒)을 몰아낼 수 있을 거예요. 옷을 벗고 빨리 좌정을 해요. 지금 구결을 가르쳐 드리겠어요."

"아!"

성합을 하지 않아도 된다는 말에 조금 위안이 된 듯했다. 진작 그렇게 말하지 하며 성인학은 급히 옷을 벗고 좌정을 했다.

장지영이 간단한 구결을 말했고 성인학은 눈을 감은 채 더듬거리며 구결을 외었다.

장자영이 성인학의 무릎에 앉았다.

"속옷은 당신이 벗겨주세요."

그녀도 눈을 감았다.

성인학은 팥죽처럼 들끓는 열기로 온몸을 떨었다. 그가 떨리는 손으로 장자영의 몸을 가린 마지막 옷을 걷었다.

장자영이 한 치의 떨어짐 없이 몸을 밀착했다. 그 순간 구결이고 뭐고, 간신히 지탱하던 성인학의 이지의 끈이 탱! 하고 끊겼다.

연후 광란으로 치솟는 불길!

체접술도 무슨 이런 놈의 체접술이… 차라리 하지 않음이 더 나았지.

장자영이 겪기엔 심히 가혹한 체접술이라 그 밤 그녀는 거세게 흔들려야 했다.

성인학이 눈을 뜬 때는 해가 중천에 높이 솟았을 때였다.

한 사람에게는 그 체접술이 견딜 수 없는 고통이었지만 한 사람에겐 엄청난 효능을 준 게 맞았다. 성인학의 몸은 날아갈 듯 가벼웠다.

아주 좋은 기분으로 자리에서 일어나던 그가 '아!' 했다. 그의 얼굴이 벌겋게 붉어졌다.

지난밤 생각이 났다.

벌거벗고 있는 몸을 보니 꿈은 아니었다.

그의 옷은 한 편에 곱게 개어져 있었다.

그는 급히 옷을 걸치고 주위를 두리번거렸다.

장자영은 보이지 않았다.

그들이 머물렀던 제각을 티끌 하나 없이 깨끗이 청소한 후 어디로 가고 없었다.

성인학은 장자영이 떠놓은 맑은 물로 목을 축인 후 냇가로 내려갔다.

맑은 물에 흔들리는 자신의 얼굴이 보였다.

'비루한 놈!'

스스로에 대해 욕부터 나왔다.

'이런 누추한 꼴을 보이다니……'

속이 쓰렸다.

다행인 것은 이전 같았으면 스스로를 학대하느라 난리를 부렸을 것인데 좀 대범해졌다는 것.

'그래, 강호는 원래 그런 곳이었지. 역시 세상에서 제일 수월한 것은 검을 닦은 일이야.'

자신의 한계도 이젠 잘 알았다.

그렇게 스스로를 위로했지만 장자영에 대해서는 마음에 걸렸다. 신묘한 체접술 덕에 위험한 관계는 피해 갔을 것이라 믿어도 얼굴 볼 낯이 없었다. 그러나 어쩔 것인가.

성인학은 곽전충의 장원을 향해 걸어갔다.

"어디 갔다가 이제 오우? 한참 찾았수."

수돌이였다.

성인학은 아무 말 않고 내원으로 향했다. 곽전충에게 따질 일이 있었다.

내원으로 들어설 때 장자영과 마주쳤다.

성인학은 낭황했다. 무슨 밀을 해야 할지 몰랐다. 그러나 장자영은 아무런 표정 변화가 없었다.

"지금 곽가 늙은이를 만나고 오는 길이에요. 태상령께 저지른 일을 모두 실토받았어요. 간교한 늙은이! 놈은 집정대사도의 주구였어요. 약점을 잡혔기 때문에 대사도의 개가 되었는데, 어제 태상령의 방을 넘봤던 여자… 그 여자는 그놈 제자의 아내였어요. 불의의 사고로 제자가 죽자 놈은 그 여자와 사통을 했죠. 그게 집정대사도에게 약점으로 잡혀 주구가 되었다더군요. 해서 집정대사도의 지시에 따라 태상령께 간계를 펼쳤고."

"아! 그렇게 된 것이었군."

"곽가 늙은이를 만나러 오셨겠죠? 내가 다 알아서 조치를 해놓았으니 태상령께서는 놈을 만날 필요가 없습니다. 입만 더럽혀질 뿐이죠. 가요."

"어… 그럽시다."

성인학은 장자영을 따랐다.

"그런데 저… 어제……."

장자영이 다시 성인학의 말을 잘랐다.

"오 숙은 우리와 생각이 다르지만 마음 하나는 굳은 분이죠. 떠나기 전 곽전충을 조심하라고 하셨어요. 주의는 했는데 설마 그런 간악한 술수를 쓰리라고는… 아! 오시는 길에 파천결을 보셨어요?"

"보지 못했소."

"그럼 떠난 게 맞군요."

"떠났다니?"

하후은에 대해 미안해할 일이 있었으니 가슴이 뜨끔했다. 하지만 다행히 지난밤의 일과는 전혀 상관이 없는 일이었다.

"어제 저는 늦게 하후 오라버니와 이야기를 했죠. 하후 오라버니께서는 말씀하시더군요. 오늘 네 이야기를 듣고 생각한 것이 있다, 교리와 교법에 대해서. 교리에 복수가 없는데 복수를 우긴다면 이미 교도의 자격을 포기한 것! 그렇지만 나는 복수를 포기할 생각은 없다, 하니 교를 포기하는 게 맞는 선택인 것 같다."

"그럼……."

"그래요. 하후 오라버니는 이제 교도가 아니에요. 파천결과 더불어 어느 곳에서 복수의 꿈을 키우시겠죠."

장자영의 눈가가 잠시 뿌옇게 흐려졌다.

"안타까운 일이군요. 나는 그가 평생 검을 논할 나의 동반이 될 줄 알았는데……."

"안타까운 일이죠, 우리에게도. 하지만 사람 일이란 아무도 모르잖아요. 좋은 모습으로 만날지도 모르죠."

"맞소. 앞일을 우리가 어찌 알겠소."

"어쨌든 하후 오라버니로부터 떠난다는 말을 들은 후 울적한 마음에 저는 장원 주변을 걷고 있었죠. 그때 황급히 어디론가 달려가는 태상령을 보게 되었어요. 그래서 이상하다 생각하고 따라갔죠."

"아! 그랬군요. 그런데 저기, 저……."

답답한 성인학! 도대체 그것을 굳이 따져 뭐 하겠다는 것인지! 하긴 어찌 되었든 성합을 했다면 책임질 부분이 분명 있기는 한데… 물어보기에도 난감한 그 일로 성인학은 전전긍긍이었다. 얼굴도 무척 수척해 보여 마음에 걸렸다.

장자영은 성인학의 그 마음을 아는지 모르는지 계속 엉뚱한 이야기만 했다.

"이제 대충 만날 사람은 만난 것 같군요. 해원 소저와 만나기로 한 날도 다 되어가니 이제 그만 돌아가죠."

"그럽시다."

성인학은 결국 지난밤의 사연에 대해 묻기를 포기하며 한숨을 쉬었다.

"해원 소저가 보고 싶죠?"

"그렇소."

"많이 보고 싶죠?"

"그렇소."

"알았어요. 출발을 서두르죠."

장자영은 흑문호와 이십팔숙이 있는 곳을 향해 갔다. 가면서 그녀는 혼자만 들을 수 있는 목소리로 흥얼거렸다.

"지난밤의 일은 아무도 모르지. 일찍 일어나 먹이를 찾던 새들만 안다네."

늘어진 어깨만큼 힘없는 노래였다.

4

"서둘러요!"

머리카락 휘날리며 주마가편(走馬加鞭)으로 말을 달리고 있는 여자는 해원이었다.

"뭐가 그렇게 바빠? 한 주먹도 되지 않을 놈들인데. 사형과 만나기로 한 날짜도 아직 좀 남았잖아."

번쩍이는 갑옷에 철탑 같은 체구! 위풍당당 천하를 질주하는 그대는 누구인가? 휘날리는 깃발, 정서대장군!

산돌이였다.

붉은 전포에 휘장 늘어진 갑주를 걸친 모습이 처음에는 어색했는데 이젠 딱 어울렸다. 장익덕의 환생 같고 조자룡의 환생 같았다.

"힘만이 장수의 덕목은 아니다. 병사들이 죽음과 난관을 극복하는 힘은 사기(士氣)에서 나오지. 사기의 원천은 병사들에 대한 장수의 끝

없는 사랑. 나는 너 따라산다고 우리 병사들 가랑이 찢어지는 것을 원하지 않는다."

오옷! 저런 말까지! 목소리도 달랐다. 위엄으로 넘쳤다.

마지못해 장군이 되었지만 며칠 그 짓을 하다 보니 기분이 제법 삼삼했다. 아무렴! 야인(野人)과 다를 바 없는 여진족 수하들을 거느릴 때의 기분과 정규 철기병(鐵騎兵) 오천을 거느린 지금의 기분이 같을까.

곧 원래 태생이 장군입네 위엄을 부렸고 언제 구했는지 손에는 병법서까지 들었다.

다행히 아나와 수하들에겐 제법 산돌이의 그 수작이 먹혔다. 아나야 눈에 콩깍지 씌었고 수하들은 힘세고 성격 화통하면 최고였으니.

그러나 안타깝게도 해원만은 여전히 그를 머리통 텅 빈 대갈장군 이상으로 보지 않았다.

"이런 말은 듣지 못한 모양이군요. 한 사람을 죽여 능히 삼군(三軍)이 두려워할 만하면 그를 죽여라! 사랑만이 만사형통은 아니라는 거예요. 군율을 세울 땐 세워야지. 전장도 바로 코앞이잖아요. 한가하게 노닥거릴 때가 아니에요. 진격은 우레처럼! 적들이 대책을 수립할 틈을 주지 말아야 해요."

해원이 따끔하게 말했다.

성책(城柵)처럼 우뚝 선 산봉우리들, 대파산! 정말 적들이 코앞이었다.

"내 말이 맞고 네 말이 조금 틀렸지만… 참모의 의견에 항상 귀를 기울이는 것도 장수의 덕목이니 네 말대로 하자. 어이! 어이! 우레처럼! 우레처럼!"

산돌이가 수하들을 독려했다.

말이 오천이지 실제 오천이라는 수, 엄청났다. 특히 말과 함께 움직이는 오천이었으니 말발굽 소리는 천지를 난타했고 흙먼지는 주위 일대를 다 덮었다.

해원은 달리는 말에서 지도를 펼쳤다. 천조단의 위치를 그린 지도였다. 이틀 전 마교 십대호법 중 살아남은 자인 금면공과 독심마도가 와서 전해주었다. 지도를 전해준 후 그들은 적의 동정을 탐지하기 위해 다시 대파산으로 돌아갔다.

"사형, 병사들을 멈추세요."

얕은 여울을 건너기 전이었다.

"여기서 야영을 하자고? 바쁘다면서? 너무 이르지 않아?"

산돌이가 다가왔다.

"생각을 바꿨어요. 일찍 쉬죠. 대신 새벽 일찍 일어나는 거예요. 그리고 여기, 여기, 여기를 먼저 끝장내는 거예요. 여기를 장악하면 중요한 길은 다 차단하는 거죠."

응양대, 백호대, 승룡대, 연작대. 소국충과 장수란은 그들 부대가 각기 아주 멀리 떨어져 있는 것으로 알고 있었다. 제법 다리품을 팔고 시간을 내어서야 서로 만날 수 있었으므로.

그러나 실제 천조단 각 지대는 멀리 떨어져 있지 않았다. 미로처럼 길을 만들어 일부러 멀리 떨어져 있는 것처럼 보이게 한 것뿐이었다. 천조단으로 들어가는 중요한 길목, 그곳을 지키는 세 개의 영채 안에 오글오글 모여 있었다.

해원은 바로 그 세 개의 영채를 가리켰다.

"좌문(左門)은 나와 아나가 맡을 테니 우문(右門)은 사형이 맡아주세요. 좌우 문을 접수한 후 일부 병사들을 남겨 지키게 하고 중문(中門)에

서 만나요. 중문을 열고 본영으로 냅상 날러나는 끼네요. 본영은 서기
예요."

본영. 천조단의 단주 모정이 있는 곳.

"해원아, 해원아, 네가 정말 사마중달이자 제갈공명이다. 어떻게 그
런 묘책을 생각할 수 있니?"

별스런 말을 한 것도 아닌데 산돌이는 박수를 쳤다.

"그런데 네 말대로 하자면 우리 병사들 수월찮게 가랑이는 찢어지겠
다. 그래도… 우레처럼, 맞아! 우레처럼 진격해야지! 좋아. 어이! 오늘
은 여기서 야영이다!"

그가 고함을 질렀다.

대파산은 말[馬]을 움직이기가 쉽지 않다. 계획대로 하자면 병사들은
입에서 단내가 나도록 움직여야 했다. 굳이 그런 무리를 할 필요가?

정말 급한 것은 해원의 마음이었다. 그녀는 대파산에 오래 있을 생
각이 전혀 없었다.

자신이 없는 사이 대사형이 또 무슨 사고를 저지르지 않았을까 시간
이 갈수록 초조했다. 물가에 아이를 두고 온 심정이었다. 그 마음의 조
급함이 그녀를 조급하게 몰고 있었다.

천조단 좌문을 지키는 수장은 천조단의 단주 모정이 영입한 비승이
란 자로 호유용의 난에 연루되어 주원장에게 목숨을 잃은 평량후의 조
카다.

해원의 갑작스런 공격에 당황했지만 비승은 곧 전열을 갖춘 후 그가
모정에게 투항하며 데려온 날랜 수하들 중의 한 명을 성채 밖으로 출
진시켰다.

먼저 일기단신으로 교봉(交鋒)을 겨루어보자는 것인데… 고색창연한 옛 싸움법을 들고 나온 이유가 명가(名家)의 후예임을 과시하기 위해서인지 세 부족을 느껴 먼저 단기(單騎)로 싸워 이겨 수하들의 사기를 올려보겠다는 것인지는 알 리 없고, 일기단신의 싸움은 해원도 대환영이었다. 그녀 역시 피 적게 흘리고 좌문을 함락시키는 방법을 찾던 터였으므로.

비승 측에서는 도끼를 든 우락부락한 자가 나왔다. 한눈에 보기에도 꽤 힘깨나 쓸 자로 보였다.

해원은 자신이 직접 나서려 했다. 그런데 아나가 나가기를 고집했다.

아직 어려 걱정이 되어 말렸지만 아나는 듣지 않았다. 제지할 틈도 없이 말을 몰고 뛰쳐나갔다.

앳된 계집이 맞상대로 나서자 도끼를 든 자는 모욕을 당했다며 길길이 날뛰었다. 그러나 그는 곧 아나의 낭아봉(狼牙棒)에 식은땀을 흘려야 했다.

해원은 걱정을 접고 히히 웃었다. 야생마처럼 자라 아나의 무공 성취도는 극히 빨랐다. 오는 길에 몇 수 가르쳐 준 것을 제법 멋지게 사용하고 있었다.

"산돌 사형 고생하겠는데. 아이고! 저 아이를 누가 이겨."

그녀는 느긋하게 팔짱을 꼈다.

그때 '악!' 하고 터지는 비명.

해원은 아미를 찌푸렸다.

아나에게 전쟁은 말 그대로 피와 살이 터지는 싸움이었다. 말고삐를 당겨 적의 우로 도는가 싶더니 사정없이 낭아봉을 적의 견갑(肩甲)에 꽂았다. 그리고 석을 잡아당긴 후 적의 옆구리에 칼을 꽂아서 박았다.

적장이 처량한 비명을 내지르며 말에서 떨어졌다.

해원은 아나의 아이답지 않은 잔인함에 놀랐지만 해원을 따라나선 병사들은 일제히 환호했다.

아나는 병사들의 환호에 답하며 손을 흔들었다.

적의 성채가 다시 열렸다.

"아우야!"

"젖비린내나는 계집년이!"

"가랑이를 찢어 죽일 년!"

분기탱천 아나를 향해 달려나오는 자들은 세 명이었다. 그들은 흥분으로 수치고 뭐고 다 잊었다. 어린 계집 한 명을 상대로 세 명이 한꺼번에 달려들었다.

병사들은 야유를 보냈다.

아나와 세 명의 적장이 함성 속에 얽혔다.

적들의 기세가 맹악(猛惡)함을 보고 잠시 주춤거렸으나 아나는 곧 정신을 차리고 적들에 맞섰다.

누른 수염을 상대로 두 합을 겨루고 말을 틀어 삼지창(三枝槍)을 든 자, 철편(鐵鞭)을 든 자를 크게 찔렀다.

아나는 말의 등에 서는 신기까지 보이며 용맹을 떨쳤다. 일거수일투족이 질풍 같고 번개 같았다. 그러나 적장들도 한 수 한다면 한다는 자들이었다. 삼십여 합을 넘기자 아나는 조금 힘거워하는 기색을 보였다.

"철태궁(鐵胎弓)!"

해원이 소리쳤다.

병사 한 명이 활을 해원에게 건넸다.

해원은 두 명의 병사들이 끙끙거려야 간신히 당길 수 있는 시위를 가볍게 당겼다.

파팟! 팟! 팟!

세 대의 화살이 허공을 울리며 날아갔다.

히히힝! 히힝!

적장들을 태운 말들이 포효하며 천방지축으로 날뛰었다. 해원이 쏜 화살에 목덜미와 어깨를 맞았기 때문이다.

우왕좌왕하는 적장들을 향해 아나가 낭아봉을 날렸다.

누른 수염은 머리통이 깨져 말에서 떨어졌고 삼지창을 든 자는 낭아봉에 산적처럼 꿰어 거꾸러졌다. 이미 말에서 떨어져 허둥거리던 철편을 든 자는 아나가 말고삐를 채 말굽으로 찍어 절명하게 했고.

되도록 적을 죽이지 않겠다는 생각에 적장이 아닌 말을 향해 철태궁을 날렸는데 아나가 해원의 그 수고를 물거품으로 만들어 버리고 만 것이다.

해원은 쓴웃음을 흘렸다. 그러나 어쩔 것인가. 값싼 인정보다 잔혹함이 전쟁에서 왕왕 더 적은 피를 요구한다는 걸 그녀도 알고 있었다.

"쳐라!"

그녀의 입에서 일제히 공격의 명령이 터졌다.

아나의 용맹에 힘입어 병사들이 터진 봇물처럼 성채를 향해 진격했다.

개개인의 실력이야 연왕부 군사보다 월등 뛰어나다고 하지만 적들은 아직 조직적인 훈련에 덜 익숙해져 있는 자들. 실제 전투도 겪어보지 않은 데다 머릿수의 부족, 아나의 분전으로 사기까지 뚝 떨어져 있었으니…….

비승은 수하들의 사기를 위해서도 자신이 직접 선두에 나서야 했다. 그는 수하들에게 각자의 위치를 지키도록 한 후 오십여 명의 수하들과 함께 성채 입구에 섰다.

해원과 아나가 동시에 그를 덮쳤다.

빗발치듯 쏟아지는 화살에 아나는 주춤했지만 해원은 곧장 진격, 비승을 취했다.

비승을 지키던 자들이 벽을 쌓으며 해원의 앞길을 막았다.

해원은 소리개처럼 비상해서 적들을 쳐내며 곧장 비승을 향해 칼을 번뜩였다.

비승이 대도(大刀)로 맞섰다.

챙! 챙! 챙!

찬 겨울 속에 차갑게 울려 퍼지는 병기 부딪치는 소리.

비승은 명가의 후예답게 제법 몇 수의 실력을 발휘했다. 그러나 그는 전쟁의 지휘관에 어울리는 사람이었지 필마로 힘을 겨룰 용장은 아니었다.

아차 하는 사이 해원의 금나수에 팔목이 잡혔고, 곧 매에 채인 병아리처럼 해원에게 나포되어 끌려갔다.

해원이 그를 모두가 잘 보이는 곳에 데려가 무릎 꿇리자 좌문 공략전 종료!

"꼭 죽여야 했어?"

"전쟁이잖아요."

"그래도 죽이지 않을 수도 있었잖아."

"언니는 참 이상해! 전쟁이란 원래 죽일 기회가 있으면 찾아서라도 죽이는 게 전쟁이란 말이에요!"

싸움에 이겨 흥 도도했는데 자꾸 해원이 그 기분을 깨는 말을 해 아나는 화를 냈다.

"전쟁이라고 사람이 사람이 아니던?"

"사람이 아니죠! 병기일 뿐이잖아요! 우린 또 우리 스스로를 그렇게 취급해요!"

"그래? 그래서 너희들이 그렇게 용맹했구나. 전쟁에 딱 맞는 좋은 생각을 가지고 있군. 그런데… 지리산의 산인들은 그런 생각을 가지고 있지 않지. 만약 네가 지리산의 사람이 되고자 한다면 그런 생각을 버려야 할걸."

"예? 태태왕은 그런 이야기를 하지 않았는데……."

"당연하지! 이전까지 산돌 사형은 너를 지리산 사람이라고 생각하지 않았잖아. 지금은… 지금도 나는 잘 모르겠다, 산돌 사형이 너를 어떻게 생각하는지."

"언니가 도와준다고 하고선……. 그런데 언니, 그럼 지리산 사람들은 무슨 생각을 해요?"

"우린 활검(活劍)을 배우지. 사람을 죽이는 검이 아니라 살리는 검."

"활검?"

"그런 게 있어. 천천히 배우게 될 거야. 그런데 산돌 사형이 왔나?"

해원은 고개를 뺐다.

때맞추어 측후병이 달려왔다.

"장군께서는 벌써 와 기다리고 계십니다."

그가 길을 안내했다.

"뭐 한다고 나를 이렇게 기다리게 한 거야? 한 주먹도 되지 않았을 놈들일 텐데. 내가 꼭 군법의 무서움을 말해야겠어!"

정말 꼴값을 했다. 눈발 조금 휘날린다고 산돌이는 수하에게 우산을 펼치게 한 후 자리에 턱 버티고 앉아 있었다.

"태태왕, 나 일곱 명 죽였어. 그중 적장이 네 명이야."

해원의 말을 어떻게 들은 것인지, 아나가 뽀르르 달려가며 말했다.

"일곱 명이나 죽였어? 너무 많지 않아? 앞으로 네댓 명 정도로 줄여."

어찌할꼬. 산돌이 역시 그 나물에 그 밥이었다. 그래서 천생연분인감?

"사형, 적들은 어때요?"

"연락이 간 모양이야. 만만찮게 대비를 하고 있어. 군세(軍勢)도 상당하고. 오랜만에 싸움 같은 싸움을 한번 하겠군."

뇌력창으로 땅을 찍으며 산돌이는 벌떡 일어났다.

해원은 적들의 중앙 성채가 내려다보이는 높은 곳으로 올랐다.

펄럭이는 기치, 번쩍이는 창칼.

산돌이의 말대로 적들의 기세가 예사롭지 않았다. 병력도 근 일이천은 되어 보였다. 적이 도주하는 것을 막기 위해 좌우 문에 각 일천여 군마를 두고 왔기 때문에 해원의 병력은 삼천. 공격하는 자의 불리함을 생각한다면 백중지세였다.

통상 전장이 피바다가 되는 경우는 우열을 가릴 수 없게 힘이 팽팽할 때다.

해원은 희생을 적게 하고 적을 칠 계교를 찾기 위해 머리를 굴렸다.

그때였다.

성채의 문이 열리며 한 장수가 나타났다. 산돌이 이상 가는 번쩍이는 갑옷을 입은 자였다. 뒤에 조용히 도열하는 자들 역시 전포 걸친 장수들이었으니 작자는 필경 중앙 성채의 대장이 분명할 터였다.

그가 지휘기로 산돌이를 가리켰다. 단기로 자웅을 겨루어보자는 것!

해원은 급히 산돌이 곁으로 달려갔다.

"사형, 괜찮겠어요? 눈빛이 범상치 않아요."

단기 승부는 그녀가 오히려 바라던 바였다. 그렇지만 적장의 위력이 예사롭지 않았으니… 겉멋 부린다고 단기 승부를 요구할 자가 절대 아니었다.

산돌이를 상대로 교봉을 청한 자는 천조단의 단주, 모정!

애석했던 것은 신중하게 대처하라는 집정대사도의 전서구가 한 발 늦게 도착한 것이다. 성인학에 대한 조바심으로 해원이 병사들을 강행 군시켰기 때문이었다.

모정 또한 자신의 수하들이 피를 흘리는 것을 원치 않았다. 지금은 병졸로 서 있지만 차후에 그들 수하 한 명 한 명은 병졸 수십에서 수백을 이끌 군장(軍長)들이었으므로.

"제까짓 놈이 잘난 척해봐야!"

걱정 말라며 산돌이는 훌쩍 광풍에 올라탔다.

"조심하세요!"

해원의 염려를 뒤로한 채 산돌이가 달렸다.

모정도 말을 몰아 달려나왔다.

산돌이의 뇌력창과 모정의 철차(鐵叉)가 불꽃을 퉁겼다.

예상대로 모정은 겉멋만 부리는 자가 아니었다. 비승에 비견해 무공 실력이 천양지차였다. 군문의 자제로 어린 시절부터 익힌 무술 실력에

더해 집정대사도를 만난 후 그에게서 특별한 무공을 몇 개 더 익혀 강
호 일류고수로도 손색이 없었다.

챙! 챙! 챙챙챙!

산돌이의 뇌력창, 모정의 철차가 겨울 산을 숨 가쁘게 울렸다.

눈발이 점점 굵어졌다.

대흑저는 승룡대 대원들 백여 명과 함께 가파른 산길을 달리고 있었
다.

측면으로 돌아 적 진영의 허리를 불시에 강타할 것!

단주 모정이 급히 그에게 내린 지시였다.

'아이구! 이 무슨……'

대흑저는 속으로 한숨만 내쉬고 있었다. 불시에 들이닥친 연왕의 군
대. 모정은 잘 몰랐지만 그는 왜 왔을지 대충 추측을 할 수 있었다.

황금인형에 대한 응천부, 연왕부의 집요한 추적. 전선에서 한참 먼
이곳까지 정규군을 급파한 이유가 그 이유 말고 다른 이유가 있을 리
없었다.

진절머리가 났으므로 좌우 다 내팽개치고 일단 이곳을 떠나고 싶었
다. 하지만 수란이 연작대라는 곳에 있었으니… 연작대의 위치를 몰라
딸을 데려갈 수 없었으므로 남은 딸이 화를 입을까 두려웠다.

사위 소국충은 그와 함께 있었다.

"황금인형 때문이 맞겠지요?"

연왕군이 급습한 이유에 대한 소국충의 생각도 장인 대흑저와 같았
다.

대흑저는 아무 말 않고 묵묵히 눈발만 헤쳤다.

"그놈의 황금인형… 우리와 무슨 원수가 졌다고!"

소국충은 온 인상을 썼다.

대흑저는 힐끔 소국충을 바라보았다.

"꼭 나빴던 것만은 아니지. 우리 모두를 만나게 해주지 않았느냐. 특히 나는 너를 새로 알았다."

황금인형을 넘겨줄 때 그는 무척 섭섭했었다. 그 물건을 가져 복보다 화가 더 많았지만 손때 묻힌 세월의 아쉬움 탓인지 장중보옥을 뺏기는 기분이었다.

지긋지긋한 것은 황금인형을 탐하는 자들이었지 황금인형은 아니었다. 울고 있는 그 아이! 황금인형을 생각하면 오히려 마음이 애잔했다.

"헤헤헤! 그건 그렇네요. 사실 장인께서는 저를 예전에 사람으로 취급해 주지도 않았잖아요. 그러니 그나마 그건 조금 나아진 게 맞네요."

소국충이 경망스럽게 웃으며 말했다.

"수란이가 걱정이구나."

대흑저의 말에 소국충은 입을 합 닫았다.

"장인, 그래서 제가 찾아본다고 하지 않았습니까. 제 실력이 그렇게 못 미더워 보였습니까?"

대흑저는 이제 사위 소국충이 기연을 얻었다는 것을 확연히 알고 있다. 시간 나는 대로 무공 지도까지 해주고 있었다. 그래서 소국충은 웬만한 승룡대 대원들 십여 명이 달려들어도 끄떡없을 실력은 되었다.

"이곳은 범의 소굴 같은 곳이야. 또 어떤 험한 놈이 있을지 모르지. 그리고 자칫 길이 어긋나면 이번엔 세 명이 뿔뿔이 흩어질 수 있어. 조금 더 기다려."

일단 모정의 지시대로 움직일 생각이었나. 직령히 싸우다기 페힌디
면 도주하는 척하며 수란이를 찾을 생각이었다. 그 편이 가장 안전한
방법일 듯했다.

"수란이도 오지 않았을까요? 총동원령이 떨어진 듯하던데. 연작대
라고 가만히 있을 리 없죠."

"그곳에서 만날 수 있다면 좋지."

그들이 수군거리며 눈밭을 몇 장 더 나아갔을 때였다.

"아버지!"

귀에 익은 목소리였다. 대흑저와 소국충은 '잉?' 하며 발걸음을 멈
추었다.

호랑이도 제 말 하면 나타난다더니, 장수란이 분명했다.

"네가 웬일이냐?"

수하들의 행군을 중단시킨 후 대흑저와 소국충은 후닥닥! 장수란을
향해 달려갔다.

"아버지, 먼저 만날 사람이 있어요."

입을 쉿! 하며 장수란이 뒤를 가리켰다.

눈발 날리는 나무들 사이 두 사람이 불쑥 모습을 드러냈다. 잘 단련
된 눈에 강인한 눈빛, 대감도를 든 노인과 팔목 위 반 뼘 정도의 위치
에 코끼리 이빨 모양의 병기를 두 개 부착시켜 의수 대용으로 사용하
고 있는 자였다. 한쪽 발도 의족인 그는 특이하게 얼굴에 금박 가면을
쓰고 있었다.

금박 가면은 대흑저의 눈에 익숙한 가면이다. 그의 눈이 휘둥그레
커졌다.

"노야!"

그가 털썩 무릎을 꿇었다.

두 노인은 해원이 천조단을 정확히 파악하기 위해 미리 보낸 두 호법, 독심마도와 금면공이었다. 금박 가면을 쓴 노인이 금면공.

금면공은 대흑저에게 무공을 가르쳐 준 은사다. 자신과 같이 있으면 장수란이 위해를 당할까 걱정해 청풍채에 와서는 일체 찾아오지 말라고 했지만 구백령에 있을 당시엔 금면공은 장수란과도 함께 있었다. 장수란이 한참 재롱을 피울 때라 무뚝뚝한 금면공도 장수란을 친손녀처럼 아꼈다.

세월 흘렀지만 그 인연이 있었으므로 소국충의 용돈 벌이를 위해 연작대 가까운 산에서 약초를 캐고 있는 장수란을 보자 금방 장수란임을 알았다.

장수란을 만나 대흑저도 이곳에 있음을 알았고 대흑저를 찾았다. 그리고 오늘 결전의 순간 대흑저 앞에 나타난 것이다.

"소랑, 우리 할아버지예요."

장수란이 소국충에게 금면공을 소개했다.

"인사드립니다! 소국충입니다!"

우렁찬 목소리로 소국충도 무릎을 꿇었다.

금면공은 손사래를 쳤다.

"인사는 나중에 하고… 우린 여하한 사정으로 지금 연왕과 같은 편이다."

"옛?"

대흑저의 눈이 다시 커졌다.

"이곳을 갈아엎기 위해 왔지. 해서 너는 지금부터 연왕의 군대와 같이 싸워야 한다."

“무슨 말씀인지? 솔직히 저는… 이곳을 위해 싸울 마음도 없지만 연
왕을 위해 싸울 마음도 없습니다. 여하한 사정이 있어 장인어른과 저
는 연왕과도 화합할 수 없는 처지입니다.”

영문을 몰라 눈만 끔뻑거리는 대흑저를 대신해 소국충이 재빨리 말
했다.

“그래, 네놈들도 국법 밖에 사는 놈들이었지. 그래서 연왕은 약속했
다, 진심으로 회개하는 자들은 모두 용서하기로. 공을 세우기를 원하
는 자는 군문에 받아들이겠다고까지 약속했다.”

“노야, 그게 아니라 저는……”

“무슨 말이 그렇게 많으냐! 지금 연왕군을 이끄는 분은 내게 큰 은인
이다! 나머지 이야기는 그분을 도와 이 싸움을 끝낸 후 하기로 하자!”

금면공이 화를 내며 소리쳤다.

대흑저는 움찔했다.

“노야, 알았습니다. 그럼 가시지요.”

그가 허둥지둥 앞장을 섰다.

그때 소국충이 발 빠르게 나섰다.

“일단 이기는 게 우선이라 이 말씀이시죠? 그럼……”

그가 달려간 곳은 승룡대 대원들이 있는 곳이었다.

“너희들은 잘 들어라! 들은 대로 지금 연왕의 군대가 이곳으로 왔다!
반란을 획책하는 이곳을 토벌하기 위해! 해서 이제 나는 나의 진면목
을 밝히고자 한다! 나는 사실 이곳을 정탐하기 위해 온 연왕부 사람이
다!”

연왕부 사람이라는 말에 승룡대 대원들은 크게 웅성댔다. 일부는 칼
을 빼는 자도 있었다.

"할(喝)!"

소국충이 큰 소리로 그들을 진정시켰다.

"자, 이제 나는 분명 말하겠다! 연왕을 따르는 자는 지난날의 죄를 모두 사할 것이다! 이번 싸움에 공을 세우는 자는 후한 상까지 받을 것이다! 연왕의 편에 서서 지난날의 죄를 씻고 금의환향할 것인가, 반역도로 효수되어 까마귀밥이 될 것인가?"

승룡대 대원들이 다시 웅성댔다. 그들은 서로의 눈치만 보았다.

"부대주의 원래 신분이 무엇인지 이미 아는 놈들은 알 것이다! 청풍채 총채주! 총채주께서도 나와 뜻을 같이하기로 했다! 총채주, 이곳으로 오십시오."

소국충이 손짓을 했다.

"맹랑한 놈이군. 가보아라."

금면공의 말에 대흑저는 소국충 곁에 섰다.

몇몇 대흑저의 얼굴을 본 자가 있어 소국충의 말대로 승룡대 대원들은 대흑저의 원래 신분을 알았다. 녹림오호라는 엄청난 신분, 그 바닥에서 꽤 신망도 있었던 터라 승룡대원들은 대흑저의 한마디에 촉각을 곤두세웠다.

대흑저는 다른 말 않았다.

"나와 함께하기 싫은 놈은 따라오지 않아도 된다. 나머지 놈들은… 가자."

그가 성큼 앞으로 나섰다.

승룡대원들은 다시 서로의 눈치를 살피며 어물댔다.

"반역도로 사느니 연왕부에 항복하는 게 낫지! 나는 부대주를 따르겠다!"

누군가가 소리쳤다.

작자가 달려가자 나머지 자들도 앞 다투어 대흑저를 따랐다.

이십 명가량은 대열에 합류하지 않았다. 그중 십여 명은 뒤늦게 결심을 굳힌 듯 대흑저를 따랐고 나머지 자들은 각자의 길로 흩어졌다.

이각여 눈보라 속을 나아가자 중앙 성채가 보였다.

"장인, 연왕군과 합류해서 싸울 겁니까?"

"그럼?"

"성채로 바로 들어갑시다. 저들은 우리를 지원군으로 알 것이니 성채에 입성 후 적을 급습, 문을 엽시다."

"그러지."

대흑저는 고개를 끄덕였다. 솔직히 그는 뭐가 뭔지 몰랐다. 얼마 전까지만 하더라도 연왕부에 쫓겨다니기 바빴는데 이제 연왕과 한 편에서 싸우고 있었으니…….

'에라, 모르겠다! 될 대로 되겠지.'

"서둘러라!"

그가 고함을 지르며 발걸음을 빨리했다.

육도(六韜)에 이르기를 전쟁의 이기고 지는 징조는 병사의 정신에서 이미 갈라진다고 했다.

자신이 그 자리에 있어야 할 이유를 모르는 군대는 녹림의 무리들과 다르지 않다. 아쉽게도 비밀을 강조하느라 집정대사도, 모정은 천조단원들에게 그들이 그곳에 있어야 하는 이유에 대해 말한 게 아무것도 없었다.

더해서 녹림, 흑도의 무리들에게도 반역도가 된다는 것은 엄청난 부담이었으니…….

모정이 용맹을 발휘해서 적장의 목을 날렸다면 떨어진 사기를 수습할 수도 있었을 것이다. 그러나 시간이 갈수록 모정은 산돌이의 힘에 눌려 말머리를 돌려야 할 처지였다.

그때 대흑저가 이끈 승룡대원들의 급습!

기회를 놓치지 않고 해원은 전군 공격을 명했고, 적들은 제대로 된 저항 한 번 하지 못하고 무너졌다.

천조단 단주 모정이 주가 놈의 군대에 죽을 수 없다며 돌연 칼로 자신의 목을 쳐 자결함으로써 천조단 정벌은 끝을 맺었다.

해원은 남은 군무를 산돌이에게 맡기고 지금 점령한 중앙채 막사에서 한 사람을 대하고 있었다. 어색한 표정으로 해원의 눈치를 살피고 있는 그는 대흑저였다.

대흑저를 만난 해원은 이게 웬일인가 했다. 만사 제쳐 둔 채 급히 면담을 청했다. 그녀에게 가장 중요한 일은 역시 황금인형을 찾는 일이었으므로.

막사로 들어가는 대흑저에게 금면공은 재삼 강조해서 말했다. 산돌이와 해원을 은인이라고, 묻는 말에 있는 그대로 답하라고 했다. 해서 해원이 묻는 말에 그는 황금인형에 얽힌 모든 일들에 대해 낱낱이 고했다. 그리고 두 눈을 뒤룩거리며 해원이 내릴 처분을 기다리고 있었다.

해원은 긴 한숨부터 쉬었다.

'황금인형이 집정대사도 그 작자의 손에 있다니…….'

언젠가 대사형이 한 말이 맞는 듯했다. 인연의 사슬은 분명 존재한다고.

‘마교에 이어 이제는 황남인영… 살났군.’

번잡을 떨 일이 줄어들어 좋았다. 이제 그녀의 모든 화살은 집정대 사도 그에게로!

第二章

출정 전야(出征前夜)

현헌의 눈빛이 차갑게 가라앉았다. 그가 찾은 곳은 이제 검게 불탄 폐허였다.

"최소 삼 일 전에 벌어진 일 같습니다."

불탄 목채들을 뒤적이다가 현헌에게 보고를 하는 그는 금산오교의 셋째였다.

"삼 일 전이면 오는 길에 만났을 수도 있었잖아. 길을 서두르느라 관도를 피해 달려온 것이 오히려 일을 망쳤군요."

신화총을 철컥이며 발을 구르는 자는 넷째.

"양여상, 부, 부지휘께 연락이 가지 않았어? 노, 놈들의 진격로를 조, 조금만 막아주었어도 우, 우리는 연, 연왕부 놈들을 만날 수 있었다."

장맹기의 말에 모두의 눈길이 양여상에게로 쏠렸다.

"나는 분명 대야의 명이 적힌 서신을 부지휘께 전했다. 목책을 깔고함정을 만들면 기마의 진군을 상당히 늦출 수 있을 것이라고 말했지. 그랬는데…….”

“그랬는데 어쨌다는 말이오?”

양여상이 말에 뜸을 들이자 금산오교의 넷째가 두 눈을 번들거리며 이야기를 재촉했다.

“내가 여기 온 것은 녹림의 적도들을 토벌하기 위해서이지 연왕군과 싸우기 위해서는 아니다. 그러나 연왕군과의 싸움도 중요하니… 협조를 해야지. 말씀은 그렇게 하셨습니다. 그러나 일을 하는지 하지 않는지는… 몸이 안 좋다며 수하에게 일을 맡긴 후 내내 민가에서 요양만 하셨습니다.”

“어떤 요양? 보지 않아도 훤하다! 내내 술동이 낀 채 계집질이나 하고 있었겠지! 저번에 그놈의 부자지를 빼버렸어야 하는 건데!”

셋째가 살기등등한 눈빛으로 고함을 질렀다.

사실 셋째의 말이 맞았다. 불귀도에서 매타작을 당한 후 맹표는 술로 날을 지샜다.

자신의 한을 누구에게 하소연할 것인가. 아무리 황명을 받은 자라고 하나 환관이 금의위 부지휘를 치도곤 놓다니… 상부에 보고하면 현헌에게 책임이 돌아갈 수도 있었다. 그러나 그렇게 하면 자신의 앞날도 끝장이다. 환관에게 개 맞듯 맞은 자를 누가 대우해 주랴. 자신의 앞날을 생각해서 모른 척 넘어갈 수밖에 없었다. 치솟는 울화를 술과 계집으로 풀며.

침묵하던 현헌이 입을 열었다.

“건원평(建原坪)에 임시 목채를 짓고 농성을 명했었다. 준비는 되었겠지?”

적을 따라잡지 못할 경우에 대비해 적의 되격을 지연시키기 위해 내렸던 조치였다.

"부지휘께서는 대야께서 군략(軍略)에 대해 전혀 문외한이군, 하는 말로 건원평에 나아가기를 거절했습니다. 기마와 싸우기에 적절하지 않다고 하셨습니다."

"뭐? 그놈이야말로 용병(用兵)에 대해 쥐뿔도 모르는 놈이군! 산을 의지해 길을 막고 농성을 벌이기에 그만큼 좋은 곳이 어디 있다고!"

셋째가 분통을 터뜨렸다.

"소공, 도저히 안 되겠습니다! 그놈에게 다시 불벼락을 한번 내려야 할 것 같습니다!"

넷째도 고함을 질렀다.

현헌은 귀왕인을 매만지며 침묵했다.

손끝에 걸릴 만하면 빠져나가는 황금인형. 이명(耳鳴)으로 다시 머리가 터질 것 같았다.

전혀 생각도 못했던 곳으로부터 날아온 한 통의 서신, 마교의 수장이라는 집정대사도가 보낸 서신이었다.

집정대사도는 말한다. 귀하가 찾는 황금인형을 내가 가지고 있다. 입당 기념으로 대흑저라는 자가 선물한 것이다. 그러나 이제 싫든 좋든 황금인형은 자신의 손을 떠나야 한다. 왜? 연왕부가 노리고 있으므로.

집정대사도는 또 말한다. 내가 황금인형을 가지고 있을 경우 귀하께서 황금인형을 찾을 기회가 있을 것이나 연왕부가 황금인형을 가지고 있을 경우에는 영원히 황금인형을 찾을 기회가 없을 것이다. 해서 귀하는 나를 도와야 한다.

간악한 마교의 수장, 집정대사도라는 자가 보낸 편지의 내용이다. 그는 말미에 한 편의 연시(戀詩)까지 남겼다. 고운 꽃잎 날아드는 옥난간에, 봄빛 인연 없어 다시 보기 어려워라 하는.

현헌도 그 시를 알고 있다. 대흑저가 황자중에게 보낸 연서의 모사본을 통해서다.

집정대사도라는 자가 자신이 황금인형을 가지고 있다는 걸 은근히 증명하기 위해 그 시를 남긴 듯한데 작자는 그런 걱정은 할 필요가 없었다. 대흑저를 추적하는 과정에서 이미 황금인형의 행로를 어느 정도 짐작하고 있었으므로.

어쨌든 집정대사도라는 자, 급전을 띄운 이유가 훤히 들여다보였다. 남의 칼로 당장 자신 앞에 떨어진 위험을 막아보겠다는 것인데… 문제는 치졸한 그 술수를 알고도 뛰어들 수밖에 없었던 게 그의 처지였다.

집정대사도의 말대로 연왕부가 황금인형을 가져갔을 경우 그에게 다시 기회란 없다. 해서 여기까지 허둥지둥 달려왔는데 결과는 보는 그대로였다.

황금인형은 결국 연왕부의 손으로 넘어갔는가?

현헌은 깨질 듯한 머리의 통증으로 한동안 시달렸다. 이각여가 흐른 후에야 그는 간신히 정신을 차릴 수 있었다.

섣부른 판단을 하지 말 것! 차분차분 생각할 것!

마교가 어떤 곳인가. 황군, 구파일방의 대공세 속에서도 자리를 지키고 있는 곳.

집정대사도라는 자는 그곳의 수장이다. 그가 연왕부의 수중에 떨어졌으리라고 쉽게 생각되지 않았다.

현헌은 셋째를 불렀다.

"너는 낭상 연왕군을 뒤쫓아라. 포로를 끌고 가고 있으므로 서두른다면 그들을 쫓을 수 있을 것이다. 가서 확인해라. 그들 속에 집정대사도, 대흑저라는 자들이 있는지. 없다면 어떻게 되었는지 알아보라. 내 곧 뒤따라가겠다."

"예, 알겠습니다."

"장맹기, 너도 따라가라."

"옛!"

셋째와 장맹기가 발 빠르게 산을 내려갔다.

"저기 있는 구파일방 몇몇 자들과 함께 너는 여기를 다시 샅샅이 뒤져라. 시신까지 뒤져 이곳에 대해 알아낼 수 있는 모든 것을 알아내라. 산 아래에서 기다리겠다."

현헌이 넷째에게 명했다.

"알겠습니다."

넷째도 명을 받았다.

현헌은 폐허가 된 천조단을 쭉 바라본 후 산길을 내려왔다. 급히 연왕군을 뒤쫓고 싶었지만 더 중요한 건 마음을 진정시키는 일이라고 생각했다.

이제 더 이상의 실수는 없다. 마교가 황금인형에 관련되어 있음을 확실히 확인했으니 일을 함에 신중에 신중을 기해야 했다.

산을 내려온 현헌은 지난밤 잠시 머물렀던 객잔을 찾았다.

해가 기울고 있었다.

현헌은 손과 얼굴을 씻은 후 객잔에 앉았다. 송자주(松子酒)에 간단한 안주 한두 가지를 시켰을 때였다. 누군가가 은밀히 그에게 다가와 밀봉된 서찰을 건넸다. 금산오교의 첫째가 보낸 서찰이었다.

　금산오교 첫째와 둘째, 막내는 지금 다른 일을 하고 있었다. 불귀도에서 얻은 실낱같은 정보로 마교의 본당을 찾는 데 전력을 기울이고 있었다.

　현헌은 서찰을 열었다.

　촉도에서 귀주로 넘어가는 곳, 수산(秀山)까지 적들의 행적을 쫓는 데 성공했다고 했다. 이후가 문제인데… 황권이 쉽게 미치지 못하는 곳이라 관원들의 힘 얻기가 쉽지 않고 사람들 또한 외지인에 대해 적대적이라 자칫하면 하릴없이 시간을 보낼 것 같다는 우려를 전했다.

　현헌은 서찰을 접어 품속에 넣었다. 그의 입가에 희미한 미소가 떠올랐다.

　불탄 건물들을 보며 그는 생각했었다. 이곳이 마교의 본당이 아닐 가능성이 높다고. 불타고 남은 건물들의 뼈대, 건물들의 배치에서 그는 그 어떤 종교적 냄새를 맡지 못했다. 엉성하게 짜여진 집들로 보건대 녹림의 소굴 이상으로 생각되지 않았다.

　'수산이라…….'

　수산과 대파산 사이의 거리가 얼마인가. 예측대로 대파산은 마교의 본당이 아니었다. 불귀도처럼 사마(邪魔)를 획책하기 위해 벌여놓은 소굴 중 한 곳이리라.

　불안한 마음이 조금 가라앉았다. 마교가 만만치 않은 곳이라는 걸 실제 느꼈기 때문이다. 만만치 않은 곳임으로 연왕부에 황금인형을 절대 뺏기지 않았으리라는 확신이 들었다. 해서 이제 문제는 마교라는 곳이었던가?

　그는 금산오교의 실력을 안다. 하릴없이 시간을 보낼 것 같다고 생색은 내고 있지만 어떤 방법을 동원해서라도 결국 마교의 본당을 찾아낼 그들이다.

마교의 본당이 가까워질수록 남긴 흔적도 많을 테니 의외로 빨리 적도들을 찾아낼지도 모른다.

마교와의 결전을 준비해야 했다. 하지만 마교와의 결전은 그의 힘으로는 벅차다. 지금 하는 꼴로 봐서 맹표가 도와줄 것 같지 않았고, 도와준다고 하더라도 썩어빠진 병졸들 데려가 봐야 거치적거리기만 할 게 뻔했다.

'서둘러 구걸왕이라는 자를 만나야겠군.'

집정대사도라는 자, 대흑저가 연왕군에게 나포되지 않았다는 사실을 셋째가 확인한다면 그는 구걸왕부터 만날 생각이었다.

가볍게 볼 수 없는 곳이 마교임을 귀 따갑게 그는 들었다. 마침 구파 일방의 최대 과제도 마교 척결이었으니 오대산주 척결과 달리 이번 동맹은 순탄하게 이루어질 듯했다.

현헌은 느긋한 마음으로 송자주를 몇 잔 기울였다.

'마교와의 싸움이라……'

귀왕인이 진가를 발휘할 멋진 싸움도 몇 번 있을 듯해 가히 싫지만은 않았다. 솔직히 흥분까지 되었다. 어린 시절부터 잊을 만하면 들었던 것이 마교의 그 가공할 무공들이었으므로.

고려에서 왔다는 젊은 검호들도 있다. 구걸왕과 다툴 정도로 그들 또한 만만치 않다고 했으니 일과 별도로 어쩔 수 없이 치솟는 호승지심!

현헌은 한적한 곳을 찾기로 했다. 한바탕 몸을 풀어볼 생각이었다. 그런데 또 다른 자가 그의 발걸음을 잡았다. 금의위 대한장군 양여상이었다.

“아직 가지 않았느냐?”

양여상의 임무는 그와 맹표를 이어주는 것이다.

양여상은 씩 웃었다.

“대야, 저도 술 한잔 주십시오.”

그가 털썩 의자에 앉았다. 그리고 남은 송자주를 병째 들이켰다.

현헌은 미간을 좁혔다. 눈동자가 축축한 것이 여기 오기 전에 이미 꽤 술을 마신 듯했다.

“맹표는 어디 있지?”

놈이 어디에 있든 말든! 그는 맹표에 대해 관심을 끄려 했다. 만나면 더 큰 사고를 칠 것 같았기 때문이다. 그런데 양여상의 태도가 심상치 않아 그는 맹표의 행방부터 물었다.

“대야가 어지간히 무서웠던 모양입니다. 있는 곳도 말해 주지 않고. 하지만 대충 어디쯤 있을지 짐작합니다.”

양여상이 술 취한 목소리로 말했다.

현헌은 가만히 손을 들어 점소이를 불렀다.

“독한 술을 원하느냐?”

“좋지요.”

“화주를 가져오라, 아주 독한 것으로.”

점소이가 화주를 가져왔다.

양여상은 기다렸다는 듯 냉큼 화주를 들이켰다.

“커!”

그가 소매로 입술을 닦았다.

현헌은 양여상을 지켜만 보았다.

몇 모금의 화주를 더 들이키던 양여상이 고개를 들었다. 현헌을 바

라보는 그의 얼굴이 씰룩씰룩 일그러졌다. 그가 더듬거리는 목소리로
입을 열었다.

"대야, 우리는 죽을 것입니다."

난데없는 말이었다.

"맹표가 온 것은 그 때문입니다! 살인멸구! 황자증이 시킨 일이라고
했습니다!"

현헌의 눈빛이 굳어졌다.

"대야, 대엿새 전 나는 우연히 그놈의 술주정을 듣게 되었습니다. 감
히 나를 오라 가라고 해! 그 환관 놈, 얼마나 날뛸 수 있을 것 같은가!
놈은 곧 내게 죽게 되어 있어! 그렇게 고함을 질렀습니다. 무엇 때문인
지 아십니까?"

"무엇 때문인가?"

"맹표, 그놈은 이유를 말하지 않았습니다. 그러나 나는 압니다! 대
야, 저는 바보가 아닙니다! 황금인형! 황실의 치부! 해서 황금인형에 대
해 아는 자는 모두 죽어야 한다!"

역시 직업이란 무서웠다. 강호를 오가며 들은 황금인형에 대한 편린
의 조각들, 그 몇 개의 조각들을 맞추어 양여상은 황금인형에 얽힌 이
야기들을 짜 맞추어낼 수 있었다.

충격적인 말을 들었는데도 처음 잠시 표정이 변했을 뿐 현헌은 더
이상의 표정 변화는 보이지 않았다.

"황자증이 나를 죽이라고 했다고?"

지나치게 차분해 귀기(鬼氣)까지 느껴질 정도였다.

"태상시경이 시킨 일이 맞습니다. 사실 저는… 대야, 저는 태상시경
으로부터 대야의 일거수일투족을 감시하라는 명을 받고 왔습니다. 맹

표도 그 사실을 알기에 저를 믿고 그 사실을 털어놓았겠지요.”

“그런가?”

“죽여주십시오! 아니, 살고 싶습니다! 대야, 제가 왜 오늘 이 사실을 대야께 말씀드리는지 아십니까?”

“…….”

“황금인형에 연루되어 있는 자들, 황금인형의 비밀을 아는 자들은 모두 죽어야 한다! 대야도 무사할 수 없는데 제가… 문득 든 생각입니다. 저 역시 무사하지 못할 것이라고! 어쩌면 맹표의 목도 날아갈지 모르죠.”

“그래, 네 말이 옳을 것 같다. 내가 황자중의 입장이라면… 황실의 권위를 위해 모두 죽이려 하겠지.”

현헌의 말에 양여상의 안색이 창백해졌다.

“앉아서 죽음을 기다리겠다는 말씀이십니까?”

그는 이제 현헌의 황제에 대한 마음을 안다, 황제를 위해서라면 죽음조차 달게 받을 수 있는 자라는 사실을.

현헌은 희미하게 웃었다.

“누가 내 목숨을 원하고 있다고? 황상? 아니다. 황자중, 그 늙은이일 뿐이지. 황상께서 원하시는 것은 나의 조속한 환궁(還宮)이다. 황도로 돌아와 권력이나 밝히는 냄새나는 그놈들로부터 존체를 지켜주기를 원하고 계시지.”

그의 입 언저리가 묘하게 비틀렸다.

“그래, 이제 나는 알았다. 내가 무엇을 해야 하는가를.”

그의 미소가 짙어졌다.

“대야, 저는, 저는… 저는 어떻게 되는 것입니까? 이실직고를 하면 내야에서 저의 활로를 찾아주리라 생각했습니다. 그냥 그런 믿음이……
대야, 살려주십시오!"

죽음이라는 큰 짐 앞에서는 양여상도 약했다. 그가 눈물을 글썽이며
머리를 숙였다.

현헌은 차갑게 눈빛을 빛내며 고개를 들었다.

"맹표는 어디 있지?"

"사량구(飼糧口)라는 곳, 그 근처 어디에 있을 겁니다."

현헌은 귀왕인을 걸치며 자리에서 일어났다.

"대야, 저는……."

양여상이 다급히 매달렸다.

"내게 충성을 맹세하라. 나는 너의 재능을 버리지 않을 것이다."

현헌은 객잔을 나섰다.

"커헉!"

"억!"

사량구에서 행세깨나 하는 토호의 집이었다. 현헌의 귀왕인 좌우 양
날에 문 앞을 지키던 두 명의 사내가 쓰러지고 있었다.

현헌은 가볍게 담을 넘어 후원으로 향했다. 도중에 그의 얼굴을 본
자는 무참히 그의 귀왕인에 의해 쓰러졌다. 모진 놈 곁에 있으면 벼락
을 맞는다고 모진 놈을 모시고 있는 게 그들의 죄였다.

반강제로 토호를 내쫓은 후 맹표는 이곳을 자신의 소굴로 하고 있었
다.

현헌은 귀왕인으로 후원 깊은 곳 거실의 문을 열었다. 발가벗은 네
명의 계집에 한 명의 사내, 사내는 맹표였다.

계집들과 희희닥거리던 맹표는 현헌의 등장에 놀라 벌떡 일어났다.

"아, 아! 내가 찾아가려고 했는데… 일이 어떻게 된 것이냐 하면……."

순간 거실에 피분수가 솟구쳤다. 벌거벗은 계집 한 명이 눈을 까뒤집고 쓰러지고 있었다.

계집들이 자지러지는 비명을 질렀다.

현헌이 공포에 질려 떨고 있는 그녀들 앞으로 다가갔다. 귀왕인이 그녀들의 여린 살을 뚫고 심장 깊숙이 박혔다.

거실이 핏물로 질퍽하게 젖었다.

맹표는 턱을 덜덜 떨었다.

"초, 초토사, 이럴 필요까지… 내가 잘못은 했소. 앞으로, 앞으로는……."

앞으로는 없었다. 현헌의 귀왕인이 뇌전처럼 빛을 발했다.

맹표는 다급히 몸을 굴렸다. 그러나 술에 찌든 그의 몸으로 귀왕인을 막기에는 역부족이었다.

"꺼, 꺼억, 커……."

잘린 목젖을 붙잡고 그가 컥컥댔다.

현헌은 핏물 뚝뚝 떨어지는 귀왕인을 맹표의 미간에 갖다 댔다.

"맹표, 귀신이 되어 황자중에게 전하라, 황상을 모실 자격이 있는 자는 황상께 모든 것을 바칠 각오가 되어 있는 자라는 사실을. 나의 충심(忠心)이 황자중보다 못하지 않다고 생각하기에 나는 아직 죽을 수 없다."

귀왕인이 매끄럽게 맹표의 뇌수로 파고들었다. 맹표의 눈이 허옇게 돌아갔다.

귀왕인을 털며 현헌은 중얼댔다.

“이번 일을 끝낸 후 황자준을 한번 만나야겠군.”

그는 황도의 권신(權臣)들을 상대할 방법을 이미 알고 있었다. 선제(先帝) 때부터 권모술수는 눈 아프게 보아온 터였다. 더해서 그에게는 칼까지 있다. 그럼에도 가만히 있었던 것은 환관이라는 신분에 스스로의 한계를 두었기 때문.

그러나 지금 이 순간 현헌은 스스로를 얽맨 그 한계를 깨끗이 버렸다.

일인지하만인지상(一人之下萬人之上)!

이제 꺾이지 않을 그의 목표였다.

2

"대사형!"

환호를 하며 달려오는 여자는 해원이었다.

"대사형."

그녀가 성인학의 품에 매달렸다.

"경망스럽게… 다른 사람이 보고 있다!"

말만 그렇게 했을 뿐 성인학도 해원이 무척 반가운 듯했다.

"그래, 무사해서 다행이다만 또 어디서 무슨 사고를 쳤더냐?"

"사고는 대사형의 특기잖아요. 수돌 사형, 나 없는 사이에 대사형 사고 친 건 아니죠?"

해원은 성인학의 품에서 떨어졌다.

"사고까지는… 내가 좀 피곤했지. 그런데 산돌아, 네 옆의 그 어린 아가씨는 누구냐?"

못 보던 인물들이 제법 있었는데 수돌이의 눈에 가장 먼저 들어온 여자는 아나였다.

"시아주버니, 저는 아나라고 해요."

아나가 상기된 얼굴로 성인학을 향해 넙죽 절했다.

"뭐? 시아주버니?"

수돌이는 황당해했다.

"아이고! 이런 도둑놈을 보았나. 아직 솜털도 가시지 않은 어린 아가씨를 여자라고 얻어? 산돌아, 산돌아, 나는 네놈이 그렇게 염치없는 놈인 줄 몰랐다."

그가 혀를 찼다.

"태태왕이 말씀하시기를 그곳에는 위아래도 모르는 망종이 한 명 있다고 하더니 사실이었군요! 말조심하세요! 누구를 보고 솜털 운운이에요! 전 귀하의 형수란 말이에요!"

아나가 수돌이를 향해 눈을 흘기며 소리쳤다.

수돌이는 황당해서 입만 딱 벌렸다.

"말이 거칠어서 그렇지 아나가 꼭 틀린 말을 한 건 아니네. 산돌 사형이 사형이 맞다면 수돌 사형은 아나를 윗사람으로 대우해야 하는 게 맞지."

다른 사람 아닌 명아 들으라고 해원이 한 말이었다. 나이를 떠나 손윗사람이니 앞으로 대우를 받겠다는.

"남녀 평등, 남녀 평등 늘 떠들더니… 남자 나이 아닌 여자 나이로 위아래 가려야 한다는 이야기는 왜 안 하누?"

수돌이가 눈을 부라렸다.

"수돌 사형, 옛 법이 전부 나쁜 건 아니에요. 좋은 건 받아들여야죠."

해원은 '에헴!' 했다.

"산돌아, 어떻게 된 일이냐?"

성인학이 물었다.

"아, 뭐… 그런 일이 있었소."

산돌이는 말도 하기 싫다고 했다.

"여진의 아가씨죠. 산돌 사형에게 딱 어울리는 아가씨예요. 아! 그나저나 대사형, 나 배고파."

군장(軍裝)을 가볍게 하기 위해 대파산으로 가는 내내 먹은 게 말린 음식들이었다. 이곳으로 오는 도중에도 길 서두른다고 건량과 건포로 끼니를 때웠고. 따뜻한 밥에 싱싱한 야채 생각이 간절했다.

"무슨 바쁜 일을 했기에 밥도 챙겨먹지 못했더냐?"

성인학이 산돌이에게 물었다.

"해원이가 하는 일은 전부 비밀이잖아요. 전 그냥 갑옷 입고 투구 쓰고 달렸을 뿐입니다. 궁금하면 해원이에게 물어보세요."

생각하니 굳이 천조단을 친 사실을 알릴 필요가 있나 해서 해원은 천조단을 치는 데 개입한 모든 사람에게 함구령을 내렸다. 어쨌든 그들 마교도들의 정서상 연왕의 군대로 천조단을 친 사실이 결코 유쾌하지는 않을 테니.

"배고프다니깐! 대사형, 천천히 이야기해요."

해원은 먹을 것을 찾아 두리번거렸다.

성인학은 더 이상 해원을 채근하지 않았다. 이제 해원의 능력을 인정해 주고 있었으므로. 그런 일이 있었겠지 생각했다.

"모두 식사를 못한 모양이군요. 해원아, 이리 와."

명아가 불렀다.

"처음 뵈는 분들도 있네요."

장자영이었다. 그녀가 독심마도, 금면공 곁에 우물쭈물 서 있는 사람들을 가리켰다.

"아! 깜빡했군요. 저분은 동패산 청풍채 총채주 대흑저라는 분이에요."

"엥?"

대흑저! 얼마나 찾던 사람인가. 수돌이의 눈이 돌아갔다. 성인학도 미간을 좁혔다.

"태상령을 뵙습니다!"

대흑저가 선 자리에서 부복했다. 오는 길에 그는 들었다, 성인학에 대해. 금면공이 하늘같이 떠받드는 사람이라고 했으니…….

"태상령을 뵙습니다!"

뒤에 서 있던 소국충과 장수란도 무릎을 꿇었다.

성인학은 영문을 몰라 해원을 뻔히 바라보았다.

"우헤헤! 무슨 일로 갔는가 했더니 황금인형을 찾아 나섰던 게로군. 축하하네, 축하해!"

축하한다고 했지만 영 축하하는 표정이 아닌, 꼭 뭐 씹은 표정의 그는 엄등이었다.

"어디, 어디, 나도… 어, 그 유명한 고려의 기보 황금보전이 들었다는 황금인형을 한번 구경해 볼까."

그가 해원 곁으로 실실 걸어왔다.

"소사고, 나도 구경 정도는 좀 해도 되겠죠?"

위대용도 관심을 표했다.

푸성귀에 대한 갈증이 어지간했던가 보다. 해원은 명아가 밥 짓는 그새를 못 참고 나물을 먹고 있었다.

"냠냠냠! 총채주, 말해 주세요. 황금인형이 어디 있는지."

대흑저는 머리를 긁적였다.

"황금인형은… 이제 제가 가지고 있지 않습니다. 그곳의 수장이 집정대사도라고 하니 집정대사도라는 자가 가지고 있겠지요."

"집정대사도?"

엄둥을 비롯한 모든 자들이 놀라 눈을 크게 떴다.

"아무래도 우리는 전생에 집정대사도라는 자와 큰 악연이 있는 모양이에요. 이제 그와의 싸움을 비켜갈 방도는 전혀 없죠."

해원이 냠냠거리며 말했다.

"자초지종을 제가 말씀드리겠습니다."

금면공이 나섰다.

해원이 함구령을 내리기도 했고 흑문호를 비롯한 이십팔숙도 결코 좋아하지 않을 이야기였으므로 그는 연왕군의 천조단 정벌을 제외한 일, 대흑저와 자신의 인연을 시작으로 강호인에게 쫓기다가 사위와 딸 때문에 어쩔 수 없이 구백령에서 복수혈맹에 발을 들이게 된 사연까지 간략히 이야기했다.

"모두 제가 못난 탓입니다."

대흑저는 이마에 비질비질 땀을 흘리며 미안해했다.

"아! 그렇게 된 것이었군. 그래서 왕왕 인연없는 자가 기보를 취하게 되면 화를 당하지. 그런데… 나는 알 수가 없소. 왜 황제와 연왕마저 그토록 황금인형을 탐하는지."

모처럼 날카로운 수돌이의 지적.

"나도 그 이유에 대해 알고 싶소."

세계 최강의 군대 뭉단금, 아비 어쩌고… 별 신빙성없어 보이는 이야기들이라 성인학도 궁금한 부분이었다.

금면공은 해원을 바라보았다.

바보 사형들아, 모두 아는 일 너희들만 모른다. 해원의 대답은 간단했다.

"그들은 착각을 하고 있어요, 황금인형 속에 보물이 숨겨진 곳을 그린 장보도가 있는 줄. 보물이라니! 둘 다 군자금의 압박을 받고 있으니 눈 돌 만하죠."

그녀는 황금인형이 숨기고 있는 정치적 비밀에 대해서도 절대 함구령을 내렸다. 만약 황금인형이 고려의 기서, 선사와 무관하다는 것을 알면 사형들은 미련없이 구주를 떠날 것이라고 했다.

이 중요한 순간에 장백의 젊은 호랑이들이 사라진다면 큰일이라 금면공 등은 해원의 말에 침묵을 지켰다. 그 바보들은 '아하! 그렇게 된 것이군' 하고 고개를 끄덕였고.

"아! 소교주, 말씀드린 대로 이놈은 저와 제법 인연이 있습니다. 만약 제게 문제가 생긴다면 저 대신 소교주의 호법을 맡길 참이었지요."

서패산에서 대흑저가 작별을 고할 때 황산 주사천으로 가라고 한 이유도 그 때문이었다.

"그땐 급한 마음에 짐을 지우려고 했는데… 제놈은 제 갈 길을 가야지요. 그런데 이놈이 떠나지 않겠다고 합니다. 내가 있는 곳이 결코 평탄치 않은, 저들이 마교라고 부르는 곳임을 알고서도 이곳에 발을 들이겠다고 합니다. 소교주, 받아들이시지요."

"소교주, 받아주십시오!"

대흑저가 다시 부복했다.

"소교주, 저희들도 받아주십시오!"

소국충과 장수란도 따라서 부복했다.

"인연의 법이란 정말 기묘한 것이더이다. 저놈은 뇌정신군의 법을 이어받았소. 허니 이 깊은 인연을 어떻게 뿌리치겠소. 소교주, 받아들이십시오."

독심마도가 말했다.

"정말입니까, 뇌정신군의 유학을 이어받았다는 게?"

흑문호가 놀라 물었다.

"그렇다네. 뇌정신군은 이제 이 세상에 없어. 저놈 몸속에나 있지."

금면공이 씁쓸히 말했다.

"말씀드린 대로 우리가 가는 길은 결코 편한 길이 아니에요. 알고 있나요?"

장자영이 물었다.

"마교가 어떤 곳인지 모르는 사람이 있더이까? 그러나 전 강호의 이야기들보다 금면공 노야를 더 믿습니다. 같이 있게 해주십시오."

대흑저는 꾸벅 머리를 숙였다.

"총채주, 생각을 잘 하세요. 내가 좋은 곳 소개시켜 줄 수 있다고 했잖아요. 연왕부! 총채주의 능력이면 정서, 정동 장군 정도는 문제없어요. 누구도 한 일인데 총채주야……."

제 먹다가 질렸는지 성인학의 입에 억지로 나물을 넣어주고 있던 해원이었다.

"군문에 진출하겠다던 욕심… 솔직히 없었던 건 아닙니다. 그러나 평생 야인으로 떠돌던 제가 위 눈치 보며 사는 생활에 과연 적응을 할지. 그리고 마교가 꼭 나쁜 곳이 아님은 금면공 노야를 만나기 전에도

알았습니다. 밑바닥을 기는 그 인생들 중에 마교를 마교 아닌 '성교(聖
教)로 이야기하는 자들도 꽤 있었거든요. 해서… 저는 더 이상 다른 이
야기하지 않겠습니다. 제 결심은 이미 확고합니다."

"집정대사도, 그 작자 화가 머리끝까지 치솟아 있을걸! 생사를 다투
어야 하는 큰일이 당장 눈앞에 벌어질 거예요. 그래도 괜찮아요?"

"목숨을 아까워했다면 대흑저라는 이름은 없었소!"

그 무슨 소리냐며 대흑저는 섭섭해했다.

"사형들, 집정대사도라는 자 정말 약이 바짝 올라 있을 거예요. 앞으
로 무슨 짓을 할지 모르지. 정신 차려야 해. 대성회가 가까워질수록 더
욱 발악을 할걸. 소교주, 그렇죠?"

"그래요. 가만히 있을 자가 아니죠."

장자영은 고소를 흘리며 고개를 끄덕였다. 곽전충의 일이 생각났기
때문이었다.

"그러니 총채주의 입교(入教) 문제는 소교주께서 알아서 결정하고…
슬슬 점검을 해요. 대성회를 위한 마지막 점검! 소교주, 순회 결과에
대해 잠시 이야기를 나눌까요?"

"알았어요."

장자영이 해원의 곁에 섰다.

"그런데 파천결이 보이지 않네요."

문득 생각난 듯 해원이 물었다.

"하후 오라버니는 자신의 길을 찾아 떠났어요."

"자신의 길? 아이고! 어떻게든 붙잡아두지! 파천결은 정말 부담스러
운 존재란 말이에요. 미안한 말이지만 하후은 그분을 인질로 삼는 한
이 있더라도 파천결은 무력화시켜야 했는데… 난 소교주께서 공사(公

私)를 분명히 가릴 줄 아는 현명한 분이라 내 입으로 말하지 않아도 그렇게 할 줄 알았어요. 그런데 역시 소교주도 사람이었군요. 지난날의 정이 판단을 흐리게 했음이 분명할 거예요.”

해원은 애석해했다. 죽음도 두려워하지 않고 달려드는 젊은 그들, 파천결! 상대하기 정말 까다로운 존재임이 분명했다.

“아니에요. 하후 오라버니는 복수혈맹으로 돌아가지 않았어요. 본교의 일에 손을 떼겠다고 했어요. 더 이상 교인이 아니니까. 녹림에서 복수를 꿈꾸겠다고 했어요.”

“교를 떠났다고요? 그로서는 굉장히 어려운 선택이었을 텐데…….”

“복수와 교법 중 선택이 복수였으니까요. 해서 앞으로 하후 오라버니를 만날 일은 없을 거예요.”

장자영은 실소를 흘렸다.

“그놈의 모진 세월이 사람의 정까지 끊는군요. 죄송해요, 괜한 이야기를 꺼내.”

“해원 소저가 미안해할 게 뭐 있어요. 만나고 헤어지고… 세상사란 다 그런 것인데.”

“말은 그렇게 하지만 마음이 편치 않았을걸요. 얼굴에 쓰어 있잖아요.”

“예?”

“애수(哀愁). 소교주의 눈빛 한 편에 자리 잡은 숨길 수 없는, 사람에 대한 애틋한 그리움……. 무엇 때문인가 했는데 이제 이유를 알았어요. 소교주, 나는 소교주의 마음을 이해해요.”

해원이 장자영의 팔짱을 꼈다.

‘애수…….’

장자영의 표정이 굳어졌다. 자신에게 그런 마음이 있었던가? 숨겨둔 그 무엇을 들킨 듯 그녀는 고개를 숙였다.

"다른 사람들이 볼 지 모른단 말이야."

"괜찮아, 괜찮아. 다른 사람들은 다 자기 할 일 바쁘다구. 우리도 우리 할 일 바빠야지."

"그래도……."

"그래도는 뭘! 장인은 눈치가 왜 그렇게 없는지 몰라! 눈치가 그렇게 없으니 아직 혼자지! 둘이 있을 기회는 줬어야 옳잖아! 손자 볼 마음도 없나봐!"

"하도 험한 일을 많이 당해 또 적들로부터 공격을 받을까 걱정이 되어 발치에 두신 것이잖아요. 아버지의 마음도 모르고."

외진 수풀 속의 두 남녀는 소국충과 장수란이었다.

"젠장! 그렇게 살아 뭐 하누. 난 그렇게 사느니 죽는 게 낫다! 수란, 수란, 자, 자……."

"알았어요. 그런데 춥지 않을까?"

맹동(孟冬)이라 호광의 날씨도 제법 추웠다.

"무슨 추위 걱정을. 내가 지금 불덩이다."

"또 나무 붙잡고 해야 해?"

"젊어서 고생은 사서도 한다잖아. 그루터기, 돌밭의 추억을 알아야 늙어 금침(衾枕)의 소중함을 안다고. 또 금침에서 만든 아이보다 이런 돌밭에서 만든 아이가 훗일 세상 어려움 씩씩하게 헤쳐 나갈 수 있다."

"듣고 보니 소랑의 말씀이 옳네요."

옷 부스럭거리는 소리.

장자영은 슬쩍 얼굴을 붉혔다. 자리를 피해주는 게 옳을 것 같았다.

그녀는 야영지를 비켜나 넓은 바위에 앉았다. 주위 경관이 잘 보이는 곳이었다.

그녀의 입가에 미소가 맺혔다. 그들 앞에 닥쳐올 그 어떤 고난도 지금 그들에게는 문제될 것이 없으리라.

짝을 이뤄 밤을 속삭이는 자들은 소국충과 장수란만이 아니었다. 산돌이와 아나는 불 곁에 앉아 고기를 구워 먹고 있었다. 그렇게 타박을 하고 타박을 당해도 그들은 어쨌든 늦은 시간까지 둘이 붙어 있었다.

수돌이와 명아는 달빛을 쐬며 산길을 걷고 있었다. 어깨를 나란히 한 채 걷는 게 하늘에서 내려온 선남선녀 같았다.

장자영의 시선이 작은 여울에 고정되었다. 작은 화톳불을 끼고 앉아 있는 자들은 성인학과 해원이었다. 무슨 즐거운 일이 그렇게 많은지. 해원은 일어났다 앉았다 성인학의 어깨에 몸을 기댔다 온갖 아양을 떨고 있었다.

미소로 그들을 바라보고 있던 장자영의 표정이 변했다. 갑자기 가슴에 찌릿한 통증이 밀려왔다. 그리고 외로움.

이제껏 느꼈던 외로움과는 전혀 다른 성질의 외로움이었다. 그녀는 그 외로움의 정체를 너무도 잘 알고 있었다.

장자영은 희미하게 웃으며 입술을 깨물었다. 잡지 못할 모든 것에 대해 미련없이 돌아설 것!

그러나 돌아서기 쉽지 않으리라.

장자영은 자리에서 일어났다. 그녀는 고개를 들어 은한을 우러렀다.

그녀가 천공(天空) 속에 몸을 맡기고 있을 때였다.

파팟!

세찬 경기.

장자영의 패검이 산바람에 흔들리는 대숲 그림자처럼 현란하게 일어났다. 여옥환도 물처럼 녹아내리며 빛을 발했다.

파팟! 팟! 팟!

바람을 가르는 소리.

장자영은 입술을 깨물었다. 엄청난 고수의 출현!

그녀의 검은 상대의 공격을 발치에도 따라잡지 못했다. 망망대해를 상대로 검을 휘두르고 있다는 느낌이 들었다. 해서 그녀는 검을 거두었다. 싸워 이길 상대가 아니었다.

장자영이 검을 거두자 장자영을 압박하던 검파도 사라졌다. 그리고 한 사람이 모습을 드러냈다.

홍의 경장의 미부인이었다.

"후배가 고인(高人)을 뵙습니다."

장자영은 머리를 숙였다. 나쁜 일로 온 사람이 아니라는 게 그녀의 느낌이었다.

"나를 아느냐?"

홍의미부가 검집에 검을 꽂으며 물었다.

장자영은 고개를 저었다.

"들어본 적이 있는지 모르겠다. 강호인들은 나를 만화군주라 부르지."

"아!"

장자영은 탄성을 터뜨렸다.

천산왕의 직전제자, 대화장의 총수, 당대 최고의 여걸!

"네 아버지는 잘생긴 사람이 아니었지. 네 어머니도 결코 빼어난 미인은 아니었다. 그런데 너는 좀 예쁘구나.”

말이 가진 느낌이라는 게 이렇게 다른가. 예쁘다는 말이 마치 고모, 이모가 머리를 쓰다듬으며 하는 말같이 들려 장자영의 마음은 금방 훈훈하게 녹았다.

“아버지, 어머니를 아십니까?”

“알지. 네 아버지는 꽤 괜찮은 사람이었다. 네 어머니는… 질투심만 아니라면 그런대로 봐줄 만했지.”

“우리 어머니의 질투심이 그렇게 강했나요?”

“그래. 네 어머니는 네 아버지를 조롱박처럼 꿰차고 다녀야 속이 편한 사람이었지. 괜히 화가 나더군. 그래서 네 아버지를 두고 네 어머니에게 도전할 생각까지 했다. 젊은 날의 나는 그 무엇에 대해서든 엄청 욕심이 많았거든. 눈에 거슬리는 게 있으면 참지도 못했고.”

“아무리 그렇다고 해도 어떻게 그런 생각을… 호호호!”

장자영이 웃었다.

“난 네 이야기를 많이 들었다. 힘이 좀 들었겠지.”

“저의 일인걸요.”

“그래, 네 일이다.”

만화군주는 장자영을 지그시 바라보았다.

장자영은 괜히 부끄러워 고개를 숙였다.

“그런데 여긴 어떻게 오셨어요?”

“노사의 제자들 때문에 왔지. 해원으로부터 대충 이야기를 들었다. 악랄한 놈들과 싸운다고 하니… 제놈들 알아서 하겠지 했는데 결국 모른 척하기 힘들더구나.”

“아! 그럼 저희를 돕기 위해 오신 거군요.”

장자영은 반색을 했다.

만화군주는 고개를 저었다.

"강호의 일에 참견하지 않겠다는 결심을 오래전에 했다. 그 결심은 깨뜨리기 싫고… 해서 생각한 것이 큰놈의 무공에 대한 안목이나 좀 키워주고 떠나야겠다고 생각했다."

"성 공자?"

"맞아. 한데… 지켜본 바로 그놈은 이미 내가 거들 이상으로 커버렸더군. 노사께서 자랑한 이유가 있었어."

"성 공자의 무공이 그렇게 대단한가요? 한 수 실력을 확인한 바는 있지만… 제가 무공에 대한 조언을 부탁하면 제대로 된 말 한마디 못 하고 늘 버벅거리던걸요."

"혼란기이기 때문이지. 그때는 그 무엇에 대해서도 정의를 내릴 수 없다. 감(感)으로만 검이 존재하니까. 그 혼돈의 끝에 비로소 말문이 트인다. 그땐 전혀 새로운 자신만의 류가 이미 완성된 때지."

"아!"

"나는 지금 천산의 사부님 곁으로 간다. 그놈에게 전하라, 일이 끝나면 천산으로 오라 한다고. 놈의 검을 직접 견식하고 싶다."

"알았어요."

"아, 그리고 이것……."

만화군주가 보퉁이를 건넸다. 보퉁이 속에 든 것은 붉은 전포였다.

"네 아버지의 물건이다. 어린 시절 나는 더 더욱 욕심이 많았지. 사부님과 네 아버지가 만났을 때다. 두 분께서는 한바탕 논검을 벌이셨지. 그때 펄럭이는 네 아버지의 전포가 어찌나 탐이 나던지. 하얀 경장에 펄럭이는 붉은 전포, 장검을 차고 강호를 질주하는 모습… 너무 멋져 보였기에 전포가 탐이 나 견딜 수가 없었어. 그래서 그날 밤 슬쩍 해버린 거야. 사부님께서는 내가 장난을 친 줄 알고 검명아, 빨리 전포를 내놓아라 하셨지. 하지만 나는 원숭이가 가져갔다고 버텼어. 울고 불고 난리를 치며. 그러자 네 아버지께서, 아무렴! 네가 그것을 가져갔을 리 있나, 원숭이가 가져갔겠지, 하시고 웃으며 떠나셨다."

"호호호! 정말 장난이 심하셨네요."

"발에 질질 끌리기까지 하는 그 전포를 멋있다고 한동안 걸치고 놀았지. 그러나 곧 싫증이 나 어디에 두었는데, 마침 천산으로 떠나고자 짐을 정리하던 중에 이 전포를 보았다. 이제 원래 주인에게 돌려주어야지. 가져라."

"그래서 가져오셨군요. 저는 괜찮은데……."

"아니, 이 전포는 네가 필요할 것 같아 가지고 왔다. 나는 그때 몰랐던 거야, 이 전포의 가치에 대해. 운룡포(雲龍袍)! 천잠사로 짰어. 웬만한 도검, 화기에 네 몸을 지켜줄 것이다."

"감사해요."

"나는 이만 가보아야겠다."

"그냥 가신다고요? 성 공자께서 섭섭해하실 텐데."

"천산에서 만나면 되지. 그런데……."

만화군주는 가만히 장자영을 바라보았다. 말에 잠시 뜸을 들이던 그녀가 입을 열었다.

"나는 너를 보았다. 아무리 감추려 해도 감출 수 없는 네 마음을……. 성인학이라는 저놈을 좋아하고 있지?"

"……."

"그 크기가 크든 적든 사람이 가진 마음의 덩어리는 하나다. 그 하

나를 한 사람에게 선부 주는 사람과 나누어 주는 사람. 싸우면 이길 수
없다. 해원이라는 아이에게 네가 이길 수 없다는 말이다."
　"알고 있어요."
　"그래서 너는 사람을 대하는 그만큼의 크기로 살아가면 된다. 일에
매달리며 사람을 그리워하며……. 하지만 힘들지."
　"예전에도 힘들었죠. 그러나 그때 힘든 것보다 지금 힘든 것이 솔직
히 조금 나아요. 그리고 세상일이라는 건 아무도 모르잖아요."
　장자영은 웃었다.
　만화군주는 고개를 끄덕였다.
　"네 아버지를 닮아서 다행이구나."
　만화군주가 장자영에게서 느낀 것, 장자영이 만화군주에게서 느낀
것은 그 어떤 동질감이었을 것이다. 해서 구구절절 여러 이야기를 할
필요가 없었다.
　"그래, 세상일이란 아무도 모르는 것이지. 네게 좋은 일만 있기를 바
라겠다."
　만화군주는 그 말을 끝으로 등을 돌렸다. 그녀가 어둠 속으로 사라
졌다.
　장자영은 시리게 반짝이는 은한을 우러렀다. 만화군주가 앞으로 걷
게 될 힘든 그 길을 명확히 인식시켜 주고 갔었어도 이상하게 살아 있
는 오늘이 즐거운 그녀였다.
　'모든 것은 하늘의 뜻대로…….'

　지난밤의 꿈은 깨끗이 잊을 것!
　팽팽한 긴장감.

그 긴장감을 만들어낸 사람은 해원이다.

어제 장자영은 해원에게 순행이 어느 정도 성공적이라고 했다. 천조단 괴멸로 가뜩이나 눈 돌아 있을 집정대사도, 표 대결에서마저 패한다고 하니 어떻게 나올지 눈에 훤했다.

정말 이제 해검령이 빛을 발할 시기였다. 사형들의 정신을 재무장시켰고 호법들, 흑문호와 이십팔숙에게도 재삼 주의를 강조했다. 연후 광풍에 훌쩍 올라타 소리치기를,

"출정!"

황금인형이 걸린, 마교의 진로가 걸린 마지막 전투의 시작이었다.

기전령(騎田嶺)은 호남성 중남부의 산이다. 짙은 안개 드리워진 골짜기를 따라 세 명의 사내가 총총히 산을 오르고 있었다.

선두에 선 자는 화룡당주 은고신, 그 뒤를 순행당주 황건, 지밀원주 홍기균이 따랐다.

복수혈맹의 본전은 호남, 광서, 광동에 걸친 계상산지(桂湘山地) 깊은 곳에 자리 잡고 있다. 기전령이 아주 멀리 떨어진 곳이라 할 수는 없지만 세 명이 한꺼번에 본전을 두고 엉뚱한 곳에 모습을 보이고 있는 것은 이례적이라 할 수 있었다.

산중턱을 오르자 안개가 걷혔다.

안개 걷힌 자리에 그들을 기다리고 있는 사람은 젊은 도객, 집정대 사도의 유인들이었다.

은고신 등은 무거운 낯빛으로 유인들을 스쳐 지났다.

억새 우거진 분지, 오룡의 호위 속에 집정대사도는 그곳에 있었다.

집정대사도는 손짓으로 자리를 권했다.

은고신 등은 의자 대용으로 준비해 둔 바위에 앉았다.

집정대사도가 순무당주 황견에게 시선을 돌렸다.

"알아보았소?"

황견은 이마에 주름살부터 그렸다.

"쑥대밭이 되었습니다."

"그렇소? 결국 그렇게 되었군."

집정대사도는 눈을 지그시 감으며 고개를 끄덕였다.

"저의 불찰입니다. 저는 놈들이 연왕군까지 끌어들일 줄은 꿈에도 생각하지 못했습니다."

지밀원주 홍기균이 이를 악물며 말했다.

"그건 나도 마찬가지요. 그 누가 생각했겠소, 연왕군이 출동할 줄을. 그런 것을 보면 연왕은 역시 대단한 사람이야. 그 누구의 승리도 가늠하기 힘든 팽팽한 그 시기에 기마 오천이나 되는 병력을 빼돌리는 여유를 부렸으니……."

"필부의 만용에 불과합니다! 해서 놈은 졌지요!"

황견이 표독스럽게 소리쳤다.

백구하의 일전에 버금갈 동창의 대회전! 엄동 십이월에 시작된 이 전투는 연왕의 대참패로 끝이 났다.

황군의 대장군 성용의 유인책에 말려 연왕은 포위에 빠졌다. 연왕의 심복, 장옥과 주능의 분전으로 간신히 포위는 탈출했으나, 그 와중에 장옥은 죽고 잃은 병사만 해도 만여 명.

연왕은 거병 이래 최대, 최악의 참패를 당하고 북평으로 돌아갔었다.

"낭분산 놈의 새기는 힘들 짓입니다. 지업기두이지요."

은고신도 냉소를 흘렸다.

"그렇게 단정 짓기에는 이르지. 그는 내가 애써 일군 태반의 기업을 가져갔소. 잘 활용한다면 동창의 대회전에서 잃은 손실 정도는 가볍게 메울 수 있지."

집정대사도의 말에 은고신 등은 입을 닫았다. 천조단의 괴멸! 뼈아픈 상처였다.

"다 지나간 일이오. 앞으로가 중요하지. 이번 일을 겪은 후 나는 곰곰이 생각했소. 천조단이 왜 저렇게 쉽게 무너졌는가."

황건, 은고신, 홍기균 순으로 각자 한마디씩 했다.

"말씀드린 대로 우리는 연왕군의 습격을 전혀 예상하지 못했습니다."

"모정에게 전적으로 천조단의 일을 맡긴 것도 실수인 듯합니다. 모정은 정규전에 익숙할 뿐 우리와 같은 싸움에는 익숙한 자가 아닙니다. 만약 우리 중에 누가 천조단을 맡았다면 토끼가 도주로를 여러 개 파놓듯 백 가지 사태에 대한 백 가지 준비를 해두었을 겁니다."

"저는 운이 따르지 않았다는 말 외에 더 드릴 말씀이 없군요 하필이면 그 시기에… 이삼 개월만 더 버텼어도 오천의 병력 정도는 천조단 자체의 힘으로도 막아낼 수 있었을 텐데……."

집정대사도는 고개를 끄덕였다.

"여러분들의 말씀도 옳소. 그런데 내 생각은… 나서려는 각자의 의지 없이 만들어진 조직은 사상누각(砂上樓閣)에 불과하다는 것. 만약 그들에게 해야 할 어떤 사명이 각인되어 있었다면 저항 한 번 않고 줄줄이 끌려가지는 않았을 것이오. 어떻게든 위기를 모면 권토중래(捲土

重來)를 노렸겠지. 아니면 적들에게 맞서 끝까지 싸우다가 장렬히 산화했다던가."

"……."

"해서 결론은 간단하오. 대의명분에 충실한 진짜 우리의 군대를 만들어야 한다는 것. 그렇소. 이제 나는 복수를 지상 최대의 과제로 삼는 우리 교의 군대, 저들이 마군(魔軍)이라 부를 진짜 우리의 군대를 만들 것이오."

신장도를 굳게 움켜쥐며 집정대사도는 눈빛을 빛냈다.

"구위를 강화해 명실상부한 우리의 교군으로 사용해야 한다는 의견이 이전에도 없었던 것은 아니지요. 그런데 그때는 교가 사분오열되어 있던 시기라… 지금은 대성회에서 교권만 장악하게 된다면 그 일도 어려운 일은 아니지요."

홍기균의 말이었다.

"그전에 할 일이 있지! 사사건건 우리의 일을 훼방놓는 소교주와 고려의 젊은 놈들을 처단하는 일!"

은고신이 눈에 불을 뿜었다.

사실 이미 정해진 이야기들이었다. 해서 더 이상 나올 이야기가 없었다.

"만병(蠻兵)들은 어디에 있소?"

집정대사도가 황건을 바라보았다. 천조단이 괴멸될지도 모른다는 불길한 예감에 그는 급히 만병을 불렀었다. 힘의 공백을 걱정해서라기보다 권위와 사기의 추락을 만병의 등장을 통해서라도 막아보겠다고 생각했기 때문이다.

"계상산에서 대기 중입니다."

"집법당주를 시켜 놈들을 화룡낭에 합류시키시오."

"맹주, 꼭 그들까지 동원할 필요가 있겠습니까? 그놈들이야 화룡당 만으로도 충분할 듯한데… 유인도 있고."

은고신이 말했다. 만병들이 출동할 경우 자칫 강호인들의 이목이 집중될 우려도 있었다.

"내가 만병을 계상산에 부른 이유를 아직도 모르고 계시군요. 소교주와 고려의 그 친구들을 처치하기 위해 만병들을 부른 것은 아니오. 나는 교도들에게 좀 보여주려 하오, 내가 가진 힘에 대해. 마침 고려의 그 친구들과 소교주를 처치할 일이 생겼으니 겸사겸사 만병들을 출동시키려 하는 것이오. 물론 만병들로는 그자들을 이기기 힘들겠지. 주요 싸움은 화룡당과 유인들이 맡을 것이오. 만병들은… 말했듯이 보여주기 위해서요. 불쑥 등장한 만병들에 의해 그들이 하늘처럼 받들던 태상령이라는 자가 쓰러졌다고 하면 느끼는 감이 특별할 것이오."

만병들을 동원한 무력시위! 그것이 집정대사도의 문제가 아니었던가. 아무리 천재적인 지략가라고 하더라도 단시일 내에 마음으로 각자를 굴복시키는 것이 말처럼 쉽지 않다는 것. 사람의 마음을 움직이는 데 당장 요긴하다고 생각한 것은 역시 그에겐 힘이었다.

"최대한 은밀히, 빨리 움직이라고 전해주시오."

집정대사도도 만병들이 주위의 이목을 끌 것에 대해선 걱정이었다. 그럼에도 굳이 만병들을 부르려는 것은 지금 이 순간이 그의 승부에 있어 가장 중요한 순간임을 알고 있었기 때문이다.

"지밀원주께서는 구강(九江)으로 나가주시오. 대성회가 끝날 때까지 구강향(九江香)을 임시 본원(本院)으로 하겠소. 앞뒤 차질이 없도록 일을 잘 꾸려주시오."

“존명!”

“순무당주께서는 계상, 구강, 황산으로 이어지는 연락망을 서둘러 정비해 주시오. 만병들이 움직일 수 있는 암로(暗路)도 확보하고.”

“알겠습니다.”

“화룡당주는 나와 함께 갑시다. 모처럼 당주의 실력을 보게 되겠구려. 화룡당주의 실력을 기대하겠소.”

“믿어주십시오!”

화룡당주 은고신이 마지막으로 명을 받았다.

그들이 각자에게 맡겨진 일을 위해 자리에서 일어났다.

“지밀원주에게 할 말이 있소.”

집정대사도가 홍기균은 따로 남도록 했다.

“곽전충이 실패했다지요?”

“죄송합니다.”

색계(色計)로 성인학을 몰락시키려는 계획. 배후에서 그 일을 추진했던 사람이 홍기균이었다. 혈맹 내 다른 사람들은 모른다. 색계는 역시 알아 좋을 것 없는 가장 추저분한 짓거리였으므로.

“곽전충은 어떻게 할 생각이오?”

“곽전충은 약은 놈입니다. 맹주도 비리를 알고 있고 소교주도 비리를 알고 있고, 양쪽 다 비리를 알고 있기 때문에 대성회에서 놈의 선택은 맹주 편이 될 것입니다. 소교주는 놈이 필요해도 놈을 찾지 않겠지만 맹주는 필요한 한 놈을 쓰려 하리라는 걸 알 테니까요.”

“자리를 보존해 줄 자가 나이기 때문에 나를 지지할 것이라는 말씀이군요.”

“그렇습니다.”

"알겠소. 그럼 곽전충 그자는 사용할 수 있을 때만큼 사용해 봅시다. 대체 가능한 사람은 준비해 두고. 순무당주를 좀 불러주십시오."

집정대사도는 황견도 따로 불렀다.

황견이 다가왔다.

"하후은을 만났겠지요."

시일이 꽤 지났는데도 파천결이 움직일 생각을 않아 집정대사도는 하후은의 본심을 파악하기 위해 황견을 보냈었다.

"만났습니다. 그런데 그는 한마디 말도 하지 않았습니다. 인질로 발목이 잡혀 있는 것 같지도 않아 사정이 여의치 않으면 일단 철수를 하는 건 어떻겠느냐고 물었습니다. 그 물음에 대해서도 묵묵부답이더군요."

"소교주와 하후은 그놈의 사이는 각별했지. 알 수 없는 게 남녀 간의 일이라 했으니… 그럴 리 없겠지만 소교주에게 설득을 당해 혹 마음이 변한 건 아니오?"

"가장 의심이 갔던 터라 단도직입으로 물었습니다. 그런데 주가 놈들, 구파일방을 치겠다는 생각만은 확실한 듯했습니다. 딱 부러지게 말은 않았지만 느낌… 하후은 그놈의 눈빛이 그 사실을 말해 주고 있었습니다."

"복수는 원하는데 나와 함께 있기는 원하지 않는다? 문제가 있군요."

"일심당주에게 부탁을 했습니다, 하후은을 만나보라고. 일심당주는 우리 교의 원로 아닙니까. 놈의 아버지와도 막역한 사이였으니 하후은을 만나 좋은 이야기가 있을 줄 압니다."

"음……."

턱을 매만지며 집정대사도는 눈을 지그시 감았다.

암실이었다.

집정대사도는 의자를 틀었다.

달빛이 희미하게 그를 비췄다.

한 손엔 옥배, 붉은빛 술은 죽산홍(竹山紅).

집정대사도는 죽산홍을 천천히 목구멍으로 흘렸다.

그의 입가에 야릇한 미소가 흘렀다.

팍! 그의 손아귀에서 옥배가 가루가 되어 떨어졌다.

그가 술병을 들었다.

그는 한동안 술병에서 입을 떼지 않았다.

그가 의자에 몸을 젖히며 술병을 탁자에 놓았다. 그리고 손가락으로 술병을 퉁겼다.

탁자를 떼구르르 구르던 술병이 바닥이 떨어지며 찰박! 깨어졌다.

집정대사도는 손등으로 입술을 닦았다.

가히 좋은 기분이 아니었다. 수렁에 빠진 듯 질퍽했다.

밑동부터 삐걱거리는 기분, 한순간에 모든 것이 우수수 무너져 버릴 것 같은 위기감을 느꼈다.

'어쩌다가 이 지경까지…….'

한 치의 빈틈 없이 계획을 짜고 또 짰다. 그리고 성급하지 말 것, 욕심을 내지 말 것, 스스로를 달래며 하나하나 벽돌을 쌓아갔는데…….

집정대사도의 인상이 악귀처럼 험하게 일그러졌다. 그럴 수도 있지, 했지만 절대 그럴 수 있는 일이 아니었다. 스스로 용납이 되지 않았다.

치솟는 울화를 견딜 수가 없었다.

집정대사도는 자리에서 벌떡 일어났다. 신장도가 어둠 속에서 차갑게 빛을 발했다. 닥치는 대로 모든 것을 베고 싶었다. 그러나 그는 이를 악물며 다시 자리에 앉았다.

구름 사이로 달이 흘렀다.

집정대사도는 짙은 한숨을 내뱉었다.

이제 그는 자책하고 있었다, 이 정도의 일에 좌절하고 분노하는 스스로를.

'교주라면 절대 이렇지 않았겠지.'

스스로의 품을 확인한 것 같아 씁쓸했다.

모든 것을 만들어낼 수 있었지만 품만은 만들어낼 수 없었으니 어찌하랴. 그래서 하후은이 너무도 아쉬웠다.

하후은에게는 자신에게 없는, 교주가 가졌던 그 천품(天稟)이 있다.

영리한 자는 자신의 한계를 잘 안다. 자신에게 없는 천품을 지녔으므로 그는 정말 하후은을 차기 교주로 키울 생각이었다. 그런데 지금 하후은은 어디에 있는가. 아무래도 자신의 곁을 떠날 것 같았다.

천조단을 잃은 것만큼 뼈가 아팠다. 그는 사람을 믿지 않는다. 의리니 정이니 하는 말만큼 황당한 말이 어디 있을까. 그러나 하후은에 대해서만은 달랐다. 막내 동생 같은 기분으로, 조카 같은 기분으로 아꼈는데…….

집정대사도는 주먹을 몇 번 쥐었다가 폈다. 생각하니 하후은은 자신에게 꼭 필요한 사람이었다. 반드시 그의 곁에 있어야 했다.

제성전주에게 밝혔듯이 그의 교주에 대한 마음은 거짓이 아니다. 교주에 대한 존경의 염을 아직도 가지고 있었으므로 교주의 혈육에 대한 남다른 마음도 있었다.

아니라고?

교주의 혈육이기 때문에 교에서 가지게 될 위치, 중요성에 대해 예전부터 그는 알았다. 파천결의 아이들처럼 어릴 때부터 가까이 두고 끼워 자신의 인형으로 만들어 대업에 한 팔 거들게 할 수도 있었다. 그렇지만 그는 장자영을 방관했다. 교주의 혈육이었으므로.

한데 그 마음도 모르고 장자영은 교 내(敎內) 자신의 가장 큰 정적(政敵)으로 컸으니… 해서 그가 교주의 혈육이기 때문에 장자영에게 해줄 수 있는 것은 깨끗이 죽여주는 것뿐이었다.

그런데 지금 집정대사도는 그 생각을 바꾸기로 했다. 하후은을 곁에 두기 위해서.

'젊은것들의 마음이야…….'

장자영을 적당히 이용한다면 하후은의 마음을 붙잡는 건 아무 일도 아닐 것이다.

'죽은 사람에 대한 예우보다 산 사람의 마음을 얻는 게 더 중요하지!'

집정대사도는 자리에서 일어났다.

탁자 한 편에 자물쇠가 굳게 닫힌 철함(鐵函)이 놓여 있었다. 그가 가장 중요하게 생각하는 물건들을 둔 곳이다.

그가 함을 열었다.

함 속에 들었던 물건이 희미한 달빛 속에서 빛을 발했다. 야광주를 비롯한 값비싼 보석들, 그리고 황금인형.

집정대사도는 황금인형을 보며 실소를 흘렸다. 조만간 멋지게 사용할 기회가 있으리라 생각했는데… 아무래도 그 기회는 몇 년 정도 늦추어질 것 같았다.

그가 중요 기밀 서류, 보석들이 가지런히 섬론뵌 암 속에서 끼낸 것은 잘 밀봉된 몇 개의 옥병(玉甁)들 중 하나였다.

옥병을 열자 설명할 수 없는 기괴한 냄새가 암실을 가득 채웠다.

집정대사도는 작은 잔에 옥병 속에 든 것을 부었다. 검붉은색의 걸쭉한 액체.

하늘은 사람을 공평하게 대우하지 않는다. 안타깝게도 그의 몸은 무재(武才)를 떨치기에 적합하지 않았다. 어떤 초식이라도 한 번 보면 잊지 않는 명석한 머리는 지녔지만 몸이 따라가 주지 않는 데야…….

모든 것에 완벽한 사람은 없다. 그는 몽상가(夢想家)나 이상가(理想家)가 아니었으므로 이것 또한 한계로 인정했다. 그리고 자신의 무공에 대한 부족함은 전대의 절정고수들인 강호오왕, 교주와 같은 걸출한 영웅들에 비교해 부족함이었지 다른 자들과 비교해서 부족함은 아니었다. 만족할 줄을 알았다.

실제 교에서 그보다 강한 자는 없다. 현하 강호의 십대고수라는 자들도 그의 상대로는 솔직히 만만했다. 눈여겨볼 만한 자는 하후은 정도. 하후은도 몇 년은 더 갈고닦아야 자신의 상대가 가능하리라.

해서 그는 무공에 대해 천착하지 않았다. 그러나 강해지고 싶은 건 강호인이라면 누구나 가지는 욕심! 지단술로 자신의 부족한 부분을 조금 메우려 했다.

음식과 약초를 통해 선인을 꿈꾸는 지단술(地丹術)! 대추, 생강, 산약, 복령 등을 장복하며 몸을 다졌다. 하지만 그것으로 선체(仙體)를 만들기에는 너무도 부족했다. 천고의 영약 도움이 없고서는 탈태환골이란 꿈도 꾸지 못할 일이었다.

기물을 만난다는 게 어디 쉬운 일인가. 영약을 찾아다니는 헛된 꿈은 포기하고 다른 방법에 관심을 기울였다. 독(毒)!

약은 독이고 독은 약이다.

독초, 독물의 상생, 상극을 통해 만들어낸 약. 지금 그가 들고 있는 잔 속에 담긴 액체다. 천고의 영물에 비견할 수는 없었지만 공력을 상당히 증가시킨다.

그러나 그는 옥병 속의 약을 사용하지 않았다. 인위적으로 만든 약에는 문제가 있다. 아무리 중화(中和)를 시키려 해도 완전 독기를 제어할 수 없었다. 그런데 지금 그는 그 약을 사용하려 하고 있었다.

그렇게 경멸했던 범부의 힘, 세상은 그 힘을 그에게 요구하고 있었다.

구파일방과의 싸움은 점입가경으로 치달을 것이다. 누가 싸워줄 것인가. 이제 자신이 직접 나설 수밖에 없었다.

당장 고려의 그 젊은 놈을 상대하기 위해서도 필요했다. 하후은까지 꺾은 놈이라 했으니…….

'꿀꺽!'

집정대사도는 잔을 비웠다.

그가 미간을 좁혔다.

엄청난 불덩이가 오장육부를 한꺼번에 불태우려 했다.

집정대사도는 이를 굳게 깨문 채 암실을 나섰다.

유인들이 곳곳에 호위를 서고 있는 그곳은 우진장(遇眞莊)이라는 작은 장원이다.

우진장은 몇 시진 전 집정대사도가 보낸 몇 명의 유인들에 의해 깨끗이 정리되어 있었다.

집정대사도는 복도를 따라 안채에 이르렀다.

그가 방문을 열었다.

안채에는 다섯 명의 이제 솜털 보송보송 나기 시작할 듯한 어린 계집들이 벌거벗은 채 겁먹은 표정으로 앉아 있었다. 집정대사도가 나타나자 그녀들은 놀라 방구석으로 엉덩이를 뺐다.

집정대사도는 그녀들 중 한 명을 낚아챘다.

계집을 침상에 눕힌 후 그는 옷을 벗었다.

그의 온몸은 불덩이였다. 심줄도 소금 뿌린 지렁이처럼 꿈틀댔다.

그가 만든 약의 또 하나의 약점은 양기가 너무 강하다는 것. 균형을 위해 순한 음기가 필요했다.

어린 계집의 여린 살을 꿰뚫으며 그는 채음술을 발휘했다. 그리고 생각하기를,

세상 사람들은 정(正)과 마(魔)에 대해 말한다. 선과 악이다. 하지만 그는 정과 마를 허구로 볼 뿐이다. 강자가 약자를 지배하기 위한, 약자가 스스로를 지키기 위한 가소로운 논리!

집정대사도, 그의 세계 속의 세상은 힘의 질서뿐이었다. 그러나 그는 사람들이 정과 마를 이야기함은 안다. 둘을 구분하는 보편적인 구분의 기준도 있음을 안다. 그 기준에 따르자면 그는 대마두(大魔頭)!

'대마두…….'

도저히 실감나는 말이 아니다. 어린 계집의 엉덩이를 부서져라 짓누르며 그는 희미하게 웃었다.

통상 마두들은 자신이 마두인지도 모른 채 마두가 되어 마두로 죽는다. 그러나 그는 자신이 마두로 불릴 사유가 있음을 알며 어쩌면 정말 마두가 될 수도 있다고 생각했다. 특히 지금처럼 세상이 피와 살이 터지는 강호라는 궁핍한 곳으로 자신을 자꾸 내몰려 한다면.

스스로를 마두라 생각하는 대마두의 출현. 그리하여 순수하게 마(魔)를 추구하는 진정한 마교의 등장!

'강호인들에겐 괴로운 일이 되겠지.'

집정대사도는 웃었다. 모처럼 그의 생각과 어울리는 딱 그런 미소였다.

4

"흑흑흑! 흑! 흑!"

한 아이가 울고 있었다.

현헌은 가던 발걸음을 멈추고 그 곁으로 다가갔다.

"현헌아."

얼굴이 눈물, 콧물인 그 아이는 황제였다.

"현헌아, 무서워. 나를 죽이려 하는 자들은 숙부뿐만이 아니다."

황제가 현헌의 가슴에 기대어 울었다.

현헌은 무슨 말을 하고 싶었지만 말이 목구멍에 딱 걸려 아무 말도 나오지 않았다.

"현헌아, 현헌아, 나는 너무 무서워."

황제가 등을 돌렸다. 그리고 걸어갔다.

안개 짙은 그 길은 현헌이 생각하기에 황제가 절대 가지 말아야 할 길이었다. 하지만 황제는 물이 물인지 불이 불인지 모르고 그 험한 안개 속을 걸어갔다. 울면서 현헌의 이름을 부르며.

현헌은 황제를 붙잡으려고 했다. 그러나 그의 발은 꼼짝도 않했다. 말도 계속 입 안에서만 맴돌 뿐이었다.

현헌은 눈을 번쩍 떴다.

잠결에 얼마나 발버둥을 쳤는지 온몸이 땀으로 질퍽했다. 그보다 더 질퍽한 곳은 가슴… 어린 황제의 옥루(玉淚)는 그의 심장에 너무도 생생하게 살아 있었다.

현헌은 이를 악물며 눈을 질끈 감았다. 그는 정좌를 한 채 한동안 움직이지 않았다.

그가 방문을 열었다.

계명성(啓明星)이 아직 밝았다.

현헌은 방문을 나섰다.

"소공, 벌써 일어나셨습니까?"

인기척에 금산오교의 셋째와 넷째가 급히 밖으로 나왔다.

현헌은 그들을 향해 손을 저었다.

그가 이른 새벽길을 걸어 도착한 곳은 맑은 물이 흐르는 곳이었다.

현헌은 뼈를 시리게 하는 물에 몸을 담근 채 땀으로 젖은 몸을 씻었다.

한 해가 훌쩍 지나고 정월(正月)도 벌써 끝나가려 하고 있었다. 그동안 무엇을 했는지.

그러나 다행스럽게 이제 그 끝이 조금은 보이는 듯했다.

현헌은 머리카락 한 올까지 깨끗이 몸을 씻은 후 물속에서 나왔다.

셋째와 넷째가 그를 기다리고 있었다.

현헌은 방으로 들어가 궤를 열었다. 궤에 든 것은 황제께서 내린 하사품, 금의.

그는 자줏빛 금의를 걸치고 끈 달린 오사모를 썼다. 소중히 간직하던 황제께서 내린 검 파사검도 허리에 찼다. 마지막으로 인끈으로 영패를 왼쪽 허리에 묶은 후 객방을 나섰다.

"짐을 챙겨라."

그가 넷째에게 말했다.

"너무 이르지 않습니까? 여기서 멀지 않습니다."

현헌이 아무 말 않자 넷째는 후닥닥 객방으로 들어갔다. 그가 귀왕인을 비롯한 현헌의 물건들을 챙겼다.

그들은 길을 나섰다.

"너희들도 황상을 원망하느냐?"

길을 가며 현헌이 문득 물었다.

"황상께서는… 모두 선제(先帝)보다 더 우리를 박하게 대한다고 하지요. 가혹하다는 소리까지 합니다. 황상께서 소공을 생각하는 마음은… 솔직히 좀 특별한 경우지요."

셋째가 머리를 긁적이며 말했다.

"지난날 우리가 지은 죄가 있기 때문이지."

"아니, 우리가 무슨 죄를? 사실 죄 같은 죄를 지을 자리도 없는 게 우리의 처지라는 걸 소공께서도 잘 아시지 않습니까."

넷째가 볼멘소리를 했다.

"환관들에 의해 황권(皇權)이 농락당하던 한(漢), 당(唐)의 역사… 유가(儒家)의 늙은이들은 그 사실을 잊지 않고 있지. 어린 황제께 계속 그 사실을 주지시키다 보니 황상께서 우리를 등한시하게 된 것은 사실이다."

"한, 당의 역사는 연왕도 압니다. 그러나 연왕은 우리를 그렇게 박대하지는 않지요."

이왕 나온 말, 셋째가 솔직한 자신의 마음을 밝혔다.

"연왕과 황상의 차이… 그 차이가 무엇 때문인 것 같으냐?"

"저희가 어떻게 압니까. 그분들의 마음이겠지요."

"그래, 마음이다. 세상 모든 것을 눈 아래로 바라보는 마음! 한 사람은 유가의 사상도 환관들의 전횡도 그의 손안에서 노는 가소로운 것들로 보지. 또 한 분은 이 눈치 저 눈치 보느라 스스로를 옥죄기에 바쁘고. 전자는 연왕이고 후자는 황상이다."

"황상께서 권신들의 눈치 보기에 바쁘다는 것은 알지만… 그게 우리와 무슨 상관입니까?"

넷째가 고개를 갸웃했다.

"상관이 있다. 너희들은 알아야 한다. 우리들이 우리 자리를 찾는 날, 그날은 황상께서 명실 공히 절대자가 되는 바로 그날임을. 황상께서 권신들의 눈치로부터 완전 자유로워지는 그날, 우리는 당당하게 황상 곁에 설 수 있을 것이다."

현헌이 눈빛을 빛내며 말했다.

"무슨 말씀인지 저희들은 잘 이해가……."

셋째도 이해하기 힘들었다.

"황상 곁에는 황상이 원하는 사람만이 있어야 한다. 세상은 황제를 중심으로 돌아야 하므로. 해서 나는 이제 그 일을 할 것이다."

이해하든 말든, 현헌의 생각이었고 결심이었다.

“네놈들까지 연왕의 서세를 동경하니 우리들 중 연왕부에 동조하는 자가 꽤 있다는 내 추측은 사실이겠군.”

“사실일 겁니다.”

셋째가 고개를 끄덕였다.

“연왕은 앉아서 응천부에서 일어나는 일을 훤히 알고 있겠군. 복선 이라는 놈을 내세워.”

“그것 또한 사실일 겁니다. 우리들이 가장 동경하는 자가 복선임은 맞으니까요. 연왕과 복선에 대한 동경… 드러나지 않았지만 복선에 의 해 세작으로 움직이는 자가 꽤 있을 겁니다.”

“명확히 편 가르기를 해야 하는데… 전쟁의 결과가 모든 것을 바꾸 겠지. 그래서 지금 상황에서 누구누구를 가르는 건 아무런 의미가 없 다. 모두 털어버리고 새로운 준비를 하는 게 낫지. 그래서 나는 태감께 말할 것이다. 환관 학교.”

“환관 학교?”

“적당한 이유를 대면 태감께서도 승낙하고 황상께서도 승낙할 것이 다. 그리하여 나는 그곳을 너희들과 같은 놈을 키울 도량으로 만들 것 이다. 문자 가르칠 교수는 외부에서 초빙해야 하겠지. 그러나 그 외 진 짜 중요한 일, 황상에 대한 충성으로 무장하게끔 그들을 교육시키는 일 은 너희들이 맡을 것이다. 첫째와 둘째에게 그 일을 맡기려 한다.”

현헌의 생각이 드디어 꿈을 넘어 구체적인 계획으로 만들어지고 있 었다.

셋째와 넷째는 그제야 이상한 분위기를 감지했다.

‘아무렴! 소공께서 이대로 세월만 흘려보낼 사람이 아니지!’

그들의 눈빛이 빛났다.

"소공, 저희들이 할 일은 없습니까?"

넷째가 약간 흥분한 목소리로 말했다.

"내가 가진 건 너희들뿐이다. 중요한 일을 맡아주어야지. 좀 힘든 일이 될 것이다."

"소공의 명이라면 지옥까지 갈 것입니다!"

"어떤 일이라도 맡겨주십시오!"

셋째와 넷째가 목소리를 높였다.

"피와 살이 튀는 일이 될 것이다."

권력과 돈을 쥐지 못한 현헌이 할 수 있는 한 가지뿐이었다. 칼! 거치적거리는 자는 과감히 치워 버릴 생각이었다.

그 일은 금산오교의 힘만으로는 부족하다. 강호의 힘이 절대 필요했다.

궁극적으로는 황권에 의한 강호의 제패, 무림왕으로의 등극이었지만 이것 역시 먼 길이다. 당장 시작은 흑막(黑幕)과 같은 류의 작은 살수당이 될 것이다.

어쨌든 그의 생각이 그러했으므로 지금 강호의 주류(主流)로 행사하는 자들과의 관계가 중요하다.

이제 일방적인 몰아붙이기로 그들의 반감을 사는 일은 최대한 자제해야 할 것이다. 물론 그들에게 얕보이는 일은 계속 없어야 하고.

처신을 잘해야 한다. 특히 지금 만나고자 하는 자에게는 더욱!

현헌은 지금 한 사람을 만나러 가고 있었다. 그는 작금 강호의 주류 중의 주류다. 앞으로 그의 계획에 심대한 영향을 미칠 수 있는 자였으며 지금 당장 해야 할 일, 황금인형을 찾는 일에도 반드시 필요한 자였다.

“머리 아픈 놈이겠지?”

인상을 찌푸리는 늙은이는 구걸왕.

“황궁에서 머리만 처박고 다니다가 돌연 얻어낸 초토사 자리… 하늘 높은 게 보이겠습니까?”

빈정거리는 자는 종남파의 장하생이었다.

“또 무슨 일이 있어 부르는고?”

구걸왕은 현헌을 만나러 가고 있었다.

“뻔한 일이지요. 오대산주의 목을 너희들이 책임져야 하지 않겠느냐. 계속 이렇게 비협조적으로 나오면 황명을 거부한 죄로 목을 치겠다.”

운악도 못마땅하다는 표정이었다.

“아! 오대산주 그놈들은 어떻게 되었지?”

마교에 매달리느라 오대산주의 일은 구걸왕의 관심 밖이었다.

“소면살귀는 구백령에서 반 늑대 밥이 된 채 발견되었고 염왕견혼도는 무당파, 화산파 제자들의 합공에 걸려 치명적 부상을 입고 달아났습니다. 불령공작과 대흑저의 행방은 아직 오리무중입니다.”

강호십대고수 중 첫 번째 자리를 지키고 있는 무당파의 여경이었다.

“그럼 현헌이라는 그 환관이 우리에게 부탁할 일은 대흑저라는 자를 잡아달라는 것이겠군.”

구걸왕이 말했다.

“대흑저 그놈이 기서를 취했다는 소문이 돌아 모든 강호인들이 놈의 추적에 나섰습니다. 그런데 잡지 못하고 있지요. 보았다는 소문도 들리지 않는 것을 보면 완전 잠적을 했다는 이야기인데… 찾기가 쉽지 않을 것입니다. 찾으려면 꽤 많은 사람을 투입해야 할 테인데 우리에 겐 당장 중요한 일이 있지 않습니까. 마교!"

화산파의 허선이었다.

"두 가지 길뿐입니다. 여 대협께서 다시 한 번 우리 사정을 이야기 하고 양해를 구하던가 아니면… 놈에게 강호가, 강호인들이 만만치 않음을 보여주는 것!"

장하생은 흉광을 빛내며 주먹을 쥐었다.

"저는 솔직히 사제를 설득할 자신이 없습니다. 백 사제까지 거들었는데도 꼼짝 않더군요. 황명을 가볍게 대할 수 없는 게 자신의 처지라며 공손히 거절을 하는데, 제가 되려 무안했습니다."

마교와의 싸움이 급해 오대산주 토벌에 동원된 구파일방 정예들을 되돌려 오기 위해 여경은 현헌을 만난 적이 있었다. 정준은 물론 백영견까지 거들었는데도 그는 현헌의 고집을 꺾지 못했다.

"장하생 저놈의 말처럼 현헌이라는 그자, 감투에 눈이 돌아 보이는 게 없단 말이지."

"그런 것은 아니고… 현헌 사제의 머리 속에 든 것은 황제에 대한 충성뿐입니다. 그의 세계가 그러했으니까요. 좁은 궁궐 속, 본 것도 생각한 것도 황제뿐이었을 테니까요."

"충성은 좋은 덕목이지. 그러나 뭐든지 과하면 문제다. 보이는 게 왕과 자신밖에 없어 간신(奸臣)이 된 자들 허다하잖아. 황제라도 사람이니 부족한 점이 있지. 해서 진정한 충신은 세상의 이치로 충성을 이야기하지 황제와의 정으로 충성을 이야기하지 않는다. 황제와의 정을 먼저 앞세울 수밖에 없는 환관은 지금처럼 내정(內廷)만으로 만족해야 한다는 말이다. 환관에게 웬 초토사! 술 몇 잔, 돈 몇 푼, 주먹질 몇 번에 넘어갈 그런 놈을 깅호로 내보냈다면 지금 우리가 이 고생도 않지!
그나저나 그 작자가 계속 고집을 부리면 어쩌누?"

구걸왕은 노안을 찌푸렸다.

"적당히 돕는 척하고 넘어가면 되지요. 아니면 정말 놈에게 우리의
맛을 보여주던가!"

장하생이었다.

"아니, 아니, 일이 그렇게 수월치가 않아. 알아보니 적당히 넘어갈
일이 아니었어. 황금인형… 만만찮은 사연을 숨긴 물건이더군."

구걸왕은 무당파의 장문인을 비롯해 황실, 고관들과 친한 강호의 원
로들을 동원 지금 강호의 어려운 사정을 이야기하며 황명을 전폭적으
로 따를 수 없는 자신들의 처지를 이해시키려 했다. 오대산주 토벌전
을 철딱서니없는 책상물림의 발상이라 생각했기 때문이다.

그런데 아니었다. 초토사를 파견한 진정한 이유는 오대산주 토벌 때
문이 아니라 황금인형을 찾기 위해!

황금인형 안에 연왕의 운명을 좌지우지할 수 있는 중요한 물건이 들
어 있다는 것이다. 일이 그러한데 어찌 호락호락 그냥 넘어갈까. 칙명
으로 강호 총동원령을 내려서라도 황금인형을 찾고 싶을 것이다.

현헌이라는 자를 만나봐야 좋은 말이 나올 리 없다. 이 핑계 저 핑계
를 대며 자리 모면하는 게 나았다. 그럼에도 만나자는 현헌의 청을 받
아들인 이유는 황금인형에 얽힌 엄청난 사연을 무당 장문인과 원로들
을 통해 들었기 때문이다.

자칫하다가는 황제와 심각하게 등을 맞댈 수 있다. 강호를 위해 결
코 좋은 일이 아니다.

'이래서 황실, 관부와는 거리가 멀수록 좋다고 했는데… 내 대에 와

서 어찌 자꾸 이런 일이 생기누.'

탄식이 절로 나왔다.

'생각하니 모든 잘못은 내게 있었군.'

황실, 관부와 선을 긋는 작업은 한 번은 있어야 했다. 서로 낯 붉히고 서로 칼을 들이대는 심각한 상황이 벌어진다고 하더라도 각자가 각자의 자리를 지키기 위해 용단을 내렸어야 함이 옳았다고 생각했다.

'마교 토벌전을 요구했을 그 시기가 딱 옳은 시기였는데……'

선제 주원장의 불 같은 성격이 두려워 머리를 숙이고 들어간 게 잘못이었다.

명을 거부했다고 한바탕 난리가 났겠지만 그 폭풍이 오래가지는 않았을 것이라는 게 지금 그의 판단이다. 강호에 대해, 강호인들의 습성에 대해 선제는 잘 알고 있었으므로.

반해서 지금의 황제는 강호를 이야기로만 들었을 뿐이다. 신료들도 도검 횡행하던 그 시절의 신료들이 아닌 서탁 앞의 신료들이 대부분이라 강호, 강호인들을 이해할 길이 없다.

일이 생길 경우 황제의 권능을 희롱하는 저런 불측한 놈들이 있다니, 이런 이야기가 쉽게 나올 수 있는 상황이었다. 그래서 황실, 관부와의 선 긋기는 더욱 지난했다.

하지만 어떻게든 해야 할 일이었으니… 마교와의 전쟁이 끝난다면 그는 자신에게 맡겨진 최후의 일로 그 일에 주력할 생각이었다.

그러나 문제는 당장 지금이 아니었던가.

마교의 공세는 일순간 뚝 그친 상태였다.

정적 뒤의 폭풍은 예외없는 강호의 법칙이다. 복수혈맹과의 싸움 준비에도 정신없는 판국인데 황제는 자꾸 엉뚱한 요구만 하고 있으니……

구걸왕은 결론을 내리기로 했다. 상호 사성을 이야기하고 양해를 구하기로!

강권을 부린다면 구렁이가 담 넘어가듯 버틸 생각이었다. 황제의 위협, 마교의 위협 중 더 큰 위협으로 다가오고 있는 것은 마교의 위협이었으므로.

'아, 아! 이래서 나는 연왕이 이기기를 바라야 하나.'

전쟁에서 연왕이 이겨 버린다면 잡음 생길 일도 없을 테니 그런 생각도 들었다.

'그나저나 그놈은 왜 황금인형 속에 고려의 기서가 들었다고 떠들었을꼬?'

잠시 생각이 성인학에게 미쳤다. 노사의 제자가 거짓말을 할 리 없고 또 보건대 거짓말을 할 인품도 아니었다.

'무슨 이유가 있겠지.'

관심 밖이었다.

'그놈, 잘하고 있는지?'

소교주라는 여자가 말한 진정한 마교, 마교 중의 마교 복수혈맹! 성인학이 소교주를 도와 그곳을 치는 데는 관심이 있었다. 그러나 별로 큰 기대는 않았다. 의외의 성과를 내어준다면 고마운 일이지만.

"장하생, 이리 와."

그가 손짓을 했다.

장하생이 다가왔다.

"너, 적당히 돕는 척하면 된다고 했지? 그래, 네놈이 그렇게 해."

"예?"

"그쪽에서 일을 도와달라고 하면 난 네놈에게 모든 책임을 넘길 것이다."

"아! 알겠습니다."

장하생은 꾸벅 머리를 숙였다. 바라던 바였다. 그가 원하는 자리는 마교와 싸우는 자리가 아닌 대흑저를 쫓는 자리였으므로. 성인학에게 망신을 당한 후 대흑저가 지니고 있다는 고려의 기서에 대한 그의 욕심은 더했다.

"네놈에게 딱 어울릴 일일 것이다. 원래 강가의 차돌처럼 뺀들뺀들한 놈이 네놈이었으니."

구걸왕은 산길을 올랐다.

일각 정도 걸었을 때였다.

"무림맹에서 오신 분들입니까?"

딱 보기에 환관이었다. 군웅축토전에 신화총을 걸친. 마중을 나온 인물은 금산오교의 넷째였다.

"이분이 맹주이십니다. 초토사께서는 어디 계십니까?"

운악이 물었다.

"소공께서는 벌써 와 기다리고 계십니다. 저기……."

넷째가 한곳을 가리켰다.

떠오르는 태양을 등진 채 한 사내가 서 있었다.

구걸왕 등은 이마에 주름살을 그렸다.

별스러운 환관이라는 소리는 들었다. 그러나 그래 봐야 궁성을 총총걸음으로 걷던 환관, 하는 마음이 있었는데…

저 기개는 무엇인고?

산악처럼 당당했다.

고수일수록 기도에 더욱 민감하게 반응한다고 했으니,

‘과연 세상은 넓고. 황궁에 어찌 저런 인물이 있었을쏘!’

쉽지 않을 상대라는 걸 구걸왕은 단번에 확인했다.

경박하지도 오만하지도 않은 현헌의 절제된 인사.

“아이고! 아이고! 내가 먼저 찾아뵈었어야 했는데… 그저 이해해 주시오. 늙으니 발이 말을 듣지 않아…….”

반해서 구걸왕은 호들갑을 떨었다.

“아닙니다. 제가 찾아갔어야 옳았지요. 대명(大明)을 반석에 올리는데 강호인들이 한 축을 담당했다는 사실 부정할 사람 없고, 그 중심에 맹주가 계셨다는 것 부정할 사람도 없으니, 그간의 노고를 생각해서라도 제가 찾아갔어야 함이 옳았습니다.”

현헌이 말했다.

들기로 아주 오만한 자라고 했는데 지금 현헌이 보이는 모습은 강호의 소문과 달랐다.

“오홀홀홀홀홀! 말씀만 들어도 고맙구려. 그러나 나는 관복 입은 사람만 봐도 몸이 꼬여서… 아, 아! 오해하지 마시오. 관부인들이 싫다는 것은 아니고 그저 우리 같은 사람들은 ‘관(官)’ 자 들어가는 것 곁에 없는 걸 다행이라 생각하지요.”

듣고 보니 관부인들 싫다는 말이 맞구만 뭘. 구걸왕은 너스레를 떨었다.

“앉으시지요.”

현헌이 자리를 권했다.

구걸왕은 ‘에헴!’ 하며 자리에 앉았다.

현헌은 어검, 파사검을 풀어 셋째에게 건넸다. 셋째가 무릎을 꿇고

파사검을 받았다.

현헌도 자리에 앉았다.

구걸왕은 작은 눈으로 현헌을 게슴츠레 바라보았다. 현헌은 옅은 미소로 흔들림없이 강호 노호의 눈을 마주 보았다.

시선을 먼저 돌린 사람은 구걸왕이었다.

"케헴!"

그가 어깨를 으쓱했다.

"술 없소?"

"찾으실 줄 알았습니다."

현헌이 넷째에게 손짓했다.

두 개의 잔과 맑은 향 가득한 백건아(白乾兒).

"아, 아! 높은 곳에서 오신 분인데 내가 먼저 따라야지."

잔을 따르려는 현헌의 손목을 구걸왕이 턱석 잡았다.

현헌은 씨익 웃었다.

구걸왕은 이마에 지렁이보다 굵은 주름살을 그렸다. 그가 가는 한숨을 쉬며 현헌의 손을 놓았다.

구걸왕이 손가락으로 술병 주둥이를 퉁겼다.

술이 물방울로 치솟아 현헌의 잔을 채웠다.

현헌은 소매를 걷어 구걸왕의 잔을 따랐다.

그들이 건배를 했다.

"원하는 게 뭔가?"

잔을 놓으며 구걸왕이 물었다.

갑작스러운 하대!

서로를 마주 대한 그 짧은 순간 그들은 서로를 느꼈다. 예의와 격식,

실없는 말로 시간을 낭비할 필요가 없었다.

"많은 도움을 받았습니다. 그런데 이번에 또 도움을 받을 일이 생겼습니다."

현헌은 품속을 뒤졌다.

그가 꺼낸 것은 한 장의 지도였다.

"이게 뭔가?"

구걸왕은 지도와 현헌을 번갈아 바라보았다.

현헌이 손을 저었다.

셋째와 넷째가 읍하며 물러났다.

"너희들도 가라!"

구걸왕이 여경 등을 향해 손을 흔들었다.

여경 등도 한 편으로 물러났다.

술잔을 만지작거리던 현헌이 입을 열었다.

"마교 본당."

복수혈맹의 위치가 그려진 지도였다.

"뭐?"

구걸왕의 눈이 커졌다.

"우리 아이들이 알아냈습니다. 운이 좋았지요."

운이 좋았다고 하기보다 복수혈맹의 실수가 컸다. 대성회, 성인학 추살에 매달려 너무 번잡하게 움직였던 게 실수였다.

복수혈맹이 자리 잡은 계상산은 사람의 발길이 많지 않은 곳이다. 전서구에 전령, 화룡당뿐만 아니라 눈에 딱 띄기 좋은 만병들까지 대거 움직였으니 초부들이 의심의 눈길을 보낼 수밖에 없었다.

뛰어난 추적술에 관권(官權)이라는 거대한 정보망까지 가진 금산오

교였으니 복수혈맹의 실수를 놓칠 리 없었다. 수색망을 좁혔고 복수혈
맹의 위치를 찾아냈다. 그리고 현헌에게 급전으로 그 사실을 알렸던
터였다.

아무리 단단한 둑도 한 번 구멍이 새면 걷잡을 수 없이 무너진다. 복
수혈맹의 지금 처지가 그런 듯했다.

"확실한가?"

구걸왕이 지도를 들었다. 그가 눈빛을 빛내며 지도를 낱낱이 살폈
다.

"계상산지에 있는 산입니다."

"계상산? 아하! 변방 어디일 것이라는 생각은 했는데… 계상산이었
군."

구걸왕은 무릎을 쳤다.

"군병들을 동원해 봐야 놈들에게 우리가 왔네 하는 걸 알려주는 꼴
이상은 되지 않을 것입니다. 지형도 험해 강호인들 아니고서는 그들을
처치할 수 있었을 것 같지 않군요. 그러나 제가 데리고 있는 사람이라
고 해봐야……."

"그래, 그래. 알았네! 알았어! 우리가 도와주어야지! 진작 그 일이라
고 말을 할 것이지!"

구걸왕은 희희낙락했다.

마교의 도발! 앉아서 벼락 떨어질 때를 기다리고 있던 처지였는데
대역전의 실마리가 생겼으니…….

"이곳에서 만나기로 하지요."

현헌이 소매에서 종이를 꺼내놓았다. 만날 장소와 시간이 적힌 쪽지
였다.

구걸왕은 고개를 끄덕였다.

"한 잔 더 하시겠습니까?"

현헌이 술병을 가리켰다. 할 이야기는 다 끝났다는 뜻이었다.

"술을 거부하면 개방의 사람이 아니지!"

구걸왕이 기분 좋게 소리쳤다.

현헌은 술병을 감싸 잡았다.

갑자기 술병이 우웅! 웅! 하는 소리를 내며 엄청난 속도로 떨렸다. 곧 이어 술이 분수처럼 치솟아 구걸왕의 잔으로 빨리듯 들어갔다.

구걸왕은 단숨에 술잔을 비웠다.

"문로를 물어도 되겠는가?"

"황궁의 무공입니다."

"황궁에는 없는 게 없군."

구걸왕은 자작으로 한 잔의 술을 더 마셨다.

"가져오라."

현헌이 손을 내밀었다.

셋째가 파사검을 가져왔다.

현헌은 파사검을 두 손으로 정중히 받아 구걸왕 앞에 놓았다.

"황상께서 제게 내린 어검, 파사검입니다. 마교 본거지 토벌……. 맹주, 이 일에 대한 책임자는 제가 될 것입니다. 공훈을 탐해서도 아니고 명성을 탐해서도 아닙니다. 황상께서 제게 맡긴 일입니다."

현헌이 표정없는 얼굴로 말했다.

구걸왕은 힐끔 고개를 들었다. 완고한 고집, 철벽처럼 단단한 고집이 느껴졌다.

"초토사께서 앞장을 서주겠다는 데 반대할 이유는 없지. 오히려 감사를 해야지."

그가 씁쓸한 얼굴로 말했다.

"앞으로 자주 볼 일이 있을 것 같습니다."

"자주 볼 일? 마교에 관계된 일 말고 다른 일이 또 있었던가?"

"황상께서 원하시는 일이 있을 겁니다."

"황상… 자네의 세계에선 황상 말고는 없군."

"황상을 생각하지 않는 백성들도 있습니까?"

"사람들은 여러 생각을 하고 살지. 하나만 바라보고 살지는 않는다네."

"중천의 태양은 여러 것들 중의 하나가 아닙니다. 반드시 있어야 할 하나입니다. 저는 황상의 성덕이 온 세상에 내릴 수 있도록 최선을 다할 것입니다."

"좋은 생각이군."

구걸왕은 현헌에게 술을 권한 후 자신의 잔에도 술을 채웠다.

"많이 도와주리라 믿습니다."

"필요하다면."

그들이 잔을 비웠다.

현헌이 먼저 자리에서 일어났다. 그가 파사검을 허리에 묶고 정자세로 섰다.

구걸왕은 한 잔의 술을 더 마시고 자리에서 일어났다.

현헌은 선 그 자세에서 움직이지 않았다. 강호 노호에 대한 첫 대면의 예우로 먼저 머리를 숙였다. 그러나 원래 그는 황제의 명을 받은 자, 어검을 받든 자! 그 신분에 맞게 구걸왕을 배웅하려 했다.

구걸왕은 현헌을 쓱 한 번 바라본 후 등을 돌렸다.

〝세상산에서 보세.〞

손짓으로 인사를 대신하며 그는 자리를 떴다.

구걸왕은 산길을 내려오고 있었다.

그가 힐끔 고개를 돌렸다.

현헌은 올 때 보았던 그 자세 그대로 산 위에 서 있었다.

구걸왕은 가는 한숨을 흘렸다.

'맹랑한 놈이군.'

그가 눈살을 찌푸렸다. 가히 좋은 기분은 아니었다. 한참 젊은 놈에게 느낀 기분이었으니… 황자중이 제태에게 고백한, 일개 환관에게 느꼈다던 그 느낌, 위압감을 그도 조금 느끼고 있었다. 황실 나부랭이이기 때문에 턱없이 내세우는 그런 위압감과는 다른 성질의 위압감이었다. 자신에 대한 당당함!

'내가 우습게 보였던 모양이군.'

구걸왕은 핑! 코를 풀었다.

"맹주, 사제와 잠시 손을 섞는 것을 보았습니다. 어떻습니까?"

과연 십대고수 최상좌 여경이었다. 먼발치에서도 보았던 모양이다.

"네놈들 중에서는 그놈과 싸워 이길 자는 없다."

"예?"

구걸왕의 말에 운악 등은 안색을 찌푸렸다.

"정 의심되면 올라가서 붙어봐. 싸울 상대도 못 되는 것들이니 목숨 거두지는 않을 것이다."

"저도 사제의 무공이 예사롭지 않다고는 느꼈지만 그렇게 대단한 줄은 몰랐습니다. 문로는 어디라고 합니까?"

여경이 물었다.

"황궁! 그런데 느낌이… 좀 기이한 무공을 익혔더군."

"사술이나 마공이겠군요! 환관의 신분으로 어디 꾸준한 수행이 가능했겠습니까! 속성으로 익힐 수 있는 무공 몇 개 주워 익혔겠지요!"

장하생이었다.

"마공인지는 모르겠고, 기파의 움직임이 혼탁한 것은 분명해. 통제를 잘하지 못하면 큰 화를 부를 수도 있는데……."

구걸왕은 주화입마를 걱정했다.

"사부, 사숙들에게 부탁을 해보겠습니다."

여경이 말했다.

"그건 네놈이 알아서 할 일이고… 어쨌든 위험한 인물이야. 위험한."

혼잣말처럼 구걸왕은 중얼댔다.

왜 위험한지 설명하기는 난감했다. 오랜 강호의 경험 속에 형성된 직관, 그 직관에 의해 튀어나온 말이었다.

'그나저나 이 일을 놈들에게 알려야 하나?'

그는 성인학과 해원을 생각했다. 마교에 관계된 일에 대해서는 서로 긴밀히 협조하기로 했는데…

현헌이 찾아낸 마교의 소굴이 마교의 주전파 복수혈맹임은 의심할 여지가 없었다. 소교주의 주화파에 대해선 엄등을 통해 비교적 잘 알고 있었기 때문이다. 주화파에 그만한 규모의 전당이 있을 리 없다. 어쨌든 주전파의 일이든 주화파의 일이든 알릴 의무가 있는데…….

'알려서 좋은 일 뭐 있겠어. 이런 일이야 원래 조용히 진행시킬수록 좋지.'

신농정에서 서로 믿자고 했지만 그는 주화파를 완전 신뢰하지 못했다. 주전파와 같은 뿌리임은 그 누구도 부정 못할 사실이었고 주화파에 주전파의 간세가 있을 수도 있었으므로.

그 같은 생각이 들자 문득 신농정에서 한 약속을 지킬 필요가 있을까 하는 마음도 들었다. 복수혈맹이 사라진다면 당분간 마교는 강호에 위협이 될 수 없다. 그런데 굳이 옛 과거를 들추며 용서를 빌 이유가 있을까?

신농정의 약속을 유야무야 돌려 버릴까로 고민하던 그가 주먹으로 자신의 머리를 세차게 때렸다. 신농정에서 약속의 증표로 잘라낸 손가락이 울고 있었다.

'정말 더럽게 때가 많이 묻었구나. 그깟 놈의 명예, 관(棺) 속까지 가져갈 것도 아닌데… 관부와의 협잡질은 더 이상 없어야 한다는 교훈을 남겨주기 위해서라도 사실을 털어놓아야지.'

성인학과 해원에게 복수혈맹 소탕전도 알릴 생각이었다.

第三章

대성회(大聖會)

1

“길로 길로 가다가, 바늘 하나 주웠네. 주운 바늘 뭐 할꼬, 낚시 하나 굽혔지.”

수돌이였다.

“굽힌 낚시 뭐 할꼬, 잉어 한 마리 낚았지. 낚은 잉어 뭐 할꼬, 큰솥에다 고았지.”

화답은 명아.

“고은 잉어 뭐 할꼬, 우리 부모 드리지. 우리 부모 드시고, 오래오래 사시지.”

마무리는 합창.

고려말로 부른 노래였다.

명아가 고려말을 배우고 싶다고 해서 수돌이는 노래로 고려말을 가르쳐 주고 있었다.

“어제 입맞춤했다고 자랑하더니… 정말 입 맞추고 난리군! 뭐 대단
한 짓거리를 했다고!”

눈꼴시어 못 보겠다며 산돌이가 아나에게 말했다.

“어머! 정말 입맞춤했다고 저 난리인 거예요? 우린 만나자마자 침대
에 들어갔는데.”

아나의 말에 산돌이는 놀라 눈을 크게 떴다. 그가 급히 성인학을 바
라보았다. 다행히 여진의 말로 이야기를 해서 성인학은 무슨 말을 했
는지 알아듣지 못한 듯했다.

‘이렇게 철이 없어서…….’

두들겨 팰 수도 없고, 전생에 무슨 못할 짓을 해서 이렇게 만났는지
몰랐다. 헤어지자고 하면 바로 죽겠다고 으름장까지 놓고 있었으니 딱
발목이 잡힌 그였다.

“태태왕, 나도 고려말을 배우고 싶어요.”

속마음도 모르고 아나가 아양을 떨었다.

“나는 아는 노래가 없어!”

산돌이는 화를 냈다.

“태태왕은 정말 내가 싫은가 봐. 내 부탁은 전부 거절이다.”

아나의 입이 튀어나왔다.

“아나야, 무슨 일 있어?”

해원이 불렀다.

“태태왕에게 고려 노래를 가르쳐 달라고 했는데 태태왕은 싫대요.”

공용어는 한어(漢語)였으니 더듬거리며 아나가 자신의 불만을 말했
다.

“아! 좋은 생각을 했구나. 아나가 노래를 부른다면 스승님은 깜빡

넘어갈건, 내가 가르쳐 줄게."

해원이 아나를 불렀다.

장백노사에게 잘 보일 수 있다는 말에 아나는 신이 나 해원의 곁으로 다가갔다.

해원이 아나에게 노래의 내용을 설명한 후 노래를 불렀다.

"앞산에는 빨강 꽃, 뒷산에는 노랑 꽃, 빨강 꽃은 치마 짓고, 노랑 꽃은 저고리 지어, 풀을 꺾어 머리 하고, 게딱지로 솥을 걸어, 흙가루로 밥을 짓고, 솔잎으로 국수 말아, 풀각시를 절시키세."

소꿉놀이라는 노래였다.

원래 할머니, 어머니 입을 통해 전해 내려오는 노래라 음이 단순했고 아나의 오성(悟性)도 총명해 아나는 금방 노래를 배웠다.

"산돌 사형에게 가르쳐 줘. 같이 부르면 좋잖아."

해원은 아나의 등을 두들겼다.

"산돌 사형, 똑바로 해요. 만약 아나의 기분을 망친다면 모두에게 공개할 거예요. 소꿉놀이 할 때 늘 아기 역 맡는 것을 좋아했다는 사실을."

"아기 역이야… 내가 아기였던 적이 없었기 때문에 그랬지. 난 아버지, 어머니 얼굴도 모르고 큰 놈이잖아."

해원의 엄포에 산돌이는 머리를 긁적였다.

처음엔 미적거렸으나 어릴 적 그 추억의 노래에 향수가 느껴졌는지 산돌이와 아나도 입을 맞추었다.

때 아닌 곳에서 들려오는 고려의 노래,

"저놈들이 아침밥을 잘못 먹었나? 당장 피와 살이 터지는 싸움이 벌어질지도 모르는 판에 무슨 노래를!"

성인학은 안색을 찌푸렸다.

"싸움은 싸움이고 노래는 노래죠. 대사형은 이 노래가 좋지 않으세요? 어릴 때 생각나잖아요."

"네 나이가 그렇게 많았구나, 어릴 때 추억할 정도로."

"시집가서 아이 둘 낳았을 나이예요! 적은 나이가 아니죠!"

"처녀가 말하는 본새하고……."

성인학은 혀를 찼다.

"아! 그나저나 아버지, 어머니가 정말 그리워. 대사형, 돌아가는 길에 우리 집에 들르겠다는 약속을 잊은 건 아니죠?"

"잊지 않고 있다."

"그런데 대사형… 만약 말이에요, 할아버지가… 할아버지가……."

"노문주(老門主)께서 왜?"

"대사형께서는 아시죠? 내가 아버지, 어머니 곁을 떠나 지리산에 온 이유를."

"집에 있을 경우 횡액을 면하기 힘들 것이라는 괘가 나왔기 때문이라고 들었다. 만으로 스물까지 바깥 생활을 해야 한다고 했으니 이제 얼마 남지 않았겠구나."

"그래요. 그런데… 선방의 큰스님……."

해원이 자꾸 말에 뜸에 들였다.

"큰스님이 또 무슨 말을 하던?"

"화(禍)를 피한 그 자리에 있는 그 사람을 만나야 길(吉)하다고… 천생연분이 달리 천생연분이겠느냐고… 저때 할아버지도 그와 비슷한 말씀을…… 나야 믿지 않지만… 그분들의 생각이 그러하니… 집에 갔을 때 할아버지께서 그렇게 하라고 말씀하시면… 대사형은… 대사형은 어떻게 하실 거예요?"

해원이 얼굴을 붉히며 물었다.

성인학의 얼굴이 굳어졌다.

"정말이냐?"

"내가 왜 거짓말을 해요! 대사형은 자신을 엄청 잘난 사람으로 아나 봐!"

해원은 발끈했다.

"세상을 바라보는 그분들의 높은 눈을 내가 모르는 건 아니다. 그래서… 스승님께서도 같은 말씀이 있어야 했는데 스승님께서는 아무 말씀도 없었지 않느냐."

"스승님께서는 당연히 그런 말을 하지 않죠! 노처녀가 되든 말든 죽을 때까지 곁에 두고 부려먹고 싶을 테니깐!"

"아무려면…….."

"알았어요! 없던 일로 하죠! 누군 좋아서 한 말인가!"

해원은 고개를 휙 돌렸다.

"성깔하곤… 알았다. 노문주께서 하신 말씀이고 큰스님께서도 하신 말씀인데 들어야지."

'엥?

해원의 눈이 커졌다.

"대사형, 방금 뭐라고 하셨어요?"

그녀는 자신의 귀를 의심했다. 따지고 보면 청혼이 아니었냔 말야. 그런데 이렇게 쉽게 승낙을 얻다니…….

"생각하니 나는 무공에 관한 것만 제외하면 범부(凡夫)다. 범부는 범부의 길을 가야지. 때가 되면 혼인하고."

곽전충의 장원 근처에서 벌어졌던 일! 장자영은 까맣게 잊은 듯이 보였다. 그러나 성인학은 그때의 일이 꽁하니 남아 있었다. 해원에게 미안했고 장자영에게 미안했고 스스로도 궁벽하게 보여 내린 결심이었다.

"대사형, 점괘니 하는 건 믿을 게 못 돼요. 개척하라고 있는 게 운명이잖아요. 그러니 할아버지, 큰스님의 말에 너무 신경을 쓰지 마세요."

말을 그렇게 했지만 해원은 속으로 '아호!' 하고 있었다. 당장 이러저러한 사연으로 대사형을 꼬셨으니 대사형이 찾아가면 그대로 이야기하라는 협박 편지를 할아버지와 큰스님께 보낼 생각을 했다.

"그래, 큰 신경 쓰지 않겠다. 다른 일도 많은데."

성인학은 어깨를 폈다.

"무슨 재미있는 이야기를 하세요?"

장자영이 다가왔다.

"재미없는 사람 하면 대사형이잖아요. 재미있는 이야기를 했을 리 없죠."

해원은 앞으로 갔다.

속으로 환희가 폭발하고 있을 테니 노래가 나오지 않을 리 없었다. 그녀는 산돌이와 해원 곁에 서서 한 소절, 수돌이와 명아 곁에 서서 한 소절 따라서 노래를 불렀다.

"해원 소저는 늘 즐거워서 좋아요. 구김살이 전혀 없잖아요."

정말 그녀는 해원을 부러워했다. 언제나 밝을 수 있는 그녀를.

"저 아이가 철이 없긴 하지요."

성인학이 말했다.

"어머! 철이 없다니요. 해원 소저처럼 똑똑한 아가씨를 저는 본 적이 없는데.”

“나는 저 아이와 삶에 대한 깊은 이야기를 한 번도 해본 적이 없소. 늘 놀러 가니 가지 않니, 이 물건을 사야 하니 저 물건을 사야 하니… 이런 이야기밖에 한 적이 없소.”

성인학의 말에 장자영은 옅은 미소로 성인학을 바라보았다.

“많은 사람들은 오히려 그런 것을 부러워합니다. 그럴 수 있기를 원하고요. 삶에 대한 깊은 이야기를 해야 한다니… 깊이를 강요받지 않고 살고 싶은 게 솔직한 저의 마음입니다.”

“그러나 가볍게 살 수 없는 게 인생이지 않소.”

“그때 필요한 것은 깊이에 대한 동참이 아니라 위로죠. 그가 부딪치는 그 문제를 풀어줄 사람은 스스로 외에 아무도 없다는 게 제 생각입니다. 해서 어깨를 부축해 줄 사람만이 필요하죠.”

장자영의 말에 성인학은 턱을 매만졌다.

“소교주의 말씀에 조금 동감이 가는 부분은 있소. 저 아이와 같이 있으면 어떤 일이 벌어져도 마음 한 편이 편한 것은 사실이오. 내가 검 하나에만 매달려도 절대 불평 같은 것은 하지 않으리란 믿음도 있소.”

“그래서 천생연분일 수도 있겠네요?”

장자영의 눈빛이 야릇하게 빛났다.

성인학은 아무 말도 않았다.

“이번에 고려로 돌아가면 이곳으로 다시 올 일은 없겠지요?”

“백두산은 높은 산이 아니오. 이곳에 검을 논할 좋은 동반이 있는데 왜 찾지를 않겠소. 천산에 검로를 말해 줄 좋은 사숙도 계시니… 가끔 찾지 싶소. 우리 스승님처럼 자주 찾지는 않겠지만.”

“그럼 그때 저를 찾아주실 수는 있나요?”

"별일이 없다면."

"찾아주시리라 믿습니다."

장자영이 눈을 내리깔며 머리를 숙였다.

왠지 분위기가 이상해 성인학은 '어험!' 하며 고개를 돌렸다.

"황산은 멀었소?"

"멀지 않았습니다. 그래서 걱정입니다. 집정대사도가 가만히 있지는 않을 테니까요."

"경계를 게을리 하지 않고 있소."

쇠돌이가 맹활약이었다.

"예측할 수 없는 자가 집정대사도 그자예요. 태상령의 실력을 의심하는 건 아니지만… 저는 서 장반이나 막 장반의 말을 따르는 게 더 나을 듯한데……."

명아의 아버지인 호광의 장반 서홍용, 서촉의 장반 막대심은 급한 전서로 같이 가기를 요구했다. 집정대사도가 어떤 짓을 저지를지 모르니 자신들의 교군들로 호위를 서주겠다는 것이었다.

하지만 해원은 거부했다. 조카와 숙부의 싸움으로 관부의 이목이 흐려졌다고는 하나 많은 사람이 움직일 경우 역시 문제가 생길 수가 있다.

그것도 걱정이었고 또 하나는 주화파인 서홍용, 막대심과 내놓고 같이 다닐 경우 자신의 의사를 확실하게 결정하지 못한 다른 장반들의 거부감이 작용 대성회 때 역효과가 올 수도 있다고 생각했다.

반대로 고군분투, 집정대사도의 공격을 막아내고 대성회장에 입성할 경우 성인학의 신화가 한 번 더 빛을 발할 테니 장반들의 호의를 얻을 수 있고.

해시 그들은 단출한 인원으로 대성회장을 향하고 있었다.

"해원 저 아이가 다른 건 몰라도 머리 하나는 제법 쓴다오. 용병에 대해서도 잘 알지. 쇄기진이라고 했나 말뚝진이라고 했나? 혼연일체로 움직여 준다면 몇만이 달려들어도 끄떡없을 것이오."

그들은 하나의 진형으로 움직이고 있었다. 공성창(攻城槍)과 같은 진형으로 선두를 맡은 자는 흑문호, 좌견(左肩)은 산돌이였고, 우견(右肩)은 수돌이였다.

이십팔숙이 이 열로 나란히 선 중앙은 진형을 지휘할 해원, 장자영 역시 진형 안에서 적의 맹타를 받아 진형이 무너질 위험이 있는 곳에 대한 보조의 책임을 맡았다.

명아와 아나는 장자영과 같은 역할이었는데, 기실 진형 가운데에 두어 위험으로부터 그녀들을 보호하겠다는 해원의 생각 때문이었다.

성인학은 자유였다. 그는 좌충우돌 필요한 곳에 달려가면 되었다.

외부 인사들인 엄등과 위대용은 변장을 하고 있었지만 혹 정체가 드러나 교도들의 감정을 자극할 우려가 있어 진형에서 빠졌다. 쇠돌이와 함께 정찰, 정탐의 임무로 만족했다.

독심마도와 금면공도 진형에서 빠졌다. 그들은 싸움이 벌어지면 대흑저 일행과 함께 후위에 합류하게 되어 있었다.

진형을 짠 후 해원은 모두에게 말을 갖추게 했다. 기동성까지 더해 한순간에 적의 공격을 돌파해 버리겠다는 계획이었다. 여러 사람 뒤섞여 피 많이 흘릴 일 없으니 좋았다.

다만 앞뒤 주의하고 사람들의 이목 피하고 진형 유지까지 하며 길을 가느라 말이 있음에도 행군이 너무 늦다는 게 문제였다. 그러나 빨리 가든 늦게 가든 집정대사도와의 일전을 통과 의례처럼 생각했기에 해원은 별로 개의치 않았다.

"저 아이, 저 아이 하며 매사 해원 소저를 아이처럼 보지만 정작 중요한 일에 대해선 태상령께서는 항상 해원 소저의 말을 따르는군요."

장자영이 웃으며 말했다.

"뭐, 그게… 생각하니 그렇군요."

성인학도 웃었다.

"지금 부르는 저 노래가 고려의 노래인가요?"

장자영이 화제를 돌렸다.

"어릴 때 불렀던 노래들이오."

"저도 고려의 좋은 노래 한 곡조 정도는 배우고 싶군요."

"아, 나는 노래를 잘……."

"벌써 이런 이야기하기 열없지만, 지금은 힘들고 괴로워도 어쩌면 먼 훗날 괴롭고 힘든 지금을 추억할지도 모른다는 생각이 들어요. 그때 최소한 그 추억을 함께할 노래 정도는 하나 있어야 하지 않겠어요? 못 불러도 좋아요. 시간날 때 한 곡조 가르쳐 주세요."

성인학을 바라보며 장자영이 웃었다.

성인학은 고개를 돌리며 머쓱한 얼굴로 머리를 긁적였다.

"생각나는 노래가 있기는 있는데… 우리 스승님이 좋아하는 노래입니다. 술 드시면 절로 흥얼거리는 노래지요. 저도 좋아하는 노래입니다. 가시리라는 노래……."

"잠시 들을 수 있을까요?"

장자영이 장난기 어린 표정으로 말했다.

성인학은 곤혹스러워했다. 그가 마지못한 듯 입을 열었다.

"해석부터 해드리리까?"

"아니, 그냥 그대로 들려주세요. 노래는 느낌으로 듣는 것이잖아요."

"그럼 나중에 들려주리다. 느낌으로."

성인학은 말고삐를 챘다.

한 고개 넘고, 해가 지고, 그렇게 또 하루가 지나고 있었다.

2

‘내 사는 건 왜 이렇누?’

엄둥은 육포를 쭉 찢어 질겅질겅 씹었다.

‘아버지 돈 말아먹던 그 시절 이후 제대로 된 자리를 한 번도 가져 본 적이 없다. 상가(喪家)의 개마냥 여기서 구박, 저기서 구박… 지금은 또 뭐야! 이 나이에 정탐꾼이나 하고 있고.’

한숨이 절로 나왔다.

‘왜 사람들은 나를 그럴듯한 자리에 두려고 하지 않지? 이장무는 다르잖아. 장무는 어디 가서도 대우를 받는데… 그 자식이 나보다 나은 게 뭐 있어! 음… 생각하니 나은 게 있긴 있군. 나보다 말이 없다는 것!’

엄둥은 호로병의 술을 꿀꺽 마셨다.

‘과묵한 게 뭐 그리 대단하다고. 나도 겉멋을 부려봐? 한 삼 년 입

한 번 빙긋 웃고 살 수 있다! 내 천성이 원래 꾸미기를 싫어하는 사람이라 그러지 않고 있을 뿐이다!'

그가 다시 이로 육포를 찢었다.

'할 수 없다고? 왜 할 수 없어! 나도 한다면 한다는 사람이란 말이야!'

하지만 그 누구는 쉽게 바꿀 수 없을 것이라고 했다.

"아! 그게 불만이셨군요. 남들이 엄 대협을 가볍게 본다는 것. 그래서 바꿀 생각이세요? 호호호! 전 바꾸기 쉽지 않을 것이라고 생각하는데… 굳이 바꿀 이유도 없잖아요. 전 엄 대협이 좋아요. 가볍게 느껴지기 때문에 편하잖아요. 사실 과묵한 사람은 자신이 가진 말의 무게만큼 말에 대한 책임을 져야 해요. 일일이 상대방을 의식하고 말을 해야 한다는 것… 피곤한 일이죠. 그렇지만 가벼운 사람은 자기가 던진 말에 대한 책임으로부터 비교적 자유롭잖아요. 모두 원래 그런 사람이려니 생각하니까. 예, 저는 사람은 자기 천성에 맞게 살아야 한다고 생각해요. 그리고 유심히 찾아보면 자기가 가진 단점 그 이상의 장점이 분명 있어요. 문제를 느끼면서도 그 사람이 그렇게 살고 있는 데에는 자신에게 유리한 어떤 점이 있기 때문일 것이라는 생각도 해요. 꼭 나쁜 쪽으로만 생각할 이유가 없다는 거죠."

바꿀 필요도 없고 바꿀 수도 없다고 말한 그는 바로 소교주 장자영이었다.

이제 엄둥이 주정뱅이라는 사실을 모르는 사람은 없었다. 엄둥을 보면 모두 슬금슬금 피했다. 딱 한 사람 장자영을 제외하고.

해서 엄둥은 자신의 심각한 고민까지 장자영에게 털어놓고 있었다.

물론 다른 사람이 듣기에 엄등의 고민은 여전히 주정 이상으로 보이진 않았지만.

"문제는 이제까지 그렇게 살아온 것. 왜 갑자기 자신이 싫어졌나 하는 것이겠죠. 무슨 일이 있었나요?"

장자영의 물음이었다.
대답하지 않자 삶에 대한 큰 깨달음을 얻은 모양이군요, 하며 웃었다.
'망할! 깨달음은 무슨 깨달음!'
장자영의 말대로 무슨 일이 있긴 있었다. 먼 길 찾아온 만화군주가 코빼기도 보이지 않고 그냥 가버렸다는 것!
술에 취해 한 말이든 어쨌든, 사랑 고백까지 했는데 아는 척도 않고.
'사람이 사람 같지도 않게 보였기 때문이겠지!'
서운했다.
"아이고! 어디 내가 사람 취급받고 살았나. 엄등아, 엄등아, 너 왜 태어났니?"
탄식을 하며 엄등은 호로병의 술을 비웠다.
'이제 천산에서 영원히 나오지 않으신다고 했는데… 나도 따라 천산에 들어갈까? 그러나 천산에 가면 지옥보다 더한 훈련이 기다리고 있을 텐데.'
수련을 하니 마니 별로 간섭할 사람은 없었다. 그러나 천산의 그분들은 수련이 곧 생활이니, 같이 사니 어쩔 수 없이 대충 따라 하는 시늉은 해야 하는데, 수행 정도의 차가 너무 커 눈치보고 따라 하는 그것

두 그에겐 죽음이었다.

'가랑이 찢어져 검선(劍仙) 되기를 바라느니 시궁창 굴러 강호의 범부가 되는 게 내겐 낫지! 그래, 금의위 도둑이다! 금의위 도둑이면 누님 같은 여자 줄줄이라구. 엄등아, 힘내자!'

엄등은 주먹을 불끈 쥐었다. 그러나 곧 그의 표정이 어두워졌다. 황금인형을 찾아야 뭘 해도 하지.

'하필이면 집정대사도 그 미친놈에게 황금인형이 넘어갔누?'

엄등 그에게도 마교는 두려운 존재였다. 특히 집정대사도는 인면수심(人面獸心)의 작자라고 하지 않던가.

'뭐, 사필귀정(事必歸正)이라고 했으니… 우리 씩씩한 성 사제도 있고. 아무렴!'

성인학뿐만이 아니었다. 집정대사도와의 싸움이니 구걸왕도 있다. 해서 집정대사도야 어떻게든 처치되리라 믿었다. 고민은 오히려 노사의 제자들이었는데…….

엄등은 보고 있었다, 성인학의 무공에 대해. 심인검인가 뭔가를 깨달은 후 일신우일신이었다. 싸움으로 이기리라는 생각은 이미 오래전에 버린 상태였다.

그래서 황금인형을 포기해야 하남?

마지막으로 찾아온 인생의 기회인데 절대 그럴 수는 없었다.

'성 사제는 별로 걱정이 되지 않는데…….'

무공만 강하면 뭘 하누.

'앗! 저기 새가 날아가고 있어.'

'어디요?'

그사이 황금인형 슬쩍,

‘황금인형이 어디 갔지? 발이 달린 모양이군.’

‘그런가 보네요. 발이 짧으니 멀리는 가지 않았을 겁니다. 찾아보지요.’

사람을 의심하지 못하는 성격! 이럴 친구가 성인학이었으므로 적당한 속임수로 황금인형을 빼낼 자신이 있었다. 걱정은 해원이었는데…

‘아이고! 아이고! 노사는 어찌 저런 불여우를 제자로… 많은 계집을 만나보았지만 그런 계집은 처음이다!’

해원은 당해낼 자신이 없었다.

‘꼬리 아홉 개 달고 태어난 게 틀림없어. 같은 여자인데 어찌 그리 다르누.’

엄둥은 장자영을 생각했다.

‘내가 보기에 성 사제와 어울리기도 소교주가 더 잘 어울린다. 둘이 나란히 서 있으면 한 폭의 그림이지. 내가 확 주선을 해줘? 절대무쌍 고려 기남과 빙기옥골(氷肌玉骨) 중원 여인의 만남! 환상이지.’

그가 히히 웃었다. 그러나 그는 한숨을 쉬며 곧 표정을 바꾸었다.

‘만약 내가 두 사람의 중매를 선다면 해원 그 아이가 나를 가만히 내버려 둘 리 없다. 제 명에 못살 것이다. 아이고! 그나저나 소교주… 하도 험한 일을 많이 당한 곳이 마교 그곳이라 하늘이 그들의 마음을 위로해 준다고 내린 여자가 틀림없다. 얼굴만 예쁜가? 마음도 어찌 그리 고울꼬.’

엄둥의 입이 다시 헤벌쭉 벌어졌다.

‘그 좋은 여자를 가만히 보고만 있는 성 사제도 바보다. 하긴 앞뒤 막힌 그 친구 여자가 무엇인지나 알까. 그럼 소교주는? 성 사제 미련 곰 같은 것만 제외한다면 꽤 괜찮은 친구잖아. 곁에 두면 써먹을 가치

도 충분히 있고 감히 누가 누사의 대제자를 낭군으로 둔 여자를 건드리겠어!'

남 잘되는 것 못 보는 그인데 성인학과 장자영의 결합을 거듭 아쉬워하는 것을 보니 성인학과 장자영이 그의 눈에 꽤 어울리는 한 쌍으로 보이긴 보였던 모양이다.

'성 사제도 같이 일하는 사람 이상으로는 보지 않는 것 같고 하후은 그 친구도 오라비 이상으로는 생각하지 않는다고 했잖아. 남자에 관심이 없나?'

관심이 없을 리 없지, 하던 그의 표정이 변했다. 따지고 보니 장자영이 관심을 기울이는 남자가 있긴 있었다. 고운 웃음 흘리며 꼬박꼬박 말대답을 해주던 사람, 잊지 않고 해장국 챙겨 먹이던 사람.

'바로 나잖아! 설마……'
엄등은 놀라 엉덩이를 뒤로 뺐다.

'엄등아, 엄등아, 네가 미쳤구나. 아무려면……'
자신이 생각해도 열없었다. 그러나 또 생각하니 전혀 아니라고 할 수도 없었다. 관심을 보이고 있는 것은 분명 사실이었으니… 오늘만 하더라도 바깥 나돌아다녀 추울 것이라며 두툼한 옷 한 벌을 따로 주었다. 위대용 그놈이야 얼어 죽든 말든 신경도 쓰지 않았는데.

'생각하니… 그녀는 일찍 아버지를 잃었다고 했다. 남자를 선택하는 기준이 부성애(父性愛)……. 내가 아버지 같이 편했기 때문에… 어! 만약 그게 사실이면 어쩌지?'

엄등은 눈을 크게 떴다.
'미쳤다! 미쳤어! 나이 차이가 몇 살인데!'
그가 주먹으로 자신의 머리를 쳤다.

너무 세게 쳐서 머리가 돌아버렸남? 그의 입이 갑자기 하늘 끝까지 찢어졌다.

'뭐, 좋아하는 데 나이 차가 무슨 문제. 험! 험! 어, 그러니… 오늘 술 한잔하며 마음을… 소교주의 마음을 슬쩍 떠볼까?'

갑자기 마음이 급해졌다. 그가 호로병의 술을 꿀꺽 들이킨 후 자리에서 일어났다.

"이놈은 어디 간 거야?"

그가 같이 정찰을 나온 위대용을 찾았다.

가는 연기가 보였다.

통돼지 위대용은 그곳에 있었다.

"일은 않고 뭐 하는 거야?"

엄둥은 위대용의 엉덩이를 걷어찼다. 정찰 임무는 오로지 위대용 차지였다. 그는 앉아서 탱작탱작 술만.

"오늘은 형님이 좀 하슈. 나 비둘기 잡았다. 서 있는데 나 잡수쇼 하며 툭 앞에 앉더라구."

"정말?"

엄둥의 입에 군침이 돌았다. 꿩 고기, 하지만 산비둘기 고기에 비한다면 새 발에 피다.

당장 장자영과 가슴 벅찬 이야기를 나눌 일도 있어 술로 숨을 좀 죽일 필요도 있었다.

"같이 먹자."

그가 자리에 앉았다.

"일없소. 나 먹을 것도 부족한데."

넓은 등판을 보이며 위대용이 돌아앉았다.

그들은 신비돌기를 깊이 먹자 밀자로 다투었다. 그 순간 임등의 귀에 이상한 소리가 들렸다.

"이거 무슨 소리지?"

"내가 바본가. 그런 거짓 수작에 한두 번 속아본 것 아니다."

"진짜라니까! 저 나무에 올라가 봐."

"정 이상하면 형님이 올라가 보슈."

"에잇! 상종하지 못할 놈!"

엄등은 자신이 나무에 올랐다.

"잉? 거건 뭐야?"

그의 눈이 둥그렇게 커졌다.

작은 체구, 까무잡잡한 얼굴, 왼손에는 뱀과 독충들을 들었고 오른손에는 칼의 폭이 넓은 곡도(曲刀)… 조악하게 빚은 토병(土兵)들 같은 자들이었다.

하늘에서 떨어졌는지 땅에서 솟아났는지 족히 천여 명의 자들이 모습을 드러내고 있었다.

"아이고!"

엄등은 비명을 지르며 급히 신호용 폭죽을 꺼냈다.

그가 신호용 폭죽을 터뜨리려는 순간, 한 발의 포향(砲響)이 먼저 울렸다.

너무 구워 까맣게 그슬려 버린 토병들같이 생긴 자들이 괴성을 지르며 달렸다. 성인학 일행이 있는 곳을 향해서였다.

대성회가 열리는 곳이 바로 코앞인 곳이었다.

해원이 통과 의례라고 생각했던 그 전쟁은 한 발의 포향과 함께 시작되었다.

벌 떼처럼 달려드는 야인들, 그들은 집정대사도가 보낸 만병들이었다.

사람의 눈길 피하느라 밤을 도와 산길, 물길 헤치며 말[馬]도 없이 먼 길을 달려오느라 만병들의 행색은 거지 중에 거지였다.

신발이야 원래 신지 않는 족속이었고 다 헤어진 옷에 산발, 독물에 독충들까지 들고 있었으니… 해원의 눈엔 만병들이 토병이 아니라 땅속에서 불쑥 치솟은 아이 잡아간다는 난쟁이 귀신들로 보였다.

강행군으로 피로에 지쳐 싸워보기도 전에 비틀거리는 자가 있었다. 그러나 그들 중 그 누구도 싸움을 두려워하지 않았다. 죽음을 두려워하지도 않았다.

춤판이라도 벌어진 듯 덩실덩실 이를 드러내고 웃으며 물밀듯이 쇄도했다.

까맣게 반들거리는 눈, 들뜬 표정들이 환각제 같은 것을 복용했는지도 몰랐다.

성인학 일행은 한순간에 만병들에게 둘러싸였다.

"우우우!"

"와와!"

함성과 비명, 병기 부딪치는 소리, 아수라장이었다.

만병들은 굶주린 들개처럼 달려들었다. 그러나 해원이 만들어낸 진은 과연 금성철벽이었다. 만병들을 상대로 끄떡없었다. 한 명의 희생자도 없이 적을 돌파하며 앞으로 나아갔다.

흑문호, 산돌이, 수돌이가 삼각으로 자리 잡고 무소의 뿔처럼 적진을 돌파했다.

이십팔숙은 성인학이 틈나는 대로 무공을 지도해 주어 그 실력이 예 전과 판이하게 달랐다. 분사한 장 교주 당시 이십팔숙의 위명에는 아직 못 미치지만 호위대로서의 역할은 충분히 했다. 그들은 철벽 방어로 각자의 자리를 지켰다.

후위는 어느새 합류한 금면공과 독심마도, 장자영에 의해 교도로 인도된 대흑저가 굳건히 지켜주었고, 장자영도 중앙에서 이십팔숙을 독려하며 맹활약을 했다.

성인학은 두 개의 단봉(短棒)을 무기로 사용했다. 적이지만 생명의 소중함을 잊지 않아 희생자를 최소한으로 줄이고 타격은 최대한 입히기 위해서였다. 그는 좌충우돌 팔방으로 풍우를 일으키며 적들을 몰아쳤다.

제 몫을 못하고 있는 자들은 전의 다지기에 늘 앞장섰던 해원과 싸움이라면 자다가도 일어날 정도로 좋아하던 아나였다. 그녀들은 만병들이 집어 던지는 독물과 독충에 정신을 못 차렸다. 꿈틀거리는 뱀에 지네, 전갈… 파랗게 질린 채 이리저리 피해 다니기 바빴다.

반해서 독물, 독충들을 제 강아지 다루듯 좋아하는 자들이 있었으니 소국충과 장수란이었다. 하는 일이 그 일이라 혹시 몸 상할까 장수란은 각별히 소국충을 챙겼는데… 어디 뱀만 먹였을까. 개구리, 지네, 도롱뇽, 도마뱀… 만병들이 던지는 딱 그것들이었다.

친숙했으면 친숙했지 겁이 날 리 없었다. 오히려 한 마리라도 놓칠까 걱정을 하며 작대기로 그것들을 재빨리 잡아 걸랑에 넣었다.

엄등과 위대용은 아직 먼발치에 있었다. 그들은 해원으로부터 어지간히 위급한 상황이 아니면 모습을 드러내지 말라는 명을 받은 터였다. 말했듯이 교도들로부터 불필요한 오해를 살 염려가 있었기 때문이다.

어쨌든 정 급한 상황이면 나와야 된다는 이야기인데 아직 나오지 않고 있었으니 성인학 일행과 만병들의 싸움은 걱정할 정도는 아닌 게 맞는 것 같았다.

그러나 수백 명은 적은 수가 아니다. 독물과 독충도 한몫을 하고 있었으니 실제 머릿수는 그 이상으로 계산해야 했다. 더해서 그들은 죽음을 두려워하지 않는 악착같은 자들!

몸과 피에서 나는 이상한 냄새도 고역이었다. 늘 독물, 독충과 같이 있어 몸에 밴 그 냄새가 독무(毒霧)와 같은 효능으로 군웅들을 괴롭혔다.

이십팔숙들의 등이 땀으로 젖고 칼을 휘두르는 어깨도 지리한 통증을 느꼈다.

그때였다.

웅!

공간을 뒤흔드는 파공음. 한 대의 화살이 뇌전처럼 날아오고 있었다.

성인학은 급히 몸을 솟구쳤다. 그가 금나수로 화살을 낚아챘다.

착지를 하며 그는 인상을 찌푸렸다. 생각한 대로 엄청난 힘이 실린 화살이었다. 전대 태상령의 내공까지 이어받아 그의 내공은 이제 상상을 불허했는데 그 내공으로 낚아챘어도 손바닥이 얼얼했다.

그가 화살이 날아온 방향으로 퍼뜩 고개를 돌렸다. 장자영 등도 심상치 않은 적이 나타났음을 알고 고개를 돌렸다.

언덕 위에 한 떼의 그림자가 나타났다. 도검을 든 사십여 명의 젊은 이들이었다. 곧 이어 문사복에 단아한 인상의 중년인이 다섯 검객의 호위를 받으며 나타났다.

장지영은 입술을 깨물었다.

"집정대사도……."

오룡을 포함한 유인들의 호위 속에 서 있는 그는 집정대사도였다.

집정대사도는 철궁(鐵弓)을 들고 있었다. 그가 손을 내밀자 유인 가운데 한 명이 화살을 건넸다.

그의 팔뚝 심줄이 지렁이처럼 일어났다. 그가 시위를 팽팽히 당겼다.

순간, 그림자 하나가 허공으로 치솟았다.

"뒤를 부탁하오!"

성인학이었다.

집정대사도가 시위를 놓았다.

성인학의 검이 빛을 발했다.

성인학의 검에 화살이 퉁기며 경쾌한 소리가 허공을 울렸다.

성인학은 비호처럼 집정대사도를 향해 나아갔다.

집정대사도는 한 걸음 뒤로 물러났다.

오룡들과 유인들이 방어진을 형성하며 도검을 세웠다.

성인학이 그들을 덮치려 할 때였다.

또 한 발의 포향!

성인학은 급히 고개를 돌렸다.

이삼백여 명의 인원이 파죽지세로 달려나오고 있었다. 승천하는 붉은 용의 깃발! 은고신이 이끄는 화룡당이었다.

화룡당이 좌우 측면으로 해원이 짠 진형을 덮쳤다.

화룡당의 예기는 만병과 비할 바가 못 되었다. 화룡당의 거센 공격에 이십팔숙들은 금방 곤경에 빠졌다.

성인학은 집정대사도를 힐끔 한 번 노려본 후 방향을 틀었다. 그가 진형으로 돌아왔다.

집정대사도는 활을 곁의 유인에게 넘겼다. 그가 손을 내밀자 오룡 중의 한 명이 그에게 칼을 건넸다. 교주를 상징하는 교의 신물, 신장도였다.

그는 들놀이 나온 사람처럼 유유히 싸움이 벌어지고 있는 곳을 향해 걸어갔다.

한가하게까지 보이던 싸움은 끝이었다. 상황은 돌변해 일대 혈전이 벌어졌다. 피와 살이 튀며 금방 마른땅을 적셨다.

"커악!"

"컥!"

터지는 비명.

손발을 잃고 울부짖는 자들에 더해 아수라장이었다.

독물, 독충에 대한 두려움은 사치였다. 해원과 아나까지 정신없이 칼을 휘둘렀다.

화룡당과 만병들은 진을 무너뜨리기 위해 악을 썼지만 진을 지키고자 하는 측에 고수들이 워낙 많았다. 그러나 집정대사도와 유인들이 달려든다면…….

"대사형, 산돌 사형, 수돌 사형, 두 분 호법들! 저들을 막아주세요! 여긴 우리가 어떻게 막아보겠어요!"

해원이 지휘기를 흔들며 소리쳤다.

"아니, 호법들은 자리를 지켜주시오! 내가 두 사제들과 저들을 막으리다!"

성인학이 산돌이와 수돌이를 데리고 집정대사도 일행을 마중 나갔다.

피와 살이 터지는 와중에 더욱 피와 살이 터질 대접전이 일어나려는 순간이었다.

"형님, 우리 나갑시다."

더 이상 지켜볼 상황이 아니라는 걸 위대용도 알아챘다.

"벌써? 조금 더 기다려 봐. 성 사제의 실력을 너도 알잖아."

엄등이 침을 꿀꺽 삼키며 말했다. 성인학과 집정대사도가 싸워 양패구상으로 쓰러질 경우 어부지리로 황금인형을 얻겠다는 수작이 아니었다. 정말 기가 질리도록 사나운 싸움이었다. 나서고 싶은 마음이 전혀 들지 않았다.

"겁이 나는 모양이군! 그럼 형님은 여기 계시오! 나는 가겠소! 저분들은 사숙들이란 말야! 사숙들이 어떻게 되면 사부님께 맞아 죽을 것이다!"

고함을 지르며 위대용은 벌떡 일어났다. 그가 호랑이가 산림을 뛰쳐나가는 기세로 싸움판을 향해 달려가려 할 때였다.

"이건 또 뭐야?"

엄등도 위대용도 눈을 둥그렇게 떴다.

풀어헤친 머리, 이마에 붉은 띠를 질끈 동여맨 백여 명의 무사들이었다. 잘 훈련된 초적(草賊)들을 연상시키는 그들이 달려가는 곳도 싸움판이었다.

"잉!"

그들을 지켜보던 위대용의 눈이 찢어졌다. 많이 보았던 자들이었다.

"형님, 파천결이오! 파천결!"

한바탕 싸움이 끝난 후였다.

즐비한 만병들의 시체 위에 선 그들은 파천결이었다.

파천결이 노린 상대는 오로지 만병들이었다.

개개인의 실력, 훈련의 정도, 실전 경험, 화기까지 갖추었으니 만병들은 파천결의 상대가 되지 못했다.

갑작스런 파천결의 등장으로 집정대사도와 유인들은 주춤했고 화룡당도 주춤했다.

만병들을 일제히 쓸어버린 후 파천결은 성인학 일행과 집정대사도 일행 가운데에 도열했다.

선두에 선 검은색 검을 든 자, 검에 묻은 피를 씻고 있는 그는 하후은이었다.

"하후은, 무슨 짓이냐?"

은고신이 악에 받친 고함을 질렀다.

하후은은 묵검을 검집에 넣었다. 그가 무심한 눈빛으로 고개를 들었다.

"나는 자영 누이에게 말했소, 교를 떠날 것이라고. 우리들이 머리카락을 자른 이유는 그 때문. 우리 파천결은 머리를 자르는 것으로 교와의 관계를 끊었소."

"뭐?"

은고신은 어이없다는 표정으로 집정대사도를 바라보았다.

집정대사도는 하후은을 묵묵히 바라보았다.

하후은은 집정대사도의 시선을 외면했다. 하후은 그도 알고 있었다, 집정대사도의 자신에 대한 애정이 얼마나 두터웠는지. 모든 사람들이 집정대사도를 욕해도 그는 집정대사도를 욕할 수 없는 처지였다.

집정대사도가 입을 열었다.

“무엇 때문이냐?”

“교리에는 복수가 없습니다. 때문에 복수를 원한다면 교를 떠나야지요.”

“내가 교권을 잡는다면 교리를 바꿀 것이다. 교를 떠난다는 것… 다시 생각해 볼 수 없느냐?”

“교리를 바꿀 수 있는 권한은 그 누구에게도 없어요! 설마 대사도께서는 교주의 권한이 성신(聖神)의 권한을 능가한다고 생각하고 있는 건 아니겠죠?”

날카로운 고함, 장자영이었다.

집정대사도는 장자영을 바라보며 눈살을 찌푸렸다.

“네 생각도 같으냐?”

집정대사도의 질문에 하후은은 아무 말도 않았다.

“교를 떠났다면서 여긴 왜 나타났느냐? 맹주, 하후은과는 나중에 이야기하고 일단 저놈들을 쓸어버립시다!”

은고신이 다시 칼을 빼 들었다.

순간 하후은이 말머리를 틀었다. 정확히 은고신을 마주 보는 위치였다.

파천결도 화룡당과 대적하는 자세로 진형을 갖추었다.

“후에 생각하니 어떻게 떠날 것인가도 중요하다는 생각이 들었습니다. 교법에 따라 대성회가 끝날 수 있도록 지켜주는 것! 그게 내가 교를 위해 할 수 있는 마지막 일이란 생각이 들었습니다. 나는 주전파, 주화파가 벌이는 논란의 결말을 이곳 들판에서 창칼로써가 아닌 저기 대성회 탁자에서 교법을 통해 해결되기를 바랍니다.”

“만약 우리가 창칼을 원한다면!”

“나는 파천결이 우리에게 지운 마지막 임무, 교법 사수에 최선을 다할 것입니다.”

“우리와 싸우겠다는 말인가?”

하후은은 대답하지 않았다.

“싸우겠다는 말이군. 교법 때문에? 아니다! 네가 소교주와 어릴 때부터 각별한 사이임을 모르지 않는다! 그 정을 뿌리치지 못해 이곳까지 온 것이겠지!”

치졸하게 남녀의 정까지 끌어들인 건 악에 받쳤기 때문이다.

하후은은 정면으로 은고신을 바라보았다.

“맞습니다. 저는 자영 누이가 죽는 걸 지켜볼 수 없었습니다. 부정하고 싶지만… 솔직히 교법을 지키는 일보다 그 일이 나에게 더 컸을지도 모릅니다.”

그가 담담한 목소리로 자신의 마음을 밝혔다.

“미천한 놈! 맹주, 놈의 목을 치도록 명을 내려주십시오!”

은고신이 칼을 치켜들었다.

“그만두시오, 그만.”

허탈한 목소리, 언제 나타났는지 몰랐다. 회한 가득한 얼굴로 중인들 앞에 나타난 자는 교주의 오랜 친구이자 강동의 장반, 주전파의 거두 오우산이었다.

성인학과 집정대사도는 오우산의 출현을 알고 있었다. 성인학은 가볍게 머리를 숙였고 집정대사도는 침묵만 지켰다.

“오는 길에 우연히 저놈을 만났지. 분위기가 이상해서 놈을 추궁했더니 제 이야기를 하더군. 내가 무슨 말을 해줄 수 있었겠나? 대사도, 나는 아무 말도 할 수 없었네. 그게 교리이고 교법이니.”

오우산이 눈을 지그시 감으며 말했다.

"오 장반, 지금 무슨 말씀을 하시는 겁니까! 그럼 우리를 주가 놈들, 구파일방 놈들에게 빌붙게 만들려는 소교주, 고려의 저 흉측한 놈들을 그냥 두어야 한다는 말입니까?"

은고신이 눈에 불을 뿜으며 소리쳤다.

"하후은 저놈으로부터 만병의 움직임을 들었고 화룡당의 움직임을 들었소. 그리고 흑문호와 이십팔숙의 움직임을 들었소. 하후은 저놈이 무슨 짓을 하려는지 알기 때문에 나는 놈을 강짜를 부려서라도 붙잡으려 했소. 그러나 나는 결국 저놈을 잡지 못했소. 교리가 어떻고 하는 것 때문만은 아니었소. 자영이는… 내 친구의 딸이오. 교주의 핏줄이지. 나는 차마……."

오우산은 더 이상의 말을 못했다.

집정대사도는 신장도로 자신의 손등을 툭툭 쳤다.

"오 장반의 마음을 나는 알겠소. 나라도 그렇게 했을 것이오. 은 당주, 갑시다."

그가 등을 돌렸다.

아쉽고 아쉬웠지만 소교주 제거 계획은 다음으로 미루어야 했다. 하후은의 파천결까지 가세했으니 싸워 승리를 장담하기 힘들었다.

성인학의 엄청난 무위도 마음에 걸렸고 오우산까지 간청을 하고 있었으니… 깨끗이 물러나는 게 낫다고 생각했다.

"대사도, 고맙소! 고맙소! 나의 마음은 백 번 천 번 대사도의 편이오! 다른 장반들도 마찬가지일 것이오!"

오우산이 머리를 연신 숙이며 고함을 질렀다.

은고신은 발길이 떨어지지 않는 듯했다. 악귀 같은 인상으로 성인학과 장자영을 바라보던 그가 마지못해 발걸음을 옮겼다.

그때 해원이 뽀르르 나섰다.

"당신들의 속셈을 모를 줄 알아! 기회 있으면 또 소교주의 목숨을 노리겠지! 대성회의 결과와 상관없이! 하후은, 당신에게 부탁이 있어요! 만약 당신이 진정 교법을 생각하고 소교주를 생각한다면… 화룡당의 발을 당신이 묶어주세요! 대성회가 끝난 후 몇 달까지도!"

하후은은 해원의 말에 대꾸하지 않았다. 장자영을 향해 고개를 돌렸다.

"누이, 이제 나는 내게 솔직해지려고 한다. 세상이 조용해지는 어느 날, 나는 누이를 찾을 것이다."

그가 말머리를 돌렸다.

장자영은 고개를 떨구었다.

아, 아! 강호의 풍파가 어찌 이런고. 그녀의 마음을 누가 알까. 그녀의 마음은 복잡했다.

그러나 일 아닌 생각은 할 수 없는 게 지금 그녀의 처지 아니었던가. 정말 중요한 일, 대성회가 바로 코앞이었다.

장자영은 입술을 질끈 깨물며 고개를 들었다.

"모두 잘했어요. 그러나 이것으로 끝이 아니란 건 여러분들도 잘 아실 거예요. 힘을 냅시다."

그녀가 모두를 독려했다.

3

'하후은이라는 사람, 정말 멋진 사람이지 뭐야. 남의 눈 전혀 의식하지 않고 당당하게……. 맞아. 평생의 동반을 맞는 일인데 그 정도의 결의는 보여야지! 그에 반해 대사형은 뭐야.'

해원은 눈살을 찌푸렸다.

'따지고 보면 내가 청혼을 한 꼴이잖아. 할아버지, 큰스님 이름까지 팔아가며. 이렇게 비굴하게 혼인을 해야 하남? 소교주가 부럽다.'

그녀는 한숨을 쉬었다.

명아가 다가왔다.

"지금쯤 결론이 났겠지?"

그녀는 초조한 표정으로 한곳을 바라보았다. 대나무가 총총히 들어선 곳이었다. 그곳에는 교의 최고 수뇌들인 제성전주, 집정대사도, 아홉 명의 장반, 소교주가 차기 십 년의 교의 진로에 대해 의견을 나누고 있었다.

제성전주가 보낸 인도자들에 의해 모든 교도들은 어제 이곳으로 모였다. 흥겨운 전야제가 있었고 오늘. 향을 사르고 하늘에 제사를 지내는 것으로 시작, 대성회는 일사천리로 진행되었다. 그리고 지금, 교의 향방을 결정하는 가장 중요한 회의가 죽림에서 벌어지고 있었다.

의결권은 없지만 성인학도 그곳에 있었다. 제성전주의 부탁에 의해서였다. 명목은 태상령에 대한 예우였지만 집정대사도가 어떤 일을 벌일지 몰랐기 때문이다.

집정대사도의 흉계를 걱정한 몇몇 장반들이 찬성했고 대성회에 참가한 구위 교군들과 교도들 또한 찬성했기에 성인학은 참관인 자격으로 같이 자리를 했다.

교의 수뇌들이 죽림 속에 앉아 회의를 시작한 지 반 시진. 결과가 나올 때가 되었으므로 명아뿐만 아니라 교도들도 초조한 표정으로 죽림을 지켜보고 있었다.

"호위령에게 정신 바짝 차리라고 이야기해요. 집정대사도라는 자… 어떤 일을 벌일지 모르는 자잖아요."

해원은 회의의 결과에 대해선 전혀 의심하지 않았다. 회의 결과를 절대 승복하지 않을 자가 집정대사도였으니 그의 술수가 걱정이었다.

"알았어."

명아는 흑문호에게 해원의 말을 전했다.

해원은 팔짱을 끼며 주위를 살폈다. 천여 명이 넘는 교도들이 모였음에도 쥐 죽은 듯이 조용했다.

회의 결과에 따라 환호하는 자가 있을 것이고 실망하는 자가 있을 것이다. 하지만 심각한 대립은 일어날 것 같지 않았다.

교의 오랜 역사를 상징하는 제전(祭典), 대성회! 그 자리에 있는 것만으로도 우리가 하나라는 생각을 가지게 만들었다. 더해서 제성전주가 일일이 장반들, 교군들, 교도들을 만나 반목보다 화합의 중요성을 강조했으니… 회의 결과를 따른다는 원칙을 교도들은 암묵적으로 세워두고 있었다.

걱정은 집정대사도였다. 하지만 이 자리에서만은 그도 별 짓은 못할 듯했다.

그를 추종하는 한 떼의 무리, 유인들! 제법 만만치 않게 보였지만 그들로 어떤 일을 꾸미기는 불가능하다.

화룡당은 없다.

들어주면 고맙고 듣지 않으면 어쩔 수 없고, 별로 기대를 않고 하후은에게 화룡당을 책임져 달라고 했는데 의외로 하후은은 책임을 져주었다.

소교주를 생각해 독한 마음을 먹은 게 틀림없었다. 집정대사도와 단판을 벌였는지, 이판사판 같이 죽어볼래 하며 협박을 벌였는지는 알 수 없다.

어쨌든 화룡당은 내가 맡을 테니 걱정하지 말라는 연락을 보내왔었다.

'아무리 생각해도 대사형보다 낫다! 대사형이 그의 반만 닮았어도……'

다시 한숨이 나왔다.

'나쁜 점만 찾으면 나쁜 것밖에 보이지 않는다. 그러려니 하고 살아야지. 아! 소교주와 하후은 그분이 잘되었으면 하는데… 스스로를 위해서도 교를 위해서도 좋잖아.'

해원이 하후은과 장자영을 축원할 때였다.

"엄등이라는 분이 전하라고 했소"

전음과 함께 누군가가 쪽지를 건넸다.

해원이 고개를 돌렸을 때 이미 그는 없었다. 그러나 해원은 그가 누군지 짐작했다. 항상 소리없이 나타나 소리없이 사라지는 자.

대사형이 누군가 곁에 있다고 말하지 않았다면 영원히 그의 존재를 몰랐을 것이다. 대사형이 누군가의 존재를 말하자 소교주는 적이 아니라고 하며 그의 신분을 밝혔다. 마교삼령 중의 한 명인 밀직령.

엄등과 위대용은 당연히 이곳에 없었다. 다른 곳에서 대성회가 끝나기를 기다리고 있었다.

'그 주접탱이가 또 무슨 일로?'

해원은 남들이 볼까 몰래 쪽지를 펼쳤다.

'잉?'

놀라운 소식이었다.

구걸왕이 보낸 소식으로 복수혈맹의 본당을 발견, 공격 중이라는 내용이었다.

'아이고! 아이고! 불쌍한 집정대사도… 오늘은 그의 최악의 날이 되겠군!'

대성회로 인해 인원까지 분산되었을 테니 구파일방의 맹공을 어찌 막아낼꼬.

'남은 일은 작자로부터 황금인형을 회수하는 일뿐이군!'

이제야말로 본연의 사명에 매달릴 때라고 해원은 단정했다. 의결에서 집정대사도가 승리하리라고는 절대 생각하지 않았으므로. 그러나 결과는 펼쳐 보기 전에는 모르므로 그녀도 조금 초조했다.

'무슨 회의가 이렇게 길어! 하긴 십 년에 한 번 열리는 회의니 할 이야기도 많겠지.'

종종 발을 굴리며 한 일각여를 더 기다렸을 때였다. 댓잎 밟는 소리! 모두 일제히 긴장했다.

제성전주를 선두로 집정대사도와 오우산, 나머지 장반들, 성인학과 장자영이 뒤에서 그들을 따랐다.

교도들은 회의 참가자들의 표정에서 누가 승자이고 패자인지를 찾으려 했다. 그러나 장자영, 집정대사도를 포함 그 누구도 얼굴에 표정을 드러내는 자가 없었다. 굳은 안색으로 제성전주의 뒤에 도열했다.

"대사형, 이리 와요."

해원이 성인학을 불렀다.

성인학은 슬며시 해원 곁에 섰다.

"결과가 어떻게 되었어요?"

"제성전주께서 곧 말씀하실 것이다."

성인학이 눈짓으로 제성전주를 가리켰다.

원래 회의 결과 보고는 교주의 몫이었으나 교주가 없어 제성전주가 대신했다. 제성전주가 단상 위로 올라왔다.

모든 교도들이 지켜보는 가운데 제성전주는 토벌전으로 인해 분사한 교우(敎友)들의 위령비 건립 건, 교당 재건 건, 교세 확장에 관한 건 등 교의 향후 십 년 계획에 대해 논의되거나 결의된 사항들을 보고했다. 그리고 마지막으로,

"그간 우리 교가 가졌던 가장 큰 문제… 그 문제에 대한 논의도 있었소."

복수냐 복수가 아니냐, 주전파와 주화파의 서로 다른 입장에 대해

드디어 최종 결정이 내려지는 순간이었다.

"주전파든 주화파든 우리가 형제라는 사실을 먼저 잊지 말아주기를 당부드리오. 이번 건은 입장 차이가 너무도 명확해 결국 표결까지 갔음을 알려 드리오. 결과는 두 분을 제외한 나머지 분들은 세상과의 화의를 더 중요하게 생각하셨소."

"아!"

여기저기서 탄성과 짧은 한탄이 터졌다.

"두 분?"

해원은 성인학을 바라보았다. 이기리라고는 생각했지만 이렇게 일방적으로 이길 줄은 몰랐다. 의외였다.

"논의는 팽팽했지. 그런데 막상 표결에 들어가니 복수를 주장한 사람은 집정대사도와 오 장반뿐이었다. 의견이 팽팽하게 대립되어 이후 불화의 소재를 남기느니 한 편으로 표를 몰아주어 교의 단합된 모습을 보여주는 게 낫다는 장반들의 생각이 표 쏠림으로 나타난 것 같다."

성인학의 판단이었다. 사실 그도 표결 결과에 대해 놀랐었다. 사악한 술수를 부렸던 곽전충까지 소교주의 손을 들어주리라고는 생각을 못했다.

"회의 결과는 전 교도들에게 통문(通文)으로 회람시키리다. 이것으로 대성회를 끝내니 헤어질 때까지 남은 시간 교우들께서는 두터운 동도의 정을 나누기 바라오."

제성전주의 폐회 선언이었다.

"와!"

"와! 와!"

함성과 박수가 터졌다. 걱정했던 불상사는 전혀 일어나지 않았다.

교도들은 서로의 어깨를 다독이며 한 덩어리로 엉겼다.

그때였다.

"아는 사람들은 알지, 내가 준비했던 역천지계를. 천조단! 그러나 지금 천조단은 없다. 고려의 저 친구들 때문이지. 바로 저 두 친구들이 연왕과 손잡고 천조단을 와해시켰다!"

산돌이와 해원을 가리키며 집정대사도가 싸늘하게 말했다.

교도들의 안색이 일제히 얼어붙었다. 화의를 결의했다고 해서 심중의 원한까지 잊혀진 것은 아니다. 연왕과 손을 잡았다니!

"너?"

성인학도 놀라 해원을 바라보았다.

'아뿔싸!'

해원의 안색이 창백하게 질렸다. 그만한 눈과 귀를 가졌으니 역천지계를 꿈꾸었을 것 아닌가. 건방이 넘쳐 집정대사도를 너무 쉽게 생각한 듯했다.

자칫하면 다된 밥에 재 뿌리는 꼴이 될 우려가 있었다. 이 난국을 돌파해야 하는데 너무 당황해 머리가 돌아가지도 않았다.

"처음부터 나는 이번 대성회에 어떤 음모가 있었음을 알고 있었소. 주가 놈들과 구파일방 놈들… 우리를 가만히 내버려 둘 리 없지! 내부로부터 우리를 와해시킬 방법을 강구했을 것이오. 그래서 그 결과로 나타난 친구들이 바로 저 고려의 친구들. 연왕뿐만 아니라 필경 구파일방과도 관련이 있을 것이오. 아니, 관계야 진작부터 있었지. 공명비에서 구걸왕을 만났다고 했나? 우리를 옹호하는 발언을 했다고? 우리 교도들이 좋아했겠군. 그런데 구걸왕과 단지 그 이야기만 했는가? 나는 다른 이야기도 있었을 듯한데."

집정대사도의 교묘한 반격!

"이 중요한 사실을 먼저 이야기하지 않은 이유는 이전투구로 보이기 싫었기 때문이오. 그렇소. 의심만으로 사람을 몰아세울 수는 없지. 그러나 오늘 회의 결과를 보니… 여러분들께서는 오늘 회의의 결과에 대해 동감하시는가? 장반들까지 보이지 않는 어떤 손에 조종을 당했다는 느낌을 나는 지울 수 없소."

회생을 위한 집정대사도의 최후의 반격이라 가공하리만큼 혀끝이 매서웠다.

제성전주와 장반들도 딱히 반박할 자신들의 말을 찾지 못했다. 배를 가른다고 해서 보여질 물건이 마음은 아니므로.

교도들도 일대 혼란에 빠졌다. 그 순간,

"호호호! 호호!"

짜랑짜랑 귓가를 울리는 웃음. 교도들은 퍼뜩 고개를 돌렸다. 장자영이었다.

"맞아요. 의심만으로 사람을 몰아세울 수는 없죠. 대사도, 당신은 보셨나요? 태상령께서 구걸왕과 흉계를 꾸미고 있는 것을, 산돌 공자와 해원 소저가 연왕의 군대와 어울려 천조단을 치는 것을!"

"소교주, 남에게 보인다면 이미 흉계가 아니잖소. 고려의 저 친구들이 연왕과 공모해 천조단을 친 사실은 증명할 수 있소."

집정대사도가 씨익 웃으며 말했다.

"어떻게?"

"본 사람이 있소."

"본 사람이 있는 게 아니라 보았다고 주장해 줄 사람이 있는 것이겠지요. 그런 사람 몇 명 만드는 건 대사도의 능력이면 장난일 것이라 생각하는데.”

장지영이 가소롭다며 눈웃음을 쳤다. 사실 그녀는 해원이 연왕의 군대를 동원해서 천조단을 쳤으리라 확신했다. 산돌이가 흘린 이야기들을 종합해서 내린 결론이었다. 그럼에도 그녀는 지금 천조단 정벌을 집정대사도의 모략으로 몰아붙이고 있었다.

뻘에서 싸우는 싸움에는 뻘에서의 방법이 있다. 고고한 척하다가는 오히려 더 큰 화를 당한다. 해서 그녀는 한 걸음 더 나아갔다.

“사실 저도 대사도에 대해 할 이야기가 있었어요. 그렇지만 저 역시 이전투구로 보일까 침묵을 취했죠. 그런데 대사도께서 제 발목을 흙밭으로 끌어당기시니… 곽 장반, 묻겠어요!”

그녀가 차가운 눈빛으로 곽전충을 바라보았다.

“대사도와 곽 장반께서 그때 태상령께 어떤 일을 꾸몄죠?”

곽전충은 고개를 떨구었다. 그는 입을 다문 채 침묵했다.

“그런 일은 없었다고 말씀하시겠지요. 그렇지만 제겐 증거가 있습니다. 물론 내가 천조단을 꾸민 일이라고 주장하는 것처럼 대사도나 곽 장반께서도 꾸민 일이라고 하시겠지만.”

장자영은 조소를 흘렸다.

곽전충이 긴 한숨과 함께 고개를 들었다.

“아니, 나는 부정하지 않소. 내가 그 일을 했으니까.”

전혀 예상 못했던 곽전충의 자기 고백이었다. 장자영도 집정대사도도 놀랐다.

“고민을 많이 했소. 그래서… 장반에서 물러나겠소. 그리고 죄에 대한 책임을 져야지.”

곽전충은 고개를 떨구었다.

"내가 소교주를 지지한 건… 내 약점을 쥐고 소교주가 나를 협박할까 걱정해서가 아니었소. 내 양심의 마지막 호소… 이전의 교주께서는 너무 우직하셔서 숨 막히게 답답했지. 그러나 집정대사도는 모든 것에 명쾌했소. 하지만 그를 따르는 동안 내가 느낀 것은 결국 나에 대한 경멸과 사람에 대한 경멸뿐이었소. 사람이 사람이 아니었던 게지. 소교주, 용서를 비오. 태상령께도 용서를 비오. 생각하니 내가 나를 돌이켜 볼 수 있었던 것은 우직했기에 세상 위에 당당하게 군림할 수 있었던 교주의 그 모습… 태상령에게서 교주의 그 그림자를 보았기 때문인 것 같소. 모두 좋은 일만 있기를."

말이 끝나기가 무서웠다. 곽전충이 비수를 빼 들었다. 그가 비수로 자신의 목을 찌르는 순간 성인학은 철전을 날렸고 오우산은 그의 손목을 잡았다.

철전에 비수가 동강 났고 오우산과 곽전충은 각저를 하듯 엉켰다.

"곽 장반, 진정하시오, 진정!"

서측의 장반 막대심이 합류해 울부짖는 곽전충을 한곳으로 데려갔다.

교도들은 몰랐다, 곽전충이 무슨 잘못을 저질렀는지. 그렇지만 대충 어떤 일이 일어났는지 느낌으로는 알았다. 그들의 시선이 집정대사도에게 쏠렸다.

제성전주가 긴 한숨을 쉬며 입을 열었다.

"금검문에서 내가 말했다, 아무리 좋은 말도 광명정대한 그 기운을 가릴 수는 없다고. 보라, 네가 만들어낸 거짓들이 어떻게 무너지고 있는가를."

집정대사도는 턱을 매만지며 팔짱을 꼈다. 완패였다. 참담한 완패!

그가 쓴웃음을 흘리며 등을 돌릴 때였다. 해원이 성인학에게 급힌 귓속말을 했다.

성인학은 고개를 끄덕인 후 단상 위로 몸을 날렸다.

"모두 멈추시오!"

그가 고함을 지르자 유인들이 일제히 집정대사도를 둘러쌌다.

이제 마지막 남은 일은 무엇인가? 집정대사도도 한바탕 싸움을 각오한 듯 신장도를 잡았다.

그러나 성인학이 단상에 오른 이유는 다른 이유 때문이었다.

"제가 이런 말을 할 자격이 있는지는 모르겠지만… 대성회에서 정작 중요한 이야기가 나오지 않았다는 게 제 생각입니다. 모든 것에는 구심점이 있어야 합니다. 언제까지 교주의 자리를 공석으로 비워두실 것입니까? 해결해야 할 일을 위해서도 지금 당장 교주를 선출해야 한다는 게 제 생각입니다."

성인학의 말에 교도들은 크게 웅성댔다. 모두 왜 그 중요한 일을 잊고 있었는가 하는 얼굴들이었다.

주전파와 주화파의 심각한 갈등, 황산에서 분사한 교주의 짙은 그림자가 새로운 교주 선임을 막고 있었던 것이다.

제성전주가 장반들을 바라보았다.

"교주를 선출하는 일은 중요하지!"

오우산이었다.

"정말 우리는 중요한 일을 잊고 있었습니다! 교주를 뽑아야 합니다!"

막대심이 교도들을 향해 소리쳤다.

교도들의 눈빛이 금방 열기로 빛났다.

“교주를 뽑읍시다!”

“교주가 있어야 하오!”

그들이 이구동성으로 고함을 질렀다.

“왜 그 생각을 못하고 있었는지… 제성전주, 한시라도 미룰 수 없는 일이니 말이 나온 김에 교주를 뽑읍시다. 이번 기회를 놓친다면 우리는 다시 십 년을 교주 없이 보내야 하오.”

가장 나이 많은 장반 목고산이었다.

“누가 좋겠소?”

제성전주가 물었다.

“우리 교에 대해 가장 책임을 느껴야 하는 사람이 교주가 되어야지! 복수의 칼을 들어야 할 우리들을 이 자리에 앉혀두고 있는 게 누구인가? 그에게 책임을 지라고 하시오!”

오우산이 눈살을 찌푸리며 소리쳤다.

교도들의 시선이 일제히 장자영에게 쏠렸다.

“그럴듯하군. 암! 우리를 이 자리까지 끌고 온 사람은 소교주가 맞지.”

씩 웃으며 중얼거리는 자는 집정대사도였다.

장자영은 갑작스런 교주 추천에 당황한 듯했다. 그녀는 얼굴을 붉힌 채 고개를 숙이고 있었다.

“우리 교는 남녀 구분을 말하지 않지! 그러나 세상은 다르다! 다른 그 세상의 사람들과 만나자면 평범한 삶은 꿈꾸지 말아야 한다! 당장 교를 위해서도 해야 할 일이 너무 많고!”

오우산이 말했다. 일에 대한 생각이 달라 대립했지만 누가 뭐라고 해도 장자영에 대해 가장 애정을 가지고 있을 사람은 그였다. 그가 격정한 것은 장자영이 여자로서의 행복을 포기해야 할지도 모른다는 것이었다. 만약 교주였던 그 친구가 이 자리에 있었다면 딸이 교주가 되는 것을 찬성했을지? 교주가 되라는 말을 꺼낸 데 대해 벌써 후회가 되었다.

"소교주께서 보여준 용기와 인내… 모르는 사람이 없을 것이오. 해서 우리는 이미 여종사의 탄생을 점쳤더이다. 그러나 지금… 교주에게 부과할 우리의 짐이 너무 크오. 오 장반의 말이 맞소. 그 길은 도산검림의 가시밭길이 분명할 터. 감히 권할 수 없어 소교주의 판단에 맡기겠소."

서홍용이 애잔한 시선으로 장자영을 바라보았다.

장자영은 입술을 깨물며 고개를 들었다.

그녀가 단상으로 올라갔다.

교도들이 숨을 죽인 채 그녀를 지켜보았다.

장자영이 입을 열었다.

"피하지 않겠어요."

승낙이었다.

"와!"

"교주 만세!"

교도들의 함성이 터졌다. 그들은 창검을 흔들며 어깨를 붙잡고 한동안 덩실덩실 어울렸다.

장자영이 손을 들었다.

교도들은 침묵으로 장자영이 할 말을 기다렸다.

"단, 다음 대성회 때까지입니다. 제 결심이니 여러 소리 듣지 않겠어요. 우리 교의 오랜 역사를 생각할 때 그동안 우리 교를 이끌어갈 좋은

재목이 나오리라는 것을 믿습니다. 그때는 모든 교도들이 모여 온 산
이 떠나가도록 춤을 추며 새로운 교주를 맞읍시다. 지금은… 조용히
각기 자신의 소명에 매진을 해야죠.”

말을 끝낸 후 장자영이 손을 들었다.

“성왕광휘(聖王光輝).”

“성왕광휘!”

교도들이 따라서 소리쳤다.

“성교만세(聖敎萬歲).”

“성교만세!”

장자영이 단상에서 내려왔다. 그때 막대심이 교도들 앞으로 나서며
소리쳤다.

“교주천세(敎主千歲)!”

“교주천세!”

뒤이어 함성.

장자영은 해원의 곁에 섰다.

“해원 소저의 생각이죠?”

“그래요. 미안해요. 저는… 교주라는 자리가 개인을 희생시켜야 하
는 자리라는 것을 깜빡했어요. 일 생각만 하다 보니… 정말 죄송해요.”

“아니에요. 고작해야 십 년인걸요. 그 정도는 참을 수 있어요.”

“어! 정말 다음 대성회 때 다른 사람에게 교주를 넘겨줄 참이에요?
한계는 무슨! 원래 일은 여자가 더 잘해요!”

“태상령같이 멋진 남자가 나타나지 않는다면 그때 생각해 보죠.”

장자영은 웃었다.

“아이고! 그럼 평생 교주를 하시겠군. 우리 대사형만큼 멋진 남자가

있나? 그런데… 잠깐!"

해원이 소리쳤다.

교도들의 시선이 해원에게 쏠렸다.

"집정대사도, 혹시 잊은 것은 없나요?"

유인들에게 둘러싸여 쓸쓸히 물러나던 집정대사도가 등을 돌렸다.

"정말 모두 정신들이 없군! 잊었어요? 교주이기 때문에 당연히 가져야 할 신물."

정말 정신이 없는 것이 맞았다. 장반들과 교도들은 '아차!' 하며 시선을 한곳으로 모았다. 집정대사도!

잘 참고 평정을 유지했었는데, 집정대사도의 얼굴이 묘하게 일그러졌다. 그의 눈빛이 살기로 번쩍 빛났다.

성인학이 해원의 곁에 섰다.

성인학과 집정대사도의 눈길이 부딪쳤다.

팽팽한 긴장감!

집정대사도는 입술을 깨물었다.

그가 신장도를 오룡 중 한 명에게 넘겼다.

해원이 신장도를 뺏듯이 받았다.

"이제 이 물건도 제 주인에게 가야겠군."

성인학이 해원에게 협시선을 넘겼다.

해원은 협시선을 착! 펼쳤다.

"모든 게 끝난 건 아니잖아요."

한 손엔 신장도, 다른 손엔 협시선을 살랑살랑 흔들며 그녀는 단상에 올랐다.

"집정대사도, 당신에게 할 말이 있다니깐요!"

그녀가 가리킨 사람은 집정대사도였다.

집정대사도는 발걸음을 멈추며 눈을 지그시 감았다. 마음속의 울화를 억지로 참는 기색이 역력했다.

"여러분들에게 묻겠어요. 여기 신장도와 협시선… 만약 내가 이 물건을 가져가겠다면 여러분들은 어찌시겠어요?"

"……."

"그간 좋은 사이였다고 하더라도 가만히 있지 않겠죠. 우리도 마찬가지예요. 우리의 기보를 취한 자가 있는데 가만히 있을 수 없죠. 그자를 돕겠다는 자 역시 마찬가지입니다!"

"해원 소저, 지금 무슨 소리를……?"

서홍용이 무슨 영문인지를 물었다.

"우리가 왜 구주에 왔는지 아는 분은 아실 거예요. 고려의 기서가 담긴 황금인형을 찾아! 그 황금인형이 지금 어디에 있는지 아세요? 공교롭게도 집정대사도 저자가 가지고 있네요."

"사실인가?"

제성전주가 물었다.

집정대사도는 이죽거리며 아무 말 않았다.

"증인을 불러야겠군요. 총채주, 나오세요."

해원이 대흑저를 불렀다.

대흑저가 우물쭈물 앞으로 나올 때였다.

"황금인형은 내가 가지고 있다!"

집정대사도의 차가운 목소리, 계속되는 연타에 결국 마음의 평정을 상실해 내지른 고함이었다.

"흠, 역시 집정대사도는 보통 사람과 다른 분이셨군요. 어쨌든! 황금인형이 우리 고려의 물건임은 아시쥬?"

"그래서 어쩌겠다는 말이냐?"

눈가에 번뜩이는 광기, 본성이 터져 나오고 있었다.

"내놓으세요."

"못 내어놓겠다면?"

"우리 대사형이 화를 내면 정말 무섭죠. 이 좋은 자리를 피로 물들 일까요?"

"좋을 대로!"

집정대사도의 고함에 유인들이 먼저 칼을 뽑았다.

"아, 아! 너무 성급하게 굴지 말아요. 대사도께선 어떨지 모르지만 저는 이 좋은 자리를 개판으로 만들고 싶은 마음이 없어요. 우리 문제는 조용히 우리끼리 해결하는 게 맞잖아요. 그럼에도 내가 이 자리에 선 이유는 여러분들께 명확히 하기 위해서입니다."

해원이 교도들을 바라보며 섰다.

"싫든 좋든 대사도는 여기 계신 분들과 한 형제였죠. 그를 도울 분이 있을지도 모르죠. 그땐 말한 대로… 그분 역시 우리의 적입니다. 혹안 좋은 일이 벌어져도 섭섭하게 생각하지 마시기 바랍니다. 어쩔 수 없는 우리의 선택이니까요."

공과 사를 명확히 하겠다는 뜻이었다.

"역지사지(易地思之)라는 말 아시죠? 지금 이 신장도와 협시선을 우리가 강탈해 갔다면 여러분들이 우리를 어떻게 대할지 역으로 한번 생각해 주기를 바라고, 이틀!"

해원이 집정대사도를 향해 시선을 돌렸다.

"딱 이틀의 시간을 주겠어요! 그 이후의 일에 대해선 대사도께서 생각한 그대로일 거예요!"

이틀이라는 시간도 해원이 냉정하게 생각해서 내린 시간이었다. 피 흘리는 집정대사도의 모습을 교도들이 보는 것은 좋지 않다. 좋은 방향이었든 나쁜 방향이었든 십수 년을 집정대사도는 그들과 같이한 동지였다. 집정대사도에 대한 동정과 자신들에 대해 반감이 생기는 건 어쩔 수 없는 인간의 마음이다. 그 마음은 곧 소교주에 대한 거부감으로도 이어질 테니 향후 소교주가 일을 해나가는 데 있어서도 좋지 않다.

해서 당장 목을 비틀어 황금인형을 내놓으라고 하고 싶었지만 참고 이틀의 시간을 주었다. 교도들의 시선이 집중된 이곳이 아닌 다른 자리에서 놈의 목을 비틀어야 했으므로.

해원은 단상을 내려가 제성전주 앞에 섰다.

"교의 삼 보가 한자리에 모였으니 이제 소교주께서는 명실 공히 교주가 되시는 거네요. 축하한다는 말씀 전해 드리고, 신장도와 협시선도 제성전주께서 새로운 교주께 전해주시기 바랍니다."

"고맙소. 모두 귀인들의 덕이오."

제성전주가 머리를 숙이며 신장도와 협시선을 받았다.

"대사형, 나 잘했지?"

나풀거리며 달려와 해원은 성인학의 곁에 섰다.

"명쾌하네요. 교주의 자질은 저보다 해원 소저가 더 있는 것 같군요."

장자영이 웃으며 말했다.

"어머! 무슨 말씀을! 십 년이 뭐예요? 나는 대사형 곁을 단 하루 떨어져도 못살아."

해원이 성인학의 팔에 매달렸다.

"남들이 본다! 칭찬을 좀 해줄 양이면 꼭 이러니……."

성인학은 인상을 찌푸렸다. 해원의 응석을 받아주곤 있었지만 그의 온 신경은 집정대사도에게 집중되어 있었다. 당장 광기를 폭발시킬 것 같았다.

그러나 집정대사도는 이를 꾹 깨물었다.

그가 등을 돌렸다.

소교주의 화려한 비상(飛上), 집정대사도의 쓸쓸한 퇴조! 대성회의 결과였다.

4

"해원 소저는 못하는 게 없네요. 악기도 잘 다루고."

"원래 그 아이가 상쇠였소."

"상쇠?"

"꽹과리를 치는 사람을 말하는데, 무리의 맨 앞에서 전체를 지휘하는 역할을 하오."

"아! 해원 소저가 마희단 같은 곳에 있었군요."

"아니, 아니, 아니오. 간혹 우리끼리 한바탕 놀 때가 있소. 고려의 악기들로. 나는 징, 산돌이는 북, 수돌이는 장고, 해원은 꽹과리… 온몸이 땀으로 젖도록 한바탕 즐기지요."

"아! 한번 들어보았으면."

"앞으로 나는 구주에서 중추절이라 부르는 한가위 때 산돌이, 수돌이 그놈들을 꼭 지리산으로 오라고 할 작정이오. 생각하면 생각할수록 놈들에게 무심했던 것 같소. 이제 있는 곳마저 밀어져 자칫 인연까지 끊고 살 판이오. 해서 한가위 때 의무적으로 오라고 할 참인데, 그때 오면 볼 수 있으리다. 우리들이 북과 장고로 한바탕 어우러지는 것을.”

“갈 수 있을까요? 길이 멀어서가 아니라 일이…….”

“아! 미안하오. 소교주께서는 한가한 사람이 아니었지.”

성인학은 미안해했다.

대성회가 끝나고 이틀이 훌쩍 지나고 있었다.

대성회가 끝났지만 교도들은 쉽게 자리를 뜨지 않았다. 모처럼 모인 데다가 새로 교주까지 선출되었으니 그냥 넘어갈 수 없었다. 대성회 산회가 선언된 그날 밤부터 진탕 놀았다. 그리고 지금은 밤.

떠날 자들은 떠났고 남은 자들은 단꿈에 취해 있었다. 산돌이와 아나, 수돌이와 명아, 잘 논다는 찬사에 쉬지 않고 미친 듯이 놀아 피곤함에 지쳐 버린 해원까지.

그러나 성인학은 잠들지 않았다. 내일부터 집정대사도와 황금인형을 건 생사대전을 벌여야 했기에 충분한 휴식을 취해야 했지만 잠이 오지 않았다.

마음을 평안히 하고 몸을 가볍게 하고자 나섰던 밤 산책길에 만났던 사람이 장자영이었다.

장자영은 장반들과의 매일 회의, 축하한다고 찾아오는 교도들을 일일이 만나느라 무척 지쳐 있었다. 그런데 그녀 역시 오늘 밤은 잠이 오지 않았다.

마음 한곳이 허했다. 그 허함을 참지 못해 잠 못 이루던 차 산책을 나서는 성인학을 보았고 두근거리는 가슴으로 주저없이 성인학의 뒤를 좇았다. 그리고 지금 우연히 만난 것처럼 성인학을 만나 담소를 나누며 밤길을 걷고 있었다.

"지리산이라는 곳, 좋죠?"

"좋소."

"꼭 가보겠어요."

"기다리겠소."

그 말을 끝으로 그들은 잠시 침묵했다.

이때쯤이면 어색한 침묵을 깨기 위해 '달이 참 곱소' 라던가 '별빛이 참 맑군' 하는 이야기가 나와야 옳았다. 그러나 성인학도 장자영도 그런 이야기는 하지 못하는 사람들이었다. 한동안 하늘만 우러렀다.

어쩌면 그 어색한 침묵이 그들에겐 좋았는지도 모른다. 달이 흐르고, 별이 흐르고, 마음도 해활(海闊)하게 넉넉히 흐르고.

장자영이 미소로 말을 꺼냈다.

"혹, 바빠 지리산에서는 볼 수 없을지라도 구주에서는 볼 수 있잖아요. 다행입니다."

"예?"

"구주에 오기로 하지 않으셨나요?"

"아니, 제가 언제……."

성인학으로서는 금시초문이었다.

"두 호법께서 부탁하신 일을 벌써 잊었나요?"

"잊을 리 있소. 그분들께서 머리까지 조아려 가며 부탁한 일인데."

금면공과 독심마도는 부탁했다, 태상호법을 맡아달라고. 아무리 그 이름이 높아도 태상령은 번외의 이름일 수밖에 없다. 태상호법이 되면 정식으로 교에 한 이름을 걸치는 격이니 교도들이 느끼는 감이 다를 것이라고 했다.

교가 혼란스러운 시기니 교에 이름을 걸치는 것만으로도 교에 큰 도움이 될 것이라며 간청을 해 성인학은 어쩔 수 없이 그들의 청을 들어주었다.

"우리 교에 대성회만 있는 건 아니에요. 중회(中會)라는 이 년에 한 번씩 열리는 교 수뇌부들만의 모임이 있어요. 그동안 정국의 혼란, 적들의 눈길, 중회를 주재할 교주가 없었기에 열리지 않았어요. 그러나 이제 중회를 부활시켜야죠. 중회에는 호법들도 참가합니다. 태상호법이라면 당연히 참가해야죠."

장자영이 굳은 표정으로 말했다.

"아니, 나는 저……."

난감했다. 한동안 강호를 종횡했으니 당분간 지리산에서 심인검만 붙들고 있고 싶은 마음이 있었다. 이 년에 한 번이라고 하지만 꽤 부담이 되었다. 발을 담그면 빼기 힘든 곳이 강호라 했으니 어떤 일이 기다리고 있을지도 모르고.

"그 누구도 태상령에게 어떤 일을 하라고 강요할 수는 없죠. 오기 싫으면 오지 않으면 됩니다. 그런데 그 자리에 태상호법이 빠지면……."

장자영은 고개를 숙였다.

"괜찮아요. 어차피 우리 일이잖아요. 내가 생각해도 너무 염치가 없군요."

그녀가 하늘을 우러렀다.

마음 약한 우리의 성인학, 상심해하는 그녀의 모습까지 보았으니 더욱 안절부절!

"일없으면 참가해 주세요. 그런 부탁은 해도 되겠죠?"

성인학은 가슴을 폈다.

"약속하리다!"

장자영은 속으로 쓴웃음을 흘리고 있었다. 이로써 최소한 이 년에 한 번은 성인학을 볼 수 있는가?

'해원 소저, 미안해요. 다 해원 소저가 제게 가르쳐 준 것이잖아요.'

해원이나 하후은만큼은 아니지만 그녀도 스스로에게 솔직해야 한다고 생각했다. 해서 짜낸 계획이 중회를 핑계로 성인학을 계속 만날 기회를 잡는 것!

성인학을 속이는 것은 이제 그녀에게도 장난이었다. 적당한 거짓말에 청승을 더 떨면 좀 더 자주 만날 수도 있을 것이다. 그러나 그런 염치는 그녀에게 없었다. 마음 한구석에 하후은에 대한 미안함마저 있었으므로 이 년이면 딱 맞았다. 실제 그녀는 중회를 부활시킬 생각이었고 성인학이 그 회의에 참석해 주면 큰 도움이 될 것도 분명했다.

'사실 나는 아직 멀었어. 해원 소저에게 더 배워야 하는데. 해원 소저라면 결단코 물러서지 않았을 것이다. 이 년이 뭐야! 한시라도 떨어져 못산다며 거머리처럼 달라붙었겠지. 그래, 그랬겠지. 그렇지만 나는… 만화군주의 말이 맞다.'

만화군주가 뭐라고 했던가. 절대 일을 포기할 성격이 아니라고 했었다.

일을 하는 것이 뭐 나쁘다고. 그러나 좋아하는 사람을 위해 일하는 것과 스스로가 좋아 일하는 것은 다르다.

사랑하는 사람을 위해 자신의 모든 것을 던질 천품은 아니었기에 장자영은 그것으로 만족했다.

"아! 술 좋아하세요?"

"조금 마시오."

"우린 멀리 하죠. 그러나 좋은 일, 슬픈 일이 있으면 한 잔씩 하죠. 이거……."

작정을 하고 만났으니 술도 있었다.

"그런데 잔이 하나밖에 없네요. 이렇게 만날 줄 알았다면 잔을 하나 더 준비하는 것인데."

"아! 걱정하지 마시오. 나는 이렇게 마시면 되오."

성인학이 손가락으로 술병을 퉁겼다. 술이 분수로 치솟아 깔끔하게 그의 입으로 들어갔다.

"이 자리가 힘 자랑을 위해 만난 강호의 자리인가요? 너무 멋이 없네요. 이 잔으로 같이 마셔요. 우린 사소한 예의 같은 건 우습게 여겨야 할 강호의 동도잖아요."

장자영이 잔을 내밀었다.

순간 성인학의 안색이 붉어졌다. 곽전충 장원 근처에서 벌어졌던 일이 갑자기 생각났기 때문이다.

"좋소!"

자신의 마음을 감추기 위해 그가 급히 술잔을 비웠다. 그리고 장자영에게 술잔을 건넸다.

한 잔을 마시고 또 마시고,

"노래 하나 들려 드릴까요?"

장자영의 얼굴이 도화빛으로 곱게 달아 있었다.

"영광이오."

성인학은 잔을 비웠다.

"가시리라는 노래예요."

“아!”

“배웠죠.”

장자영은 목청을 가다듬었다.

“가시리 가시리잇고, 바리고 가시리잇고, 나는. 위 증즐가 태평성대! 날러는 엇디 살라답고…….”

“어?”

노래를 듣던 성인학이 눈썹 사이를 좁혔다.

“무슨 문제가 있어요?”

자신이 노래를 못 불렀기 때문인가 해서 장자영은 부끄러워했다.

“그 노래를 누구에게 배웠소?”

“해원 소저에게…….”

“그 노래는 군가(軍歌)가 아닙니다. 망할! 노래를 가르쳐 주어도…….”

바로 그것이 문제였던 것이다.

하긴 해원으로서는 성인학과의 관계가 만사형통이었으니 장송곡을 불렀다고 한들 목 찢어지게 부르지 않았으랴.

“언제 그 노래를 다시 가르쳐 드리리다.”

“기다리겠어요.”

그것으로 침묵.

달은 흐르고, 셜온 님 보내 압나니 가시는 듯 도셔 오셔서라고 노래 부르고 싶은 장자영의 밤이었다.

第四章

정강산(井崗山)

구걸왕은 손바닥으로 가슴을 쓸었다. 심장이 찌릿한 통증으로 울렸다.

그의 앞에는 아직도 뜨거운 피를 콸콸 쏟는 대여섯 구의 시신이 누워 있었다.

증오에 찬 고함을 내지르며 달려들던 그들은 복수혈맹의 맹원들이었다.

부릅뜬 그들의 눈은 말하고 있었다, 구천에 가서도 이 원한을 잊지 않겠노라고.

'천상 죽어 좋은 곳으로 가긴 틀렸군.'

이런저런 구차한 변명을 대어서 무엇 하랴. 토벌전이라는 되지도 않는 싸움에 발을 들인 것 자체가 잘못이었다.

이제 그만 원한을 잊으라며 죽은 자들의 눈을 감겨주고 싶었지만 그

더러운 손 치우라며 죽은 자들이 강시로 부활해 일어날 것 같아 쓸쓸한 미소만 흘렸다.

"지독한 놈들입니다. 과연 마군(魔軍)들이 맞군요."

해쓱한 안색으로 고개를 절레절레 젓고 있는 자는 장하생이었다.

구걸왕은 고개를 들었다.

여기저기 피어오르는 연기, 널브러진 시신, 동강 난 팔과 다리, 나뒹구는 병기…….

이제 신음 소리, 고함은 더 이상 들리지 않았다.

"살아 있는 자는 있느냐?"

그가 눈살을 찌푸리며 물었다.

"있겠습니까? 저주받은 사술로 달려들었던 놈들인데."

장하생이 검에 묻은 피를 털며 말했다.

치 떨리게 지독한 싸움이었다. 평생 가도 기억에서 사라지지 않을.

구걸왕과 현헌의 기습을 받은 복수혈맹 본당의 맹원들은 위기를 느낀 그 순간, 일제히 역혈대법으로 자신을 무장하고 맞섰었다.

역혈대법으로 인해 충혈된 눈, 팔다리 잘리는 것을 우습게 알고 달려들던 그들은 꿈에 나올까 두려운 악귀의 모습 그대로였다.

구걸왕의 무공 실력은 이전 강호를 이끌었던 무림왕들에 비해 낫다고는 할 수 없다. 그러나 경험에 있어서는 그를 따를 자가 드물다.

압도적인 수의 우세, 치밀한 계획을 바탕으로 복수혈맹 본당에 대한 공략에 나섰다. 어떻게 된 일인지 생각보다 복수혈맹 본당의 경계도 허술해 일방적인 승리를 예견했다.

그러나 결과는 정말 피 터지는 싸움이었다. 중화기에 독, 기관진식… 최후엔 역혈대법까지 발휘, 격렬하게 저항했다. 해서 구파일방도 엄청난 희생자를 냈다.

제자들이 무수히 상했으니 악에 받쳤어야 옳았다. 하지만 구걸왕은 복수혈맹원들이 아닌 자신에게 오히려 더 화를 내고 있었다.

"시신들을 잘 거두어주어라."

그가 하늘을 우러르며 말했다.

"내버려 두십시오! 까마귀밥이 되게!"

장하생이 소리쳤다.

구걸왕은 눈을 치켜떴다.

"네놈이 까마귀밥이 되고 싶은 게로구나!"

장하생은 놀라 머리를 숙였다. 그가 슬금슬금 뒤로 물러났다.

"장무야."

소림의 철주, 석주와 함께 멀찍이 서 있던 이장무가 다가왔다.

"소교주라는 여자를 볼 낯이 없구나. 인명 피해를 최소화하겠다고 했는데."

이장무는 아무 말 않았다. 그의 기분도 좋지 않았다.

"우환덩어리를 제거했는데도 기분이 이러니… 나이가 들어 마음이 너무 약해진 거겠지. 더 추한 꼴을 보이기 전에 강호에서 물러나는 게 맞는 거야."

"무슨 말씀을 하십니까. 아직 강호에는 할 일이 많습니다."

"무슨 할 일? 사람 죽이는 일? 정말 이제 강호를 떠나야겠다."

"그럼 강호는 누가……? 마교 잔당들의 처리 문제도 있고… 정쟁(政爭)으로 시끄러운 게 세상뿐만이 아니라는 건 방주께서도 잘 아시지 않습니까. 저기, 저… 강북과 강남… 응천부와 연왕부… 그게 저……."

이장무의 걱정은 강호의 분열이었다. 암묵적으로 응천부를 지지하는 세력과 연왕부를 지지하는 세력으로의 분열. 구걸왕이 있기에 그 분열은 표면화되지 않고 있었다.

"그 문제는 걱정을 할 필요가 없다. 모두 산문을 잠그면 되지. 한 몇 년 봉문(封門)이다. 소림과 무당에 이야기를 꺼낸 적이 있다. 싫다고 하지 않더군."

"아!"

"물론 눈 가리고 귀 막고 있다고 세상이 '그래, 너 모른 척하마' 하지는 않겠지. 여러 일들이 있을 것이다. 그 일에 대해서는… 네놈이 책임져라."

"옛?"

"앞으로 맹주는 네놈이다."

"아니, 갑자기 무슨 말씀을……!"

이장무는 당황해했다.

"잔머리 쓰는 놈 주위에 일어날 일은 잔머리 쓸 일밖에 없다. 집정대사도라는 작자와 나를 보면 알 일이지. 우직한 놈 주위에 일어날 일은 우직한 일밖에 없고. 나는 네놈이 나와 같은 실수를 하지 않으리라고 믿는다. 그래, 네놈은 지켜야 할 원칙은 끝내 지킬 것이다."

"그래도 저는… 말씀하신 그대로 아는 게 무공뿐이라……."

"무공뿐이라서 무공으로 모든 것을 보여주면 돼. 각파의 장문인들도 네놈이 맹주가 되는 것에 대해서는 별로 부담이 없을 것이다. 어쨌든 맹주 운운은 지금 이야기하기에는 너무 빠르고… 지금 이 자리를 지키고 있는 사람은 나이니 내 할 일을 해야지. 당장 생각나는 일도 있다."

구걸왕은 성큼성큼 발걸음을 옮겼다.

여경과 철주 등이 그의 곁으로 모여들었다.

구걸왕은 복수혈맹이 한눈에 보이는 곳에 올랐다.

"초토사는 어디 있는가?"

"찾아오겠습니다."

여경이 달려갔다.

"너희들은 할 일들이나 해."

구걸왕이 손을 저었다.

그렇지 않아도 자파 제자들에 대한 걱정으로 마음 편하지 않던 터라 이장무, 허선 등은 제자들을 향해 급히 흩어졌다.

구걸왕은 바위에 엉덩이를 걸쳤다.

"집정대사도라는 자 꽤 풍류를 아는 자이군. 이런 좋은 곳에 터를 잡다니……."

이제야 느낀 사실인데 경관이 아주 좋았다.

"풍수도 좀 아는 자이군. 그런데 저기는 왜 손을 댔누."

인공적으로 만든 산이었다. 땅의 정기가 새는 것을 막기 위해 쌓은 듯한데,

"아름다운 곳이 곧 좋은 땅은 아니지. 아무리 좋은 땅이라 하더라도 완전한 아름다움은 없고. 부족함은 부족함으로 남겨두어야 하는데… 욕심을 너무 많이 부렸군."

땅에 부족함이 있으면 더하여 북돋우는 것이야 당연한 일이겠지만 그것이 과하면 오히려 해가 된다. 자연을 해치는 건 절대 삼가야 하는데…….

"끌끌끌! 보라구. 결국 저렇게 되는 것을……."

구파일방의 제자들이 복수혈맹원들의 시신을 싣고 가는 곳은 인공적으로 만든 가산(假山)이었다. 잘되라며 만든 산이 곧 그들의 무덤이

되고 있는 꼴.

"그나저나 나도 곧 죽을 몸. 구천에서 장 교주를 볼 터인데 무슨 낯
으로 보나."

마음이 다시 답답했다.

그가 호로병의 술을 몇 모금 들이켰을 때였다. 여경, 백영견과 함께
현헌이 올라왔다.

"철심도도 왔군."

"맹주, 인사가 늦었습니다."

백영견이 읍했다.

"맹주라 부르지 말게. 무슨 공치사도 아니고… 정 부를 호칭이 없으
면 저 아이들처럼 방주라 불러. 초토사도 앞으로 방주라 부르게. 거지
들의 방주. 아! 표국은 잘 되는가?"

"잘 되면 제가 이곳에 있겠습니까?"

백영견이 턱을 매만지며 웃었다.

"형님께서는 잘 계시겠지?"

구걸왕이 백영견의 장형 백운장 장주의 안부를 물었다.

"잘 계십니다."

"안부 좀 전해주게."

"알겠습니다."

"특별히 할 이야기 없지? 없으면 가봐."

구걸왕이 손사래를 쳤다.

여경과 백영견이 자리를 떴다.

"앉으시게."

구걸왕이 가리키는 자리에 현헌이 자리를 잡았다.

"자네 아니었으면 험한 꼴을 볼 뻔했어."

"제가 드릴 말씀입니다. 방주의 힘이 없었다면 황상께 큰 누를 끼칠 뻔했습니다."

"무지막지하더군."

"불귀도라는 곳에서 한번 경험을 해보았지만… 마교의 마졸들이 맞습니다."

"아니, 아니, 자네가 데려온 자들 말일세. 금산오교라 했나? 손속이 매섭더군."

복수혈맹원들의 지독한 공격에 구파일방 문도들은 기가 질렸지만 금산오교는 반대였다. 마치 짐승, 벌레 다루듯 복수혈맹 맹원들을 짓밟았다.

"덕분에 우리야 많이 편했지. 하지만 왠지 썩 즐겁지가 않아. 심장이 떨려서… 겔겔겔! 다음번에 보면 도망부터 가야지."

구걸왕이 실눈으로 웃었다.

현헌은 구걸왕을 흘깃 바라본 후 눈을 내리깔았다.

"황상을 우습게 본 대역죄인들입니다. 손속에 사정을 봐줄 이유가 없지요."

"말끝마다 황상이군. 아무렴! 황상이 중요하지. 그런데… 찾는 물건은 찾았나? 황금인형 말일세."

"제가 맡은 일을 알고 계셨군요."

"그 사실을 모르는 사람이 있던가? 연왕의 친부, 친모에 관한 이야기라지?"

현헌의 표정이 굳어졌다. 그가 고개를 들었다.

"뭐, 새삼스러운 일이라고. 나도 눈과 귀는 있어. 응천부에 모르는 사람이 없는 이야기잖아. 그래, 찾았어?"

'황자중……'

현헌은 이부터 갈았다. 연왕 처치를 위한 정략으로 황금인형에 대한 소문을 흘리고 있다는 건 예전에 안 사실이다. 하나 강호의 무부에게서까지 황실의 치부를 듣게 되니 악감정부터 불쑥 치솟았다.

정말 살인멸구가 필요한 자는 황자중인 듯했다. 좋은 의도로 시작했다고 하더라도 이미 황실의 존엄성에 치명적인 손상을 입힌 이상 그는 사라져 주어야 했다.

현헌은 황자중과의 관계에 명확한 선을 그으며 구걸왕을 정면으로 응시했다.

"금산오교가 찾고 있습니다. 그러나 나올 것 같지가 않군요. 집정대사도라는 자가 가지고 갔겠지요."

"맞아. 집정대사도라는 자가 숨겼겠지. 그런데 놈은 어디로 갔을꼬?"

"이것을 보십시오. 불타고 있는 지밀원이라는 곳에서 우리 아이들이 간신히 건진 것입니다."

현헌이 꺼낸 것은 반쯤 불탄 문서였다.

구걸왕은 문서를 눈으로 훑었다.

"아! 대성회! 내가 깜빡하고 있었군. 맞아. 올해가 대성회가 열리는 해였지."

대성회에 관한 문건이었다. 알고 있는 사실이었지만 몰랐다며 구걸왕은 무릎을 쳤다.

"생각 외로 적들의 머릿수가 적다고 생각했는데 대성회 때문이었습니다. 해서… 방주, 나는 이제 그놈들을 치려 합니다."

"그래, 그래, 쳐야지. 황상을 능멸한 대역죄인들인네 가만히 내비려 두면 되지 않지."

"방주의 도움을 좀 더 필요로 합니다. 저는 이번 기회에 마교 놈들을 싹 쓸어 황상의 근심을 없앴으면 합니다."

"지나친 욕심이야. 밟아도 밟아도 쓰러지지 않는 게 그들이라구. 겨울 보리처럼 밟는 만큼 더 강해져. 이쯤에서 그만 물러나시게. 경험으로 하는 말일세."

"방주, 저는 다릅니다."

"모두 자신은 다르다고 했지. 그러나 달라진 건 아무것도 없었어. 두 차례 토벌전도 거뜬히 이겨낸 그들 아닌가."

"방주께서 도와주신다면 발본색원할 자신이 있습니다."

"고집은… 이것도 황상의 명인가?"

"황상의 명은 아니지만… 반역도들을 그냥 두고 지나침은 신하의 도리가 아닙니다."

"자네 일이란 말이군. 그럼 자네가 알아서 하게. 나는 이제 더 이상 손을 쓰기 싫네."

관부인과 엮여 다니기 싫어서만이 아니었다. 구걸왕은 진정 마교의 일에 손을 뗄 생각이었다.

가장 위험한 세력의 기를 한풀 꺾었으니 방어에 신경을 쓰며 이제 기다려 볼 참이었다. 소교주와 노사 제자들의 활약을.

정말 구걸왕은 경험으로 알고 있었다. 친 만큼 되돌려 주는 마교의 전설을. 더 이상의 피는 소교주를 따르는 자들도 격분시킬 수 있다. 마교 스스로 피의 복수를 외치는 극단주의자들을 잘라 나갈 수 있도록 소교주를 뒤에서 미는 길이 이제 그가 택할 유일한 길이라 생각했다.

"황상의 명이 꼭 필요하다는 말씀이군요. 그렇다면 제가 황상께 청하겠습니다."

"구파일방 동원령이라도 받아올 참인가?"

"필요하다면."

"소용없는 일일세. 황제 아닌 옥황상제의 명을 가져와도 나는 움직이지 않을 것이니까."

당장 하고자 한 구걸왕의 일은 바로 이 일이었다. 관부와 명확히 선을 긋는 일!

관부와의 어정쩡한 관계, 이장무에게 물려주기 싫었다. 동원할 수 있는 모든 인맥, 연맥을 동원해 관부와 선을 그을 생각이었다. 필요하다면 밤중에 담장을 넘어 신료들을 협박하던 예전 의협들의 그 수법도 마다하지 않을 것이다.

현헌의 눈빛이 차갑게 가라앉았다.

"말씀이 지나치십니다."

"뭐가 지나치다는 말인가? 지나친 건 자네였지! 오대산주 토벌, 마교 토벌. 사파현정을 위한 당연한 우리의 일이지. 그래서 자네의 협조 요청을 받아들였다. 그런데 이게 뭔가? 황금인형. 한낱 황실의 정략 놀음에 우리가 이용된 꼴 아닌가! 자네, 똑똑히 듣게. 우리 강호인들은 만만한 자들이 아닐세!"

"그 점에 대해서는 사과를 드립니다. 그러나 그 이상은… 황상께서 원했던 일입니다."

"아니, 황제가 원한다고 우리가 그 일을 들어주어야 할 의무가 있나? 우리를 키운 것은 저기 하늘과 땅이지 황제가 아닐세!"

현헌은 한동안 아무 말 않았다. 그의 입가에 미소가 점점 짙어졌다.

“생각이 그러하시규요.”

“그러하지. 황제의 자리는 공물(公物)이야. 내게 이익이 되지 않는데 무슨!”

“오늘 방주로부터 무척 놀라운 이야기를 듣게 되는군요.”

눈빛도 번들번들 빛을 발했다. 그의 손이 파랗게 조금씩 물들어갔다.

“내 자네에게 충고 한마디 해주겠네. 완전한 사람은 없다. 황제 역시 사람이지. 해서 진정한 충신은 황제를 보지 않네. 하늘의 이치, 땅의 이치, 백성들을 보지. 자네는 어떤가? 생각하니 내가 자네에게 들은 이야기라고는 황제밖에 없군.”

“좋은 가르침을 들었습니다. 생각해 보지요.”

“과연 그럴까? 나는 왠지 자네가 내 말을 생각할 것 같지가 않네. 제 새끼밖에 모르는 어미 생각이 자꾸 떠올라서. 지나친 정(情)은 정을 받는 그 사람뿐만 아니라 곁에 있는 사람까지 해치게 하지. 버릇없이 키운 놈 주위 사람 배려하는 것을 보았는가?”

“말씀이 이미 도를 넘었습니다.”

현헌의 눈썹이 파르르 떨렸다.

“언행의 습관보다 더 무서운 게 생각의 습관이지. 한번 길들여지면 바꾼다는 게 도를 깨치는 것만큼 어렵다. 해서 환관으로 길들여진 자네의 생각을 인정하지. 자네 또한 인정해 주게, 날리는 풀잎처럼 자유롭고자 하는 강호무부들의 마음을. 우리는 우리 길을 갈 것이야.”

“인정할 수 없소. 황상께서 그대들을 필요로 하오.”

얼음같이 차가운 목소리.

“흐흠! 서로 생각이 다르니 어찌하누. 어쩔 수 없군. 일어나게.”

구걸왕이 장방형 분지에 자리를 잡고 섰다.

현헌의 입가에 다시 미소가 피어올랐다. 바라던 바였다. 그가 구걸왕을 마주 보고 섰다.

"자네 하나 죽이는 것쯤은 큰 문제가 아냐. 관부 근처의 지인(知人)들을 동원하면 자네의 죽음을 개죽음으로 만들 수도 있다. 아니, 아니, 마교의 개들에게 뜯겨 죽은 것으로 만들까? 어쨌든 조심하게!"

구걸왕이 타구봉을 한 바퀴 돌렸다.

순간, 현헌의 귀왕인이 섬전처럼 일어섰다.

파파팟! 파팟!

구걸왕과 현헌이 질풍노도로 얽혔다.

단 몇 합을 넘기지 않아 구걸왕은 장법(杖法)을 바꾸었다. 타구십팔초에서 개방의 무쌍절학 강룡십팔장으로.

귀왕인의 예기는 상상을 초월했다. 더해서 폭풍처럼 휘몰아치는 살기!

시작은 가벼웠으나 결과는 삶과 죽음이었다.

구걸왕은 취리건곤보(醉裡乾坤步)로 나아가며 강룡십팔장에 회선장법(回旋掌法)까지 더했다.

우우웅! 웅! 웅!

땅을 울리고 하늘을 가르는 위력.

은거한 기인을 제외하고 현하 강호의 최고수는 구걸왕이다. 실전 경험 또한 따를 자 없었으니 광란으로 몰아치던 현헌의 귀왕인의 기세가 조금 꺾였다.

그러나 곧 현헌은 반격에 나섰다. 광기로 번들거리는 눈, 손에 이어 얼굴도 파랗게 물들어갔다.

구걸왕의 눈빛이 변했다. 처음 그는 현헌을 적당히 경고하고자 타구봉을 들었다. 그런데 지금은 살의를 느꼈다.

저 기괴한 무공의 정체! 더 내버려 두었다가는 감당하기 힘들 것 같은 예감이 들었다. 무공만 해도 위험한데 황제 가까이 있는 자이니…….

후환을 없애야 한다는 생각이 강하게 들었다. 그러나 그는 결국 현헌의 목을 베지 못했다. 장소와 방법이 너무 좋지 않았다. 주위 눈들도 있어 자칫하면 정말 황권에 도전하는 것으로 보일 수 있었다. 다른 방법을 찾아야 할 것 같았다.

구걸왕은 암중에 온 힘을 끌어올렸다. 그가 구급도장(狗急跳墻)으로 후퇴하자 예상대로 현헌이 급히 달려들었다. 기회를 놓치지 않고 구걸왕이 타구봉을 내려쳤다.

창! 하는 소리와 함께 타구봉과 귀왕인이 얽혔다.

현헌의 몸이 휘청 흔들렸다. 그의 입에서 가는 핏줄기가 흘렀다. 그러나 그는 공세를 멈추지 않았다.

구걸왕의 얼굴이 일그러졌다. 당연히 쓰러져야 했는데 사마귀처럼 달려들고 있었으니… 자존심까지 상했다. 그러나 그보다 더 급한 것은 점점 광란으로 빛나는 귀왕인!

이 이상 나아가면 타구봉을 거두고 싶어도 거둘 수 없다. 한쪽이 죽고 한쪽이 사는 것밖에 없었다.

바라지 않는 바다.

"그만두게!"

강룡십팔장으로 귀왕인의 예기를 흘리며 구걸왕이 소리쳤다. 하지만 현헌은 귀왕인을 멈추지 않았다.

“그만두게!”

구걸왕이 다시 소리쳤다.

그제야 현헌은 구걸왕의 목소리를 들은 듯했다. 그의 눈빛이 구걸왕에게 닿았다.

“이만하면 됐어!”

구걸왕이 훌쩍 물러났다.

반사적으로 구걸왕을 뒤쫓던 현헌이 발걸음을 멈추었다. 그가 귀왕인을 늘어뜨린 채 가쁜 숨을 삼켰다.

이명으로 정신이 없었지만 아직 한 가닥 이지의 끈은 남아 있었다. 그가 인상을 일그러뜨리며 입가의 피를 닦았다.

“무슨 놈의 성질이… 나와 원한 진 일이 있는가!”

구걸왕이 현헌의 앞에 나섰다.

현헌은 이를 드러내며 씨익 웃었다. 이 사이의 핏물, 충혈된 눈, 퍼렇게 빛나는 몸… 전설 속에 나오는 이형국(異形國)의 괴물 같았다.

“내가 좀 말이 과했던 모양이군. 미안하게 생각하네.”

구걸왕의 말이 들리는지 들리지 않는지, 현헌은 이를 드러낸 채 웃고만 있었다.

“내가 졌네. 자네 말을 따르지. 그러나 딱 이번 한 번뿐일세!”

구걸왕이 등을 돌렸다.

산을 내려오던 그가 발걸음을 멈추었다.

그의 노안이 험하게 일그러졌다.

뒤늦게 뼈를 뒤흔드는 통증이 손목으로부터 시작해 온몸으로 퍼져나가고 있었다.

"부르셨습니까?"

구걸왕 앞에 도열한 자들은 허선, 이장무, 철주, 운악, 장하생, 북지
순찰 박룡개였다.

"시신은 수습했는가?"

"거의 끝나갑니다."

허선이 말했다.

"현헌이라는 자는 뭐 하고 있나?"

"방금 오면서 보았는데… 능선 저 위에 뒷짐을 지고 선 채 꼼짝 않
고 있습니다. 환관 놈 주제에 마치 종사(宗師)라도 된 양 말입니다."

장하생이 빈정댔다.

"네놈들을 내가 따로 부른 이유는 맡길 일이 있기 때문이야."

"마교 잔당 소탕전이겠군요. 현헌이라는 환관이 필히 그런 청을 할
것이라는 이야기를 조금 전 철심도로부터 들었습니다."

허선이었다.

"그래, 그 일이 맞다. 마교 본당을 발견한 공, 마교 토벌전에 앞장서
준 공… 갚아야 할 은혜를 생각해서라도 청을 받아들여야지."

거지발싸개로 발가락 사이에 낀 때를 닦으며 구걸왕이 말했다.

"마교 처단이 어차피 우리 일이기는 합니다만, 환관 놈의 들러리를
서는 것 같아 솔직히 기분이 좀 나쁩니다."

장하생은 콧방귀를 뀌었다.

"너 이리 와."

구걸왕이 장하생을 가까이 불렀다.

"환관이라는 이유로 사람을 멸시하는 것을 보니 네놈은 거지란 이유
로 속으로 나를 경멸하고 있었겠군! 그렇게 사람을 대하라고 누가 가

르쳐 주던? 네 사부야?”

그가 거지발싸개로 장하생의 코를 잡았다.

발 냄새에 장하생의 얼굴이 하얗게 질렸다.

“이놈아, 황궁의 삼공(三公) 중에 후안무치 도둑이 있고 길거리의 청소부 중에 성자(聖者)가 있음을 네놈은 아직도 모르고 있었더냐? 어디서 되지도 않는 말을!”

“악!”

장하생이 비명을 질렀다. 구걸왕이 그의 코를 비틀었기 때문이다.

“각기 돌아가서 쓸 만한 놈들로 한 삼십여 명 뽑아. 그리고 현헌이라는 자를 도와.”

구걸왕이 손을 저었다.

“무당은 왜 빠지는 겁니까?”

무뚝뚝하게 묻는 자는 철주였다.

구걸왕은 철주를 가만히 바라보았다. 문제는 문제였다. 저 우직한 놈도 무당파에 경쟁심을 느낄 정도이니……. 소림과 무당의 보이지 않는 불화! 그러나 지금은 신경을 쓸 겨를이 없었다.

“네놈들이 다 가고 나면 나는 누가 지켜주나? 이놈아, 나도 좀 살자!”

그가 발싸개로 철주의 머리를 후려쳤다.

“무당파를 포함한 나머지 문파들은 내 주변에 남는다. 급한 일이 생기면 달려갈 수 있는 놈들도 있어야지. 알았어?”

어색한 표정으로 철주는 웃었다. 그가 고개를 끄덕였다.

“알았으면 가봐.”

구걸왕이 손을 저었다.

"아! 허선과 이장무는 남아."

그가 허선과 이장무를 불렀다.

"그나저나 몸이 왜 이리도 아프누?"

허선과 이장무를 곁에 두고 구걸왕이 옷을 벗었다.

"어때?"

등을 보이며 그가 물었다. 혈도를 따라 그의 등에 시퍼런 반점이 드문드문 맺혀 있었다.

"독에 당했습니까?"

허선의 물음에 구걸왕은 고개를 저었다.

"마두에게 당했다."

"마두? 방주를 해할 수 있는 자가 강호에 있단 말입니까?"

허선은 놀라 눈썹 사이를 좁혔다.

"있지! 노사의 대제자 그놈도 있고… 아, 아! 어혈(瘀血)을 풀어야 하니 혈도를 좀 짚어주게."

구걸왕이 혈도 짚는 순서를 가르쳐 주었다.

허선이 혈도를 짚었고 구걸왕은 운기를 했다.

"커웩! 퉤!"

구걸왕이 맺힌 피를 내뱉었다.

"이제 좀 살 것 같군."

그가 팔과 어깨를 놀려 몸을 풀었다.

"그런데 도대체 누가?"

허선과 이장무는 구걸왕을 해할 수 있는 자가 강호에 있다는 사실을 믿을 수가 없었다.

"이놈들아, 지금부터 내가 하는 말을 잘 들어라. 들은 후에는 절대 입 밖에 내지를 말고.”

“아!”

중요한 이야기인 듯해 허선과 이장무는 긴장된 표정으로 이목을 집중했다.

“이제 더 이상 마교도와의 싸움은 없다.”

“옛?”

방금 출전 명령을 내리고선! 갑작스런 구걸왕의 말에 허선과 이장무는 고개를 갸웃했다.

“아! 죽이려고 달려드는 데야 싸우지 않을 수는 없지. 내 말은 되도록 싸움을 피하라는 것이다. 현헌이라는 놈이 날뛰더라도 적당히… 적당히 핑계를 대며 싸움을 피하란 말이야. 알았어?”

“……”

“이런! 이런! 마교에 대해 나만큼 잘 아는 놈 있어? 시키면 시키는 대로 하란 말이야!”

“명을 받았으니 따르겠지만… 마교와의 타협… 워낙 중대한 사안이라……”

구걸왕의 눈치를 보며 허선이 우물쭈물 말했다.

“네놈은 그래서 그만큼밖에 크지 못하는 게다! 어른 말에 꼬박꼬박 토나 달고! 이장무, 가는 길에 저놈에게 다른 이야기는 말고 마교가 두 쪽이라는 이야기는 해줘. 잔대가리는 잘 굴리니 그 이야기를 듣고 나면 생각하는 게 있겠지!”

“알겠습니다.”

이장무가 고개를 끄덕였다.

“음, 이유가 있었군요. 그런데 이 핑계 저 핑계로 마교와의 싸움을

피하려 하다면 현헌이라는 자가 가만히 있겠습니까? 항명 운운히며 난
리를 칠 터인데."

"아! 그 문제… 간단하잖아. 죽여 버려."

"예?"

이장무도 놀랐다.

"죽여 버리면 된다고!"

구걸왕이 다리를 꼬며 무릎을 쳤다.

허선과 이장무는 어이가 없었다.

"아니, 그는 저… 황제의 특명을 받은……."

"시끄럽다!"

구걸왕이 말을 끊었다.

"네놈들이 현헌이라는 놈을 죽일 수 있어?"

허선과 이장무는 말을 못했다. 현헌의 실력에 대해 들은 이야기도
있었고 방금 이곳에서 직접 보기까지 했었다. 자신들보다 강하다는 사
실을 인정해야 했다.

"놈을 죽일 자는 네놈들이 아니다. 네놈들은 여전히 지켜보고 있기
만 하면 돼. 놈을 죽일 놈은 따로 있으니. 노사의 대제자나 집정대사도
라는 그놈!"

"……."

"그들은 싸우게 되어 있어. 황금인형… 황금인형을 차지해야 하므
로. 허선!"

"예."

허선은 아직도 뭐가 뭔지를 몰랐다. 그가 혼란스러운 눈빛으로 구걸
왕을 바라보았다.

"네놈이 총책임자다. 하니 다시 기억하라, 네놈의 임무를! 마교와의 싸움, 현헌과 노사의 대제자, 그리고 집정대사도라는 놈의 싸움, 그 모든 싸움에 네놈은 방관자로 남는다. 이 핑계 저 핑계 대며. 잔머리 잘 굴리기에 네놈을 책임자로 맡겼다. 표시나지 않게 잘 굴리리라 믿는다. 만약 핑계를 댈 수 없는 처지가 된다면… 어쩔 수 없지! 막 나가는 거야. 배 째라고 하며. 알았어?"

허선은 눈을 내리깔았다.

"알겠습니다."

일단 명이니 받아야 했다.

"그런데 방주, 솔직히 저는 이해가 되지 않습니다. 현헌이라는 자를 왜 그렇게 박정하게 대하십니까? 말씀하신 대로 그는 우리에게 꽤 큰 도움까지 주었습니다. 관부인이기 때문입니까? 단순히 관부인이라는 이유로 그를 내치겠다는 건 아닐 듯한데…….."

어른 말에 일일이 토를 다는 놈이니 어쩌니 하는 소리를 듣더라도 이 문제는 꼭 짚고 넘어갔으면 했다. 평소의 구걸왕답지 않은 판단이라 생각했기 때문이다.

"이장무, 네가 세상에서 가장 두려워하는 놈이 누구야?"

"저기, 저… 저는… 마공을 익힌 대마두…….."

"어쩔 수 없는 놈이구나. 천상 네놈은 강호의 칼밥이나 먹어야 할 놈이다. 마공이니 마두니 하는 건 미치광이의 미친 짓에 지나지 않아. 미치광이가 두려우면 얼마나 두렵다고? 잠시 그때뿐이지."

"그럼 방주께서는?"

"세상에서 가장 경계해야 할 자는 자신의 생각은 절대선(絶對善), 남의 생각은 절대악(絶對惡)이라 보는 자다. 타인의 생각을 용납하지 않지. 그런 자가 엄청난 무공까지 가지고 있다면?"

"피곤하겠군요."

허선이 고개를 끄덕였다.

"더해서 권력까지!"

"그런 자가 있습니까?"

허선은 고개를 갸웃했다. 관부인 중에 고수를 찾던 그의 눈이 반짝 빛났다.

"현헌!"

"맞아. 현헌 그놈이다. 지금은 아니지만 언젠가 그놈은 천하 위에 우뚝 설 것이다. 화근이 될 싹은 미리 제거하는 게 좋아."

강호 경험이 가져다 준 직관이었다. 그는 단 몇 번 현헌과의 만남에서 현헌의 크기를 짐작했다. 그리고 오늘! 제거해야 한다는 결심까지 했다.

직관에 의한 판단이기 때문에 당사자인 현헌이 억울해할 수도 타인이 보기에 심해 보일 수도 있다. 그러나 이후에 불어닥칠 재앙을 걱정한다면 미리 싹을 자르는 게 좋다.

황제이든 맹주이든 군림하는 자는 잔인할 땐 잔인해야 한다. 또 황금인형으로 차도살인지계를 펼칠 절호의 기회까지 생겼으니 현헌의 제거를 미룰 이유가 없었다.

"패도적인 마음이 패도적인 무공을 불렀는지 패도적인 무공이 패도적인 마음을 불렀는지는 모른다. 어쨌든 놈의 무공도 마음에 들지 않아."

"혹시 그럼 그 상처가……."

"놈이 맞다. 제거하라. 단! 분명 말하지만 네놈들이 아니다. 어설프

게 나서다가 화를 더 키우는 우를 범하지 마라. 노사의 대제자, 집정대사도 그놈에게 맡겨. 그놈들이 해결하지 못한다면… 내가 나설 것이다. 가라!"

구걸왕이 손을 저었다.

허선과 이장무는 무거운 표정으로 포권을 했다.

허선과 함께 발걸음을 옮기던 이장무가 발걸음을 멈추었다.

"할 말이 있는 게냐?"

"저기, 저… 성 사제의 무위는 잘 알지만… 혹 성 사제가 다치기라도 하면……."

"강호의 칼은 평등하다! 그게 제 팔자라면 어쩔 수 없지!"

"그렇지만 성 사제는 노사의 제자… 저는 모른 척할 수가… 천산의 사부께서 모른 척했다는 것을 아시면… 가만히 있지 않을 것입니다."

"후환 남김 없이 깨끗이 처리할 수 있다면 도와주는 것도 좋지. 그런데 만약… 판단은 네 몫이다. 네 사문에까지 미칠 황실의 분노를 감당할 자신이 있다면 네 마음대로 해라!"

"아, 알겠습니다."

이장무는 허둥지둥 발걸음을 옮겼다.

그가 몇 걸음 못 가 다시 발걸음을 멈추었다.

"또 뭐야?"

"저기, 저… 반대로 성 사제가 이길 경우를 생각하니… 성 사제는 마음이 너무 좋아… 현헌이라는 자를 죽이지 않을 수도… 그럼 우리는 어떻게……."

"아이고! 장무야, 장무야, 생각이라는 물건은 네가 가지고 놀기에는 너무 벅찬 물건이다. 좀 더 큰 후에 가지고 놀아라. 당장은 허선에게 맡겨두고!"

"아! 예."

황망해하며 이장무는 머리를 긁적였다.

"나는 그 두 놈과 대충 손을 섞어보았다. 호랑이 같은 놈들이지. 두 마리 호랑이가 사력을 다해 싸우는데 서로 상처없이 싸움이 끝나기를 바란다는 건 희망이다. 현헌이라는 놈이 이겼다고 하더라도 부상을 피할 길은 없지. 그때는……."

구걸왕이 허선을 지그시 바라보았다.

"알겠습니다. 무당파를 뺀 이유도 이제 알겠군요. 그자가 무당파에 잠시 있었다고 하니… 그런데 철심도는 어떻게 해야 합니까?"

"그놈은 영리한 놈이다. 죽은 자에게서 나올 것은 피와 고름뿐이라는 걸 알아. 따지거든 내 이름을 대고 적당히 설명을 해줘."

"알겠습니다."

허선이 읍으로 머리를 숙였다.

"살아온 내력(來歷)을 듣자 하니 현헌이라는 그 친구 불쌍하기는 한데… 아니, 아니, 아니지. 정이 많은 무사는 빈한하다는 말을 몇 번이나 외쳐야 되겠어? 그래, 자꾸 이런 나약한 생각이 드는 것을 보니 이제 정말 물러날 때가 된 거야."

비정강호(非情江湖)에 탓을 돌리며 구걸왕은 호로병의 술을 비웠다.

집정대사도는 눈을 번쩍 떴다. 여기저기 거미줄 쳐진 낮은 천장.

그가 고개를 돌렸다.

어미와 딸로 보이는 여자 두 명이 실오라기 하나 걸치지 않은 채 누워 있었다. 뒤집어진 눈, 입가의 침, 엉망이 된 하초… 강간 후 교살을 당한 듯했다.

어린 계집의 얼굴에는 공포와 고통으로 흘렸을 눈물 자국이 아직도 마르지 않은 채 남아 있었다. 어미로 보이는 여자가 그 계집의 손을 꼭 붙잡고 있었다.

애끓는 마음으로 잡았을 손이리라. 제발 이 아이만은 살려달라고 애원하며.

가슴이 뭉클했다.

'대체 어느 놈이?'

집정대사도는 눈을 지그떴다.

'후후후!'

그가 실소를 흘렸다.

다른 놈일 리가 없었다.

'나겠지.'

그러나 자신이 그랬다는 게 실감이 나지 않았다. 이 장면은 자신이 아는 집정대사도가 연출할 장면은 절대 아니었으므로.

집정대사도, 그는 교주의 분사 후 나락으로 떨어지는 교를 붙들어 안고 교를 부흥시킨 장본인이다. 구파일방을 공포에 떨게 했던 자이며 천하를 꿈꾸던 자다.

교도들의 기대 속에 웅비천하를 꿈꾸고 있을 그였지 산간 화전민의 여자들을 농락할 자는 절대 아니었다.

'꿈을 꾸고 있는가?'

아, 아! 제발 악몽이기를.

집정대사도는 몸을 일으켰다. 살이라는 살, 뼈라는 뼈, 몸을 이루고 있는 모든 부분들이 통증을 호소했다.

집정대사도는 어금니를 깨물었다. 약물의 후유증이 생각 이상으로 강했다.

사실 그는 기억하지 못했다, 산속 민가를 급습 여자들을 농락한 사실을.

정신까지 혼미할 정도였으니…….

'이러다가 정말 미치광이 마두, 광마(狂魔)가 탄생하는 게 아닌지 모르겠다.'

기분이 씁쓸했다.

양기를 중화시킬 음기를 제대로 보충하지 못한 탓도 있었지만 약물을 과다 사용한 탓도 있었다. 그 이전에!

세상에 완벽한 약물은 없다. 약물을 사용하지 않는 게 가장 좋은 일이 아니었던가. 하지만 그는 그렇게 하지 못했다. 채음술이라는 편법까지 동원하며 약물에 몸을 맡겼다.

당장 필요한 게 힘이었다. 보다 솔직해진다면 고려에서 왔다는 그놈! 그놈으로부터 자신을 지키는 게 어느 일보다 급선무였다.

사실 대성회 그 순간 승부는 이미 결정이 났었다. 성인학은 집정대사도를 전혀 의식하지 않았다. 하지만 집정대사도는 성인학을 필요 이상으로 의식했다.

기 싸움에서 이미 졌다는 것!

집정대사도로서는 두려운 상대임이 분명했다. 해서 약물의 부작용을 알면서도 더욱 약물에 몸을 기대고 있는 것 아닌가.

실제 성인학은 보여주고 있었다, 자신의 무위를! 퇴각하며 시간을 벌기 위해 집정대사도가 만든 기진(奇陣)들을 종이 문짝 부수듯 부수며 맹추격을 해오고 있었다.

복수혈맹 본당이 있는 계상산에 이르기 전에 꼬리를 잡힐 수도 있다는 생각이 들자 집정대사도는 마음이 조급했다.

온몸이 으스러지는 통증을 견디며 그는 옷을 입었다.

그가 밖으로 나왔다.

유인 한 명이 지키고 있었다.

"너는 어떻게 왔느냐?"

"맹주께서 갑자기 어디론가 가시는 것을 보고 수룡(首龍)께서 따라가 자리를 지켜 드리라고 했습니다."

“수룡이?”

수룡은 오룡의 맏형이다.

“다른 말은 없더냐?”

“보아도 본 것이 아니요, 들어도 들은 게 아닌 것으로 하라고 하셨습니다.”

“뭐?”

집정대사도는 눈살을 찌푸렸다. 기분이 씁쓸했다. 저런 말을 한 것을 보니 오룡들도 그의 광기를 조금 눈치 챈 듯했다.

“그래, 들어도 들은 게 아니고 보아도 본 게 아니지.”

순간적으로 그의 검이 빛을 발했다.

유인이 비명 한마디 못 지르고 쓰러졌다.

충성이 뼛속까지 새겨져 있다고 하더라도 사람인 이상 못 볼 것을 보면 거부감이 생긴다. 거부감이 쌓이면 반항과 반역의 전초가 되고.

우진장에서 채음술을 펼칠 당시에는 극단적인 상황이라는 인식의 공유가 있었기 때문에 별로 문제가 될 것이 없었다. 원래 유인들은 극단적인 상황을 가정하고 극단적으로 키워진 자들이기까지 하니. 그러나 오늘은 경우가 다르다. 말 그대로 미친 짓 아니었던가. 불신의 싹은 미리 자르는 게 좋다.

어쨌든 오룡들까지 자신을 걱정할 정도니 그동안 행동이 많이 헝클어지긴 헝클어진 듯했다.

정신을 바짝 차리고 몸을 추슬러야겠다고 생각했다.

집정대사도는 유인의 시신과 유인이 처치한 듯한, 헛간에서 발견한 남자의 시신까지 방에 던져 불을 질렀다.

그가 발걸음을 옮겼다.

대충 기억하기로 한 반나절 정도 시간을 보낸 듯했다. 이 바쁜 시국에 하릴없이 노닥거린 건 약물에 중독되었기 때문만은 아니었다.

산 중턱의 산신당(山神堂)! 지밀원주가 구축한 복수혈맹의 연락처다.

기다리는 소식이 있었다. 그 소식을 기다리는 동안 벌어졌던 일이다.

집정대사도를 기다리고 있던 자는 지밀원주 홍기균이었다. 구강의 향에서 본당의 일을 포함 모든 일을 관리해야 할 그가 왜 이곳에?

수하들을 보내지 않고 직접 나타난 것을 보니 큰일이 벌어진 듯했다.

사실 큰일이 벌어진 게 맞았다.

"본당이 공격을 받았습니다. 구파일방과 현헌이라는 놈이 이끄는 관부 놈들에 의해⋯⋯."

홍기균이 이마에 땀을 닦으며 말했다.

집정대사도는 눈을 내리깔았다.

"전멸입니다."

홍기균은 입술을 깨물었다.

집정대사도는 한동안 아무 말도 못했다. 엄청난 충격이었다.

"현헌이라는 놈이 구파일방의 정예들을 뽑아 추격대를 구성했습니다! 맹주, 서둘러 몸을 피해야 합니다!"

홍기균이 다급한 목소리로 말했다.

"진퇴유곡이군."

앞에서는 성인학이었고 뒤에는 현헌! 집정대사도는 하늘을 우러렀다.

"맹주, 사실… 더 이상 동원할 인원도 없습니다. 화룡낭주 은고신이, 은고신이… 죽었습니다."

홍기균은 고개를 떨구었다.

이번 소식도 꽤 충격적인 소식이었지만 너무 충격을 많이 받았기 때문인지 집정대사도는 아무 표정의 변화도 보이지 않았다.

"참으라고 했는데 결국 참지 못한 모양이군."

하후은은 그에게 솔직히 말했다. 장자영을 위해 대성회 이후에도 한동안 화룡당의 발목을 잡겠다고.

그는 하후은의 눈빛에서 물러설 수 없는 고집을 보았다. 해서 하후은의 말에 고개를 끄덕였다. 싸우면 같이 죽는 길밖에 없었기 때문.

배은망덕한 놈 하며 길길이 날뛰는 은고신에게 절대 싸우지 말라고 말했다. 그런데 은고신은 칼을 뽑은 모양이다.

"살아남은 화룡당원들은 몇 명 되지 않습니다. 일심당주가 그들을 이끌고 있습니다."

명복(命服)은 타고나는가 보다. 그 험한 토벌전에서도 살아남더니 이번에도… 본당에 있었으면 죽었을 텐데 마침 그는 하후은을 설득하기 위해 은고신과 함께 있었다.

"회합 장소를 말해 달라고 전해왔습니다. 어디로 오라고 할까요?"

홍기균이 물었다.

집정대사도는 뒷짐을 지며 묵묵히 하늘을 응시했다. 그가 짤막하게 말했다.

"남만(南蠻)."

구주에는 이제 그가 발을 붙일 곳이 없었다. 만병들이 있는 오지로 또 한 번 떠나야 할 듯했다.

독물에 독충들이 우글거리는 그 지긋지긋한 곳! 돌아가고 싶은 마음은 전혀 없었다. 그러나 어쩔 수 없는 일 아닌가. 지긋지긋한 땅이라도 돌아갈 수 있다면 그것으로 크게 만족해야 할 처지였다. 추적자들은 발걸음을 늦추지 않고 있었으므로.

집정대사도는 자신의 팔을 가만히 바라보았다. 조금 전까지 통제불능으로 날뛰던 혈관들이 이젠 가늘게 떨리고 있었다.

그의 입가에 실소가 맺혔다.

위기에 처했을 때 자신을 본다고 했다.

'이렇게 한심한 놈이었다니…….'

자괴감이 밀려왔다.

이겨내지 못한 것이다, 약물에 대한 충동을.

약물은 강한 중독성까지 지니고 있었다. 몸의 균형마저 급격히 깨어져 스스로 약물을 제어하기 힘들었다.

집정대사도는 자신의 몸을 살폈다. 칼과 옷자락에는 핏자국… 어디서 또 만행을 저지른 것 같았다.

'아이들 잡아먹는 귀신인 야행마(夜行魔)가 바로 나군.'

마두로 변하는 자신을 관조할 수 있기에 전혀 새로운 마두가 되리라 생각했는데 그 기대도 버려야 했다.

'처량하군.'

처량했다. 오장원에서 떨어지는 자신의 별을 보던 제갈무후의 마음이 이러할까.

몸과 마음이 나락으로 떨어지는 기분이었다.

지치고 힘들 때 생각나는 사람이 있다. 황산에서 분사한 장 교주.

집정대사도는 교주의 마지막을 떠올렸다.

적들이 몰려왔을 때 그는 말했었다. 어서 피하라고. 후일을 도모하자고 했다. 하지만 교주는 고개를 저었다. 제단과 교도들을 두고 떠날 수 없다고 했다. 후일을 도모할 자는 누군가 있겠지만 지금 이 순간 성신과 교도들을 위해 몸을 던질 자는 자신밖에 없다고 했다. 그리고,

"이놈아, 나는 네가 걱정이다."

그 말을 끝으로 적진을 향해 몸을 날렸다.

그때 교주가 보여주었던 그 넉넉한 미소… 모든 두려움이 한순간에 날아갔었다.

교주의 그 미소, 집정대사도의 입가에도 미소가 맺혔다. 그러나 곧 그의 표정은 굳어졌다.

'교주의 반 정도는 닮을 수 있을 것이라 생각했는데!'

지금 자신의 모습은 하류배보다 못했다.

집정대사도의 눈빛이 차갑게 빛났다.

'이 이상 무너지면 내가 나를 지탱하지 못할 것이다!'

자존심에 불길이 일기 시작했다.

'피한다고 피할 수 있는 상대가 아니다!'

그는 성인학과의 정면 대결을 생각하고 있었다.

생각하니 그 모든 재앙의 원인은 그놈 탓 아니었던가. 이대로 물러난다면 영원히 패배감으로 시달릴 듯했다.

한번 그 같은 생각이 들자 증오심도 불같이 타올랐다.

'교주여, 나를 지켜주소서.'

그가 서천(西天)을 향해 깊게 머리를 숙였다.

갑작스런 항전 선언!

평소의 그였다면 그 같은 결정을 내렸을지?

승산이 보장되지 않는 한 쉽게 움직이지 않음이 그의 철칙이다. 먹이를 기다리는 뱀처럼 참고 또 참으며 기다렸다. 해서 지금 그의 선택은 감정을 앞세운 판단이 아닐지?

약물은 몸의 균형만 흩트러 놓는 게 아니다. 정신의 균형도 흩트러 놓는다. 또 앞뒤 생각할 수 없을 정도로 지나치게 지쳐 있기도 했다. 충동적인 판단일 수도 있다는 이야기다.

그러나 집정대사도의 판단과 상관없이 성인학과의 일전이 피할 수 없는 일로 다가오고 있는 것도 맞았다. 성인학은 점점 추적의 거리를 좁혀오고 있었다.

무엇보다 중요한 사실은 이대로 간다면 자멸할지도 모른다는 위기감! 스스로를 추스르기 위한 대전환의 계기가 필요했다. 그 계기가 성인학과의 일전이었다.

집정대사도는 품속을 더듬었다.

작은 금합(金盒)이었다.

금합 속에 든 것은 콩알만한 크기의 다섯 개의 붉은 구슬.

그가 손가락을 갖다 대자 구슬이 물 녹듯 녹으며 그의 손가락으로 빨려들었다.

그의 손가락이 보랏빛으로 물들었다.

백 구의 시신에서 뽑아낸 피와 수은, 독물을 배합해서 만든 기병, 혈정(血精)!

쇠도 두부처럼 찢는다는 천강조(天剛爪)만한 위용을 자랑한다. 하지

반 독성이 너무 상해 사용하고 나면 손가락 마디를 살라야 한다. 그러
나 상대가 상대인데…
　'정강산이 좋겠군.'
　멀지 않은 곳이었다.

성인학은 왼손을 힘차게 뻗으며 손바닥을 뒤집었다. 그가 낚아채듯 왼손을 끌어들이며 몸을 한 바퀴 틀었다. 연후 비류직하(飛流直下)로 검을 내리그으며 검무를 끝냈다.

이마에는 굵은 땀방울, 등도 땀으로 축축했다.

성인학은 검을 꽂으며 가슴을 폈다.

이 상쾌한 기분!

그에게 있어 가장 즐거운 일은 역시 검을 만지는 일이었다.

'이름을 짓기 좋아하는 해원이 보았다면 방금 그 검법을 뭐라고 이름 붙였을까?

심인검의 가닥을 잡은 후 검술은 이제 그에게 투로(套路)가 아닌 하나의 영감(靈感)이었다. 산을 그리면 산이 되고 물을 그리면 물이 되는.

"실력없는 그림쟁이는 태산의 무세에 압도되어 태산을 담시 못한다. 담는
다고 하더라도 겉만 담아낼 뿐이다. 실력있는 자는 다르지. 그는 태산을 담
을 뿐만 아니라 원래 없는 생명력까지 준다. 인학아, 잘 들어라. 너의 검도
그와 같아야 한다. 쇳덩이에 생명력을 불어넣을 힘을 키워라. 무엇을 얼마만
큼 담아낼 수 있을 것인가? 한계란 없다. 지금 들고 있는 그 검이 바로 우주
다. 광대무변 저 우주의 한 귀퉁이를 담아낼 능력이 되었을 때 비로소 너는
검에 대해 조금 안다고 말할 수 있을 것이다."

스승이 한 말이다.
마음이 위로 하늘과 이어져 있고 아래로 땅과 맞닿아 하나의 검예로
살아나는 경지, 심인검!
눈이 조금씩 뜨여가고 있었다. 그렇지만 아직 스승의 경지까지 가기
는 요원하다. 스승은 우주를 말하지만 그가 검으로 말할 수 있는 건 고
작해야 저 광활한 벌판.
성인학은 방금 검끝에 담았었다. 단동, 반금을 거쳐 오며 보았던, 선
조들이 말 타고 뛰놀던 그 허허로운 벌판을.
굳이 초식 명을 지으라면 이렇게 말하리라.

먼 하늘 고요하고 마을 길 끊겼는데 어디서 피어오른 벌판 가르는 불빛
하나!

'꽤 괜찮군.'
성인학은 어깨를 으쓱했다. 그러나 곧 그는 표정을 바꾸었다.
'아직 갈 길은 멀다!'

오만함을 경계했다.

'그나저나 서둘러 일을 끝내야 하는데……'

지금 자신의 검의 경지를 확인하고 싶은 마음이 굴뚝같았다. 스승님이야 '어, 그랬어? 더욱 열심히 해' 할 분이니 당장 생각나는 사람이 천산의 사숙, 천산왕!

임무를 완수하고 나면 꼭 천산으로 찾아가리라고 마음을 먹었다.

성인학은 땀을 닦은 후 사제들이 있는 곳으로 내려갔다.

작은 개울을 지나는 곳이었다. 수군거리는 목소리.

"아니, 아니, 그게 아니고 이렇게."

가벼운 발걸음 소리.

"아! 이렇게?"

조금 둔중했지만 다시 발걸음 소리.

성인학은 그들이 누군지 알았다. 엄등과 흑방의 방주였다는 소국충이라는 자.

소국충과 장수란은 이틀 전 밤늦게 일행에 합류했다. 장자영이 길 안내를 비롯해 여러 잔심부름시킬 일이 있을 것이라며 보냈다.

소국충과 장수란은 앞뒤 모두 고리타분한 사람들이라 숨넘어갈 지경이었으니 장자영의 제안에 당장 만세를 불렀다. 대흑저는 그 위대한 태상령, 성인학 곁에 있으면 그들이 뭘 배워도 배울 것 같아 찬성. 해서 소국충과 장수란은 성인학 일행과 함께 있었다.

장자영이 도움될 것이라며 소국충과 장수란을 보냈지만 겪어본 바로 성인학은 전혀 아니올시다였다.

가뜩이나 시끄러웠는데 소국충과 장수란의 합류로 이제 완전 개판 시장이었다.

누슨 알 이야기가 그렇게 많은지 귀가 따가울 정도였다. 집정내사도라는 자와 생사를 건 싸움을 앞두고 있다고 몇 번 주의를 주어도 앞에서는 고개를 끄덕였다가 돌아서면 끝이었다.

싸움을 하러 가는 자들인지 놀러 가는 자들인지? 백 번 보아도 놀러 가는 자들이 맞았다. 그것도 의젓한 선비들의 소풍(消風)이 아닌 도토리 두 알 싸서 옆 산으로 놀러 가는 시끌벅적 다람쥐 떼들의 소풍!

지금은 무슨 난리로 저렇게 시끄러운가? 발걸음, 보폭 운운하는 것을 보니 보법을 배우고 있는 듯한데…

'소국충이라는 친구 엄 사형을 가르칠 만큼 뛰어난 보법이 있었던가?

뇌정신군의 진전을 이어받았으니 앞으로 강호의 한 자락을 수놓을 것은 분명했다. 그렇지만 지금 실력은 이류고수에도 못 미쳤다. 또 눈여겨볼 만한 경신술이 있었던 것도 아니고.

무공에 관해서는 자다가도 벌떡 일어나는지라 성인학은 궁금증을 참지 못하고 고개를 뺐다.

"아니, 아니, 그게 아니라니깐!"

엄등을 향해 버럭 화를 내는 소국충.

"정말 고수인 게 맞아요? 초상비(草上飛) 정도는 간단히 펼친다는 사람이 이까짓 발놀림을 따라 못해요?"

계속되는 면박.

"칼 쓰는 것과 춤추는 것이 같나? 뭐… 처음부터 잘하는 사람은 없잖아."

엄등이 머리를 긁적이며 말했다.

"그렇군요. 처음부터 제가 무리한 춤을 가르치려 했나보군요. 그럼 쉬운 춤부터 배우죠. 전답(轉踏)이라는 춤인데, 시와 사를 한 줄 읊고 그에 어울려 한 자락 춤을 추고… 보시겠어요?"

소국충이 시범을 보였다.

"꺽꺽 울며 여귀꽃 깔린 하얀 물가를 날아다니고, 외로운 기러기는 봉황성 떠나지 않네."

노래와 함께 춤 한 자락 들썩.

"추녀 사이로 풍경 소리 달랑거리는데, 보전의 침대 썰렁하기만 하네."

또다시 한 곡조에 춤 한 자락.

"여기까지 따라 해보시겠어요?"

"좋지!"

엄등이 따라 했다.

"호오! 이건 잘 따라 배우시네요."

소국충이 박수를 쳤다.

"원래 내가 재능이 있잖아. 그런데 이걸 얼마나 배워야 기루에 가서 춤 한번 자랑하지?"

"한 십여 일이면 될 거예요. 한데 중요한 건 춤이 아니에요."

"아니, 여자를 꼬시는 데 춤 이상 좋은 게 없다고 말한 사람이 누군데!"

"춤이 목적이라면 풍류남아가 아니라 춤추는 예인(藝人)이 되어야지요. 대협께서는 예인이 되기 위해서가 아니라 여자를 꼬시기 위해 춤을 배우는 것이잖아요. 하여 춤도 재주의 하나로 하고… 더 중요한 건 이런 것이죠."

"그게 뭔가?"

"한 곡조 날리며 여자에게 보내는 눈빛. 여자들은 통상 이런 눈빛에
녹아버리죠."

"아하! 무엇 때문에 내가 자네에게 안기고 싶을까 했더니 그 눈빛 때
문이었군! 과연, 과연 자네는 하늘이 내린 풍류객일세! 내 어찌 이제야
자네와 같은 사람을 만났을꼬. 어린 날 자네와 같은 사람이 아닌 천산
의 사부를 만나게 해준 하늘이 원망스러울 따름일세!"

엄등이 입에 침을 튀겼다.

"눈빛도 중요하지만 이런 것도 중요하죠."

엄등의 칭찬에 기고만장 소국충이 보여준 것은 옷 여기저기를 장식
한 보석들이었다.

"손을 살짝 들 땐 반지를 보여주고 허리춤을 틀 땐 이렇게 금패를…
표시나지 않게 장신구들을 살짝살짝 보여주는 겁니다. 그럼 여자들은
눈 돌아버리고 말죠."

"아하!"

큰 깨달음을 얻었다는 엄등의 눈빛.

"대협, 이 사실을 꼭 기억하시기 바랍니다. 여자들은 한 여자보다 열
여자 거느릴 남자에 더 관심있어한다는 사실을."

"잉? 그 무슨 불합리한 이야기를! 여자들은 자신을 위해 목메는 남
자를 좋아하는 것이 아니었나?"

"저런, 저런… 춤이고 뭐고, 먼저 여자에 대한 이야기부터 해야겠군
요. 적을 알아야 싸워도 싸우죠."

남자란 자신을 알아주는 사람을 위해 목숨까지 바친다고 했다. 자신
을 이토록 인정해 주는 사람이 있으니… 십수 년 환락가에서 쌓은 모
든 비기를 가르쳐 주리라 마음을 먹으며 소국충은 진지한 표정으로 자

리를 깔았다.

"고명한 가르침에 감사하네. 귀를 씻고 듣겠네."

엄등도 진지한 표정으로 무릎을 꿇었다.

"자고로 여자란!"

소국충의 높은 목소리.

무슨 더 들을 이야기가 있을 것이라고. 무공 수련을 하고 있으리라 생각한 것 자체가 잘못이었다. 성인학은 쓴웃음을 흘리며 발걸음을 뗐다.

산돌이, 수돌이, 위대용은 밥 준비에 바빴고 해원 등은 개울가에 옹기종기 앉아 빨래를 하고 있었다.

성인학은 다시 발걸음을 멈추었다.

"어떤 여자들은 그것으로 남자를 평가하기도 하는데, 전 아니에요."

장수란이었다.

"그것이라면? 아! 명성을 말하는 것이군요."

해원이 말했다.

"명성이 아닐걸. 재물을 말하는 게 맞죠?"

장수란의 출신이 그쪽이라 한 명아의 말.

"어머! 시침을 떼기는. 그것 말이에요, 그것."

장수란이 어디를 가리켰는지 해원과 명아는 황급히 고개를 돌리며 빨래만 열심히 했다.

"역시 중요한 건 분위기 잡는 능력과 한밤 지새워도 지겹지 않을 기술이죠. 아! 말이 나온 김에 하는 이야기인데, 절대 남자는 겉만 보고 평가해서는 안 돼요."

"그래요. 남자도 마음이 중요하죠."

해원의 말.

"내가 수돌 공자를 좋아하게 된 것도 그이의 자상한 마음 때문이지."

명아도 말했다.

"겉으로 보기엔 작아도 분노해서 일어나면 하늘을 받치는 철주(鐵株) 같은 남자가 있어요. 반해서 겉으로 보기엔 여름날 우람하게 자란 가지 같으나 실제 보면 썩은 오이같이 물렁해 절대 쓸 수 없는 것을 달고 다니는 남자도 있어요."

장수란의 말에 두 여자는 다시 침묵, 빨래만 토닥토닥.

"언니는 남자에 대해 어떻게 그렇게 잘 알아요?"

멀찍이 앉은 아나의 질문.

"그거야 내가 여러 남자를 만나 경험이……."

이번에는 장수란의 침묵. 그녀 역시 빨래만 토닥토닥.

"언니, 궁금한 게 있어요. 첫날밤에… 무척 아프다던데 사실이에요?"

용감무쌍 아나의 질문.

해원, 명아 일제히 빨래질을 멈추다. 그녀들이 눈빛을 빛냈다.

장수란, 의연히 빨래를 찧고 있던 돌을 놓고 선배로서 자신의 경험을 말했다.

"나는 산과 들을 워낙 뛰어다녀 별로 크게 아픈 줄을 몰랐어. 그렇지만 아프긴 아팠지. 우리 소랑이었다면 전혀 아프지 않았을 거야. 우리 소랑은 기술이 아주 뛰어……."

아, 아! 선행자(先行者)로서의 도취감에 빠져 말하지 말아야 할 것까지 말해 버린 장수란! 돌을 들고 다시 빨래에만 열중.

"그런데 그게 정말 그렇게 기분이 좋아요? 밤일 말이에요."

아나가 묻다.

위기에 빠졌던 장수란, 다시 거드름을 피우며 자신의 경험을 말하려 하다.

해원과 명아의 눈빛 초롱초롱.

우연히 그녀들의 이야기를 듣게 된 성인학은 한숨을 쉬었다.

이 무슨 불경스러운 이야기들을!

나도 좀 들읍시다, 할 수 없었으니 성인학은 다른 곳으로 발걸음을 옮겼다.

개울 옆 바위에 앉아 한동안 바람을 쐬고 있던 그가 갑자기 씩 웃었다.

품속을 뒤져 꺼낸 것은 한 장의 안서(雁書)였다.

제 첫 일은 구주 순행이군요. 주로 변경이 될 듯하고 먼저 갈 곳을 감숙, 청해 등 서북으로 정했습니다. 그곳에는 꽤 교도들이 많은 데도 가볼 기회가 없었거든요. 마침 그곳 교도들 중 제성전주께 본전(本殿) 건립에 관한 제언을 한 분도 있어 내일 아침 일찍 그곳으로 떠날 생각입니다.

깨알같이 촘촘한 글씨였다.

제성전주께서는 본전 재건에 관한 그곳 교도들의 열망이 높다면 본전 재건을 허락하는 게 좋지 않겠느냐 말씀하셨습니다. 우린 너무 오랫동안 본전이 없었으니까요. 저 역시 이제 본전이 있었으면 합니다. 연로하신 제 성전주께서 여기저기 떠도는 것을 보면 마음이 편치 않습니다. 서둘러 머무를 수 있는 세상을 시너드러바죠.

먹의 향기 이상으로 사람의 향기 물씬 배어나는 편지.

외진 곳이라 좀 마음에 걸리기는 한데 가혹한 정치보다 호랑이가 낫다고 했으니, 관부인들과 싸울 염려는 줄어들어 좋겠죠. 제 개인적으로도 나쁘지 않아요. 그 길이 천산으로 넘어가는 길 위에 있으니 태상령께서 천산왕을 만나러 갈 때 제가 생각나 저를 찾아 한 번 더 오실지도 모르잖아요.

장자영이 소국충과 장수란을 통해 보내온 편지였다. 네 번인가 다섯 번인가 읽었고 특히 이 대목은 열 번 이상 읽었다.

서북을 떠나면 서남, 다시 동남, 동북… 정신없이 바쁠 것 같네요. 인사를 하기 위해서만이 아니에요. 교주 뽑고 본전만 덩그러니 지어놓으면 뭐 해요. 일을 할 사람이 없는데. 본전에서 저와 같이 일할 수 있는 사람을 구하는 데 역점을 둘 생각입니다.

이 대목에서 성인학의 안색은 흐려졌다. 그녀의 주위에는 아직 적들이 많다. 마교라면 이를 가는 관부인들, 일부 구파일방의 문도들, 교내의 반대파… 억지를 부려서라도 수돌이를 호위무사로 딸려 보내는 것인데 하는 후회가 들었다.

장자영과의 순행을 수돌이도 좋아했지만 장자영이 강하게 거부했다. 더 중요한 일은 집정대사도와의 싸움이라고. 집정대사도와의 싸움에 사람들을 지원해 줄 수 없음을 더 아쉬워했었다.

세상에 백락(伯樂)이 있고 그런 다음에 천리마가 있다라고 고인이 말했습니다. 좋은 사람이야 많을 것이고 제게 백락과 같은 눈이 있을지 그것이 걱정입니다.

백락은 진나라 목공 때의 인물로 말[馬]에 대해 도통한 사람이다. 성인학은 장자영의 현명함을 안다. 그는 그녀가 백락 이상 가는 눈으로 인재를 발굴해 낼 것이리라 믿었다.

모두 의욕으로 넘치고 열심히 하고자 하니 하늘에서도 도와주시겠지요. 잘되리라 생각합니다. 반대파의 반감도 시간이 지나면 해결되리라 생각됩니다. 아! 반대파에 관해서인데…….

고민을 한 듯 줄을 바꿔 글을 이어갔다.

염치없는 부탁인 줄 알지만 가능하다면 집정대사도를 죽이지 말았으면 합니다. 일전에도 말한 적이 있지만 집정대사도 그는 한동안 교도들의 희망으로 존재하던 자입니다. 그가 비참해질수록 교도들의 동정도 커질 것이라는 게 제 생각입니다. 교도들의 화합을 최우선 과제로 생각해야 하는 저로서는 결코 바람직한 일이 아니죠. 그에 대한 처치는 세월 흐른 어느 날, 우리 내부에서 교법에 의해 우리 손으로 처리했으면 하는 바람입니다.

아무렴! 천하불한당도 그 주검 앞에서는 욕을 하지 않는다는데……. 성인학은 장자영의 생각을 이해했다.

그렇다고 절대 손에 사정을 봐주라는 이야기는 아닙니다. 만약 집정대사도의 목숨을 걱정하다가 외려 태상령께서 화를 당하시면… 저의 씻지 못할 한으로 남을 것입니다. 사실 태상령의 성격이 너무 관후해서 당신의 손해를 감수하고 제 부탁을 들어주려 할 것 같아 집정대사도 목숨 운운하는 말은 쓰지 않을 생각이었습니다. 그런데 호법들께서 집정대사도는 태상령의 상대가 아니다라는 평을 하시기에… 저 또한 호법들의 생각과 마찬가지라 감히 청을 올렸습니다. 그러나 다시 한 번 말하건대 태상령께서는 절대 위험을 감수하면서까지 제 청을 들어줄 생각은 마십시오. 집정대사도 그자의 흉악함을 모른다고 하지는 않으실 겁니다. 경계를 늦추지 말아야 할 자입니다.

교의 앞날에 대한 걱정과 성인학에 대한 걱정이 뒤섞여 혼란스러워하는 장자영의 마음이 보였다.

이런 점에서 해원은 장자영과 명확히 달랐다. 해원의 선택은 뒷일이야 어떻게 되든 주저없이 '죽여!' 였을 것이다.

생각하니 또 신세질 말만 했네요. 좋은 말만 하려고 했는데……. 태상령, 제가 있는 곳은 앞마당에 모래톱 곱게 깔린 샛강이 흐르는 한적한 시골집입니다. 우리 교도의 집이죠. 저는 지금 창가에서 강 너머 떨어지는 해를 보고 있습니다.

성인학이 있는 이곳도 석양이 지고 있었다.

　저녁을 맛있게 먹어서인지 벌써 졸음이 오네요. 아! 저는 깜빡 잊고 있었습니다. 봄이 왔다는 사실을. 저녁상을 올리는데 북어가 있더군요. 집주인인 그분이 말하기를, 우리는 강을 따라 북어가 오르는 것을 보면 봄이 온 줄 압니다 하더군요. 산과, 들… 둘러보니 봄이 온 것이 맞네요. 일에 시달려 봄이 온 줄도 모르고 있었던 겁니다.

　세상 가는 줄 모를 정도로 일도 바빴지만 성인학이 있는 곳은 남방(南方), 늘 봄과 가까운 곳이라 봄소식에 둔감할 수밖에 없었다.

　새가 낮게 나는 것을 보니 내일은 비가 올 것 같다며 집주인이 우비를 만들어 주겠다고 했습니다. 그런데 제가 괜찮다고 했습니다. 봄비잖아요. 내일은 봄비를 맞으며 긴 길을 걸어볼 생각입니다.

　해원아, 해원아! 소교주를 보아라. 너 같았으면 ‘멀쩡한 도롱이 두고 왜 비 맞아? 빨래거리 늘일 일 있어!’ 했겠지.

　실없이 말만 길어졌습니다. 태상령께서도 오는 봄 곱게 맞으시고 별고 없기를 바라며, 여기 운룡포를 보냅니다.

　운룡포! 장자영의 아버지인 전대 교주의 전포! 어릴 적 장난으로 훔친 그 전포를 만화군주는 장자영에게 돌려주었다.

　떠날 때 드리려고 했는데 왠지 받지 않을 것 같아 이제야 보냅니다. 누가 봐도 운룡포에 어울릴 사람은 태상령밖에 없습니다. 돌아가신 아버님도 좋아하실 것입니다.

　장자영의 편지는 성인학의 손에 있어도 운룡포는 없다. 괜히 화를 내며 '내가 보관하겠어요!' 하며 해원이 뺏어갔기 때문. 편지도 뺏으려 하는 것을 안부 묻는 편지라서 보고 바로 없앴다는 핑계를 대어 넘어갔다.

　두 분 공자님과 해원, 명아 소저, 귀여운 아나 아가씨에게도 행운이 함께하기를 바라며…

　인사말을 끝으로 시 한 수.

　지난밤 조각배로 샛강에서 지샐 때
　도롱이로 적실 만큼만 비 내렸으나
　풍랑이 강에 가득 차 잠 못 이루고
　밤이 새가는지에만 신경을 썼다.
　날이 새자 곧 배의 봉창문 열어
　바깥을 보았더니
　청산은 무성하고 초록색 나무들 비에 씻긴 채
　무성한 모습이로다.

　즐겨 부르던, 지난해 이 달을 함께 즐기던 사람은 어디 있는고, 하는 시가 아니었다. 인생 행로에는 때론 파란도 있지만 지내고 보면 결국 더 나아진다는 '샛강에 배를 띄우고' 라는 시.

성인학은 장자영이 편지를 품 안에 접어 넣었다. 그가 그녀가 보낸 시를 웅얼거리며 주위를 두리번거렸다.

아하! 훨씬 전에 봄이 온 것이 맞았다.

신록의 풋풋한 향기는 별로 느낄 수 없었으나 부는 이 바람… 엄 사형이 방정을 떨고 여인네들이 춘정(春情)을 이야기한 이유도 바로 이 봄바람 때문이리라.

지리산에도 봄은 왔겠지.

성인학은 나무에 몸을 기댔다. 저희들도 노는데 나라고 왜? 장자영의 편지를 생각하며, 지리산의 봄을 생각하며 느긋하게 봄기운을 즐기려 했다. 그러나!

그가 허공을 향해 오른손을 내저었다. 그리고 몸을 날렸다.

수풀 속으로 황급히 사라지는 그림자. 방금 비수를 날린 자였다.

성인학은 작자를 쫓으려 하다가 그만두었다.

입은 옷과 병기를 보고 그는 작자가 누구인지 단번에 알았다. 집정대사도의 수족, 유인!

기문에, 진법에 의거 유인들은 꽤 그를 공격했었다. 좀 귀찮기는 했지만 힘든 상대는 아니었다. 죽일 생각까지 없었는데 패배의 대가를 모두 죽음으로 장식했으니…

굳이 쫓아가 잡지 않은 이유는 작자 역시 목숨을 끊을까 걱정을 해서였다.

성인학은 손바닥을 뒤집었다.

비수 끝에 매달린 건 쪽지였다.

그가 조심스럽게 쪽지를 펼쳤다.

정강산 중정(中井), 기다리겠다.

　이름을 남기지 않았지만 성인학은 쪽지를 보낸 자가 누구인지 단번
에 알았다. 봄의 정취를 한순간에 앗아가는 소식을 보낸 그는 집정대
사도!

4

정강산은 둘레 오백여 리의 산으로 산세가 험준하다.

천혜의 방어물이 즐비해 녹림도들이 근거로 삼기에 딱 적합한 곳이다. 하지만 실제 녹림의 깃발이 나부낀 적은 드물다. 사람 살기에 힘든 황폐한 지역이었기 때문이다.

인근 사람들은 정강산을 대소오정(大小五井)이라 부른다. 대정(大井), 소정(小井), 중정, 상정(上井), 하정(下井)이라는 다섯 개의 샘이 있었기 때문이다.

성인학 일행은 다섯 개의 우물 중 중정으로 향하고 있었다.

적의 간계를 우려해 먼저 길을 올랐던 산돌이가 손을 번쩍 들었다. 곧 이어 반대 편에서 수돌이도 손을 들었다.

매복이나 기관 같은 게 없다는 이야기였다.

"너는 명아 소저와 함께 천천히 오너라. 내가 직접 확인을 해보겠다."

산돌이, 수돌이만으로 안심이 안 된다며 성인학은 봄을 날렸다. 용무늬 수놓아진 붉은 전포는 운룡포!

막상 집정대사도와의 일전이 다가오자 해원은 달라졌다. 입에도 꺼내지 못하게 하던 운룡포를 싫다는데도 억지로 입혀주었다.

그가 운룡포를 펄럭이며 중정이 바라다보이는 곳에 섰다.

호르르! 휘휘!

쇠돌이가 허공을 맴돌았다.

쇠돌이가 있는 곳 아래 이삼십여 명의 자들이 도열해 있었다. 그 가운데 나무로 짠 의자에 몸을 기대고 있는 자, 집정대사도!

집정대사도를 무심히 바라보며 성인학은 팔을 들었다. 쇠돌이가 그의 팔에 내려앉아 훌쩍 어깨로 뛰었다.

쇠돌이는 운룡포의 촉감이 좋았던 모양이다. 두 발로 번갈아 어깨를 툭툭 쳤다.

"이상한 점은 별로 보이지 않습니다."

수돌이였다.

"저쪽에도 이상한 건 보이지 않아. 또 독진(毒陣) 같은 걸 펼쳤나? 난 독이라며 질색인데."

혈점사에게 심하게 당한 적이 있는 산돌이는 몸서리부터 쳤다.

"어떤가? 집정대사도라는 작자 있어?"

경망스럽게 뛰어올라 오는 자는 엄둥이었다.

"왔군!"

그가 해쓱한 안색으로 소리쳤다.

"대사형, 정말 왔어요?"

해원 등도 올라왔다.

"생각보다 숫자가 많지 않군."

지연 작전을 펼치느라 성인학, 산돌이와 수돌이에 의해 유인들의 수도 꽤 꺾여 있었다. 천하를 꿈꾸던 자의 행렬치고는 너무도 초라했다.

"사질, 이리 오시게."

성인학이 위대용을 불렀다.

"해원, 너는 잘 들어라. 이번 싸움은 정말 장난이 아니다. 자칫 잘못하다가는 우리에게 누가 될 수 있으니 절대 싸움에 끼어들지 마라. 사질, 해원 사매와 명아 소저, 그리고 아나 아가씨, 저 두 분 내외를 잘 부탁하네."

"아니, 저는 싸우고 싶은데……."

위대용이 자신의 도갑을 손바닥으로 치며 눈을 뒤룩거렸다.

"아, 아! 그럼 너는 싸워. 이곳은 내가 지킬 테니."

엄둥이었다.

"그럼 엄 사형께 부탁을 드리겠습니다."

성인학은 머리를 숙였다.

그때 해원이 나섰다.

"대사형, 무협의 수적들과 싸운 후 제게 뭐라고 했어요? '원래 강호는 무정한 곳! 치기(稚氣)로 놀 수 있는 곳이 아니다. 네가 죽지 않으면 내가 죽는 곳! 따라서 지금 이상으로 피를 겁내지 말아야 한다!' 분명히 말씀하셨잖아요! 저도 싸울 거예요!"

"이번 싸움은 쉬운 싸움이 아니다."

"쉬운 싸움이 아니니 나도 나서야죠! 명아 언니도 싸워요. 아나도 같이! 그동안 호흡을 맞춘 삼재검진(三才劍陣)이 있잖아요. 삼재검진이면 저들 정도는 문제없어요!"

세 명이서 능글게 능글게 놀기에 성인학은 무슨 강강수월래라도 배우나 했다. 그런데 그녀들이 배웠던 것은 삼재검진이었다.

"알았어."

"당연히 우리도 싸워야지!"

명아와 아나가 해원을 중심으로 품 자 형으로 섰다.

"아니, 아니, 나는 대사형의 말이 맞다고 봐. 이번 싸움은 여자들이 나설 싸움이 아니다."

명아까지 나서자 놀란 수돌이.

"신라가 왜 강했는지 알아요? 여자들이 강했기 때문이에요! 신라의 여자들은 남자의 그늘에 만족하지 않았죠! 같이 싸웠어요! 나도 같이 싸울 테다! 엄 사형, 두려워하지 마세요! 우리가 지켜 드리겠어요!"

물러날 수 없다, 다부진 해원의 외침!

저 고집을 누가 꺾으랴.

"산돌아, 수돌아, 저기 있는 자들은 너희들이 맡아라."

성인학이 가리킨 자들은 오룡이었다.

"집정대사도가 내 상대가 아니었습니까?"

"코 찔찔 아이들 뭘 어쩌라구?"

산돌이와 수돌이가 가소롭다고 했다.

"사질, 사질은 해원이와 함께 유인들을 맡게. 공격해 오기 전에는 공격을 하지 말 것! 절대 무리하게 싸우지 말 것!"

"사숙이 내리는 명이니 따르겠지만… 솔직히 저도 불만입니다. 저런 애송이들과 싸우라니요. 저도 강호십대고수 중의 한 명이란 말입니다."

위대용이 투덜댔다.

"모두 긴장을 놓치지 마라! 집정대사도는 내가 맡을 것이다!"

성인학이 발걸음을 뗐다.

횡대로 서 있던 유인들이 종대로 나란히 섰다. 오룡들이 그 앞에 도열했다.

묵묵히 발걸음을 옮기던 성인학은 인상을 찌푸렸다.

얼굴이 관옥 같다고 해서 한때 강호인들은 그의 별호를 옥면마룡이라고 했다던가? 하지만 지금은 전혀 아니었다.

쭈뼛쭈뼛 치솟은 머리카락, 붉게 충혈된 눈, 거무칙칙한 피부, 이마 사이의 사악한 검은 기운… 눈빛과 미소는 광기로 가득했다. 옥면마룡이라는 별호와는 전혀 거리가 먼 추마(醜魔)의 모습… 집정대사도였다.

성인학 아닌 누구라도 집정대사도의 모습을 보면 입마(入魔)를 떠올렸을 것이다.

실제 집정대사도는 이미 온전한 정신을 잃은 상태였다. 성인학과의 결전에 대비해 약물을 과다 복용했기 때문.

성인학이 칠팔 장 거리를 좁혔을 때였다.

"죽여라!"

집정대사도가 음산하게 말했다.

차창! 창!

오룡들의 도검이 일제히 칼집을 떠났다. 유인들도 칼을 빼 들었다.

그들이 일제히 성인학을 향해 달려들었다.

"한 주먹도 되지 않는 것들이!"

"죽어!"

먹이를 노리는 호랑이처럼 성인학 앞을 뛰쳐나가는 그들은 산돌이와 수돌이였다.

캥캥캥! 캥! 캥!

정강산 중정의 고요함을 일순에 깨어버리는 요란한 소리.

산돌이와 수돌이, 오룡들이 어지럽게 뒤섞이며 도검을 주고받았다.

오룡의 목표도 유인들의 목표도 오로지 성인학이었기에 유인들은 오룡의 싸움에 눈길 한 번 돌리지 않았다. 성인학을 향해 그대로 달려왔다.

"아이들아, 너희들의 상대는 나다!"

위대용이 '어흥!' 고함을 지르며 유인들을 상대로 맞섰다. 그의 애병도 그의 사부처럼 칼 폭이 넓은 광도다. 그가 칼을 휘두르자 회오리 바람에 흙먼지 일 듯 흙먼지가 일었다.

"가요!"

해원 등이 위대용을 응원했다.

성인학은 잠시 싸움을 관망했다. 특별히 걱정할 일은 없을 듯했다. 자신의 실력이 늘어난 만큼 사제들의 실력도 꽤 늘어나 있었다.

그러고 보니 구주로 온 지 근 일 년, 쉬지 않고 들들 볶았으니 실력이 늘어날 만도 했다.

위대용, 해원 등도 걱정되지 않았다. 엄 사형이 먼 산을 바라보며 딴 청 부리고 있는 것을 보면 알 일이다.

성인학은 집정대사도를 향해 걸어갔다. 위대용과 싸우던 유인 중 몇 명이 몸을 빼 그를 덮쳤으나 모두 한 주먹에 쓰러졌다.

성인학이 다가오자 집정대사도는 이를 드러내며 웃었다. 그가 자리에서 일어났다.

그는 잠시 성인학을 묘한 눈빛으로 바라보았다. '귀하는 누구인가?' 하는 표정이었다. 하지만 눈동자에 성인학의 얼굴이 완전히 담기자 표정이 급변했다. 그의 인상이 갑자기 악귀처럼 일그러졌다. 숨소리도 거칠어졌다.

폭풍처럼 피어오르는 살기!

"카하!"

집정대사도가 뇌전처럼 쇄도했다. 불덩이처럼 타오르는 손바닥, 마교의 절학 삼양장이었다.

성인학은 이를 악다물었다. 장자영의 부탁이 어떻고, 입마가 어떻고, 모든 것을 잊었다. 싸움에 임하는 한 그는 최선을 다할 뿐이었다.

그의 손이 반원형을 그리며 일어나 가슴팍에 이르러 손가락 끝을 맞추었다. 그가 손바닥을 뒤집으며 좌장을 벼락같이 내밀었다.

파팟! 팟!

경기의 폭출.

권, 장, 지, 각, 고(股)… 성인학의 격체술(隔體術)이 화려한 빛을 발했다.

집정대사도의 권장 또한 귀신 불처럼 흐르며 맹위를 떨쳤다.

빠각! 빡! 빡!

주먹과 주먹, 장과 장, 팔뚝과 팔뚝이 부딪치며 중정을 들썩들썩 울렸다.

빠르기나 유연함에 있어 집정대사도는 성인학을 따라잡지 못했다. 그러나 그에겐 약물에 힘입은 가공할 공력, 혈정으로 물든 살조(殺爪)가 있었다.

성인학은 집정대사도의 보랏빛 손톱을 보고 이미 그가 독조(毒爪)로 무장했음을 알았다. 때문에 집정대사도의 왼손 공격에 대해선 일절 맞부딪치지 않았다.

독소로 손해 보는 부문에 대해서는 집정대사도가 도저히 따라오지 못할 발차기로 만회했다.

성인학과 집정대사도는 순식간에 수십 합을 겨루었다. 그들의 싸움은 천변만화로 터져 나오는 화려한 변초(變招) 대 일격필살 살초(殺招)의 싸움이었다. 해서 결과는 성인학의 일방적인 공격, 집정대사도의 수비!

집정대사도는 광기로 두 눈을 번뜩이며 성인학의 심장을 삼양장으로 한순간에 불살라 버릴 기회를 잡으려 했다. 그러나 성인학은 그 기회를 전혀 주지 않았다. 가면 갈수록 집정대사도의 손발을 더욱 꽁꽁 묶었다. 더해서,

펑! 펑! 펑!

격렬한 폭음은 장풍이었다.

"커억!"

마침내 집정대사도의 입에서 신음이 터졌다. 약물에 중독되어 별반 고통을 느끼지 못하는 몸임에도 고통을 느꼈다는 것은 제대로 한 방 꽂혔다는 증거.

분노로 집정대사도의 눈썹이 하늘 끝까지 치솟았다. 주춤 한 걸음 물러나는가 했더니 그의 손에서 빛나는 것은 검이었다.

쐐— 액!

천지를 양단하는 검광(劍光)!

성인학은 상대하지 않고 훌쩍 뒤로 물러났다. 그의 손에서도 검이 빛을 발했다. 손끝으로 가볍게 검을 놀리던 그가 허공으로 몸을 날렸다. 연이어 빛줄기처럼 쏟아지는 검광.

챙챙챙! 챙챙! 챙! 챙!

성인학이 보이는 검의 화려함은 권장보다 더했다.

일그러진 집정대사도의 얼굴이 더욱 일그러졌다. 반전의 기회를 잡고자 안간힘을 썼으나 성인학은 결코 용납을 않았다.

권장으로 겨룰 때와 전혀 변한 것이 없는 상황이었다. 아니, 오히려 더 나빠졌다.

성인학은 승기를 잡았다고 서두르지 않았다. 시종일관 천라지망으로 집정대사도를 압박했다.

악에 받쳐 씨근덕거리던 집정대사도의 표정에 변화가 오기 시작한 때는 백여 합을 훌쩍 넘겼을 때였다.

작은 충격도 쌓이면 큰 충격이 된다. 여기저기 몸이 통증을 호소하기 시작하자 그의 얼굴에 초조한 기색이 드러났다. 그 마음의 대가는 무리한 수!

그제야 성인학의 검도 달라졌다. 팔방풍우로 휘몰아치던 그의 검이 완만하게 느려졌다.

찰칵! 찰칵! 쩡!

검과 검이 서로 감겨 넘어가는 소리.

성인학은 지극히 단조로운 검법을 펼쳤다. 보법의 변화도 전혀 없는. 그렇지만 집정대사도는 검과 검이 부딪칠 때마다 몸을 움찔움찔 떨었다.

수를 늘일수록 더해지는 검의 무게! 태산의 무게였다.

뼈마디까지 울리는 통증에 집정대사도는 땀을 흘렸다. 퀴퀴한 냄새 나는 검은 땀이었다.

종내 성인학은 내려치는 자세 하나로 집정대사도를 공격했고, 집정대사도는 그 공격을 받아내지 못해 주춤주춤 뒷걸음질을 쳤다.

집정대사도의 눈빛이 흔들렸다. 공포!

급히 달아오른 불은 급히 꺼진다. 온 힘을 사용했기에 약물의 효력도 급격히 떨어지고 있었다. 해서 부지간에 생각나는 것은 다시 약물!

약물은 의자 곁 철함에 있다. 집정대사도는 온 힘을 다해 검을 그은 후 철함을 향해 몸을 날렸다.

검을 든 자가 등을 보이다니… 멋진 일전을 기대하던 성인학으로서는 한숨 나오는 일이었다.

그의 검이 빛을 발했다.

"악!"

집정대사도의 입에서 비명이 터졌다.

벌판을 가르는 불빛 하나로 명했던 그 한 초식이 철함을 잡은 집정대사도의 손을 정확히 꿰뚫고 있었다.

철함이 철컹! 땅바닥으로 떨어지며 속에 있는 내용물들을 쏟았다.

이런저런 문서, 약물이 들어 있으리라 생각되는 약병, 그리고…

해원이 고함을 질렀다.

"황금인형!"

황금인형이었다. 햇빛 속에 찬란한 빛을 발하는 인형!

혼망 중에도 황금인형의 중요성은 알았나 보다. 집정대사도는 한 손으로 황금인형을 잡고 또 한 손으로는 급히 약병을 잡았다.

성인학이 다가갔다.

엉덩이를 빼던 집정대사도가 이를 악물었다. 그가 왼손을 뿌렸다.

성인학은 '아차!' 했다. 집정대사도가 어떤 자인가. 한순간도 긴장을 늦추지 말아야 했는데…

거리가 너무 가까웠다. 급히 몸을 틀며 검을 떨쳤으나 집정대사도가 날린 암기를 모두 막지는 못했다.

집정대사도는 자신의 최후의 수가 먹히는 것을 보며 이를 드러내며 웃었다. 그러나!

그가 발출한 것은 왼손에 심었던 혈정이었다. 하지만 혈정은 성인학을 꿰뚫지 못했다.

치지직, 치직.

독무를 피우며 허공 중으로 사라졌다.

천잠사로 짠 운룡포 덕분이었다.

성인학은 굳은 표정으로 집정대사도 곁에 섰다.

"죽이세요!"

해원이 소리쳤다.

성인학의 검이 또 한 번 빛을 발했다.

"커악!"

집정대사도가 비명을 질렀다.

성인학이 자른 것은 집정대사도의 목이 아니라 손이었다. 혈정을 발출한 후 독기 때문에 급속히 썩어가고 있는 손.

성인학은 손을 내밀었다.

그가 황금인형을 잡았다.

집정대사도는 맥없이 황금인형을 놓았다.

황금인형이 성인학의 손으로 돌아갔다.

"사형, 저놈을 왜 그냥 두시오? 내가 죽이리까?"

산돌이와 수돌이도 싸움을 끝낸 상태였다. 산돌이가 다가와 말했다.

성인학은 고개를 지었다.

"저것들이나 없애."

그가 철함 속의 물건들을 가리켰다.

장자영의 부탁도 있었고 굳이 죽일 필요도 없었다. 그는 사시나무처럼 떨고 있는 집정대사도를 보며 집정대사도가 어떤 상태인지 알았다.

그가 벼락같이 집정대사도의 기해혈을 짚었다.

"헉!"

집정대사도는 배를 잡고 굴렀다.

독공(毒功)도 독공을 사용할 힘이 있어야 사용할 수 있다. 기해혈이 파괴되었으니 내성(耐性)을 잃어 독물을 사용한다면 이제 한 줌의 핏물이 되리라. 저 상태 그대로 한동안 폐인으로 뒹굴다가 죽을 게 뻔했다.

때문에 차라리 죽이는 게 더 나았다. 하지만 장자영의 부탁이 있었고 인명은 재천이라 했으니…….

성인학은 황금인형으로 눈길을 돌렸다.

울고 있는 아이, 정말 황금인형이었다.

"너 때문에 제법 고생을 했구나."

황금인형에는 고려의 기서, 선사가 있다.

그가 두근거리는 마음으로 황금인형을 살필 때였다.

"대사형, 이리 주세요!"

해원이 황금인형을 다급하게 빼앗았다.

"무슨 짓이냐?"

성인학이 노해 소리쳤다.

"귀엽잖아요. 대사형, 나 잠시 황금인형을 가지고 놀 테다."

땀 비질비질. 궁색한 해원의 변명.

어쨌든,

고려의 젊은 검호들 드디어 황금인형을 찾다!

황금인형, 주인을 찾다

현헌은 질풍처럼 달리고 있었다.

거지들의 모임, 개방이라는 곳의 정보력은 과연 대단했다. 마교의 잔당들로 보이는 자들을 찾았고 지금 그 뒤를 쫓고 있다고 했다.

거물급으로 보이는 인사도 몇 명 있다고 했으니 그곳에서 집정대사도라는 자를 만날지도 모르는 일이다.

이틀 전에 날아온 소식이었다.

"초토사, 조금 쉬었다가 갑시다. 아이들이 따라올 시간도 좀 주어야 할 것 아니오."

허선이었다.

현헌은 들은 척도 않고 속도를 더했다.

"사제, 허 대협의 말을 듣게. 마교의 인물들을 쉽게 생각해서는 안 되네. 머릿수에 의지해야 할 경우가 생길지도 모르지."

철심도 백영견이었다.

현헌은 백영견의 말도 듣지 않았다. 이번에는, 이번에는 반드시 황금인형을 찾아야 했다.

산과 물을 가로질러 엄청난 속도로 달리고 있었기 때문에 현헌을 따르는 자들은 십여 명에 불과했다. 허선, 이장무, 철주, 장하생 등.

상유강(上猶江)이 흐르는 고정(古亭)이란 곳에 이르렀을 때였다.

"잠깐!"

북지순찰 박룡개가 모두의 발걸음을 세웠다.

"이쪽이오! 결전(結傳)의 상태를 보니 멀지 않은 곳이오!"

그가 서남 방향을 가리켰다. 결전! 개방 방도가 걸어둔 표식을 본 것이다.

박룡개가 가리킨 방향으로 일 리를 달렸을 때였다.

선두를 질주하던 현헌이 발걸음을 멈추었다. 피를 흘리며 쓰러져 있는 서너 구의 시신, 개방의 방도였다.

마교도들에게 들켜 결국 변을 당했으리라.

피가 아직 굳지 않은 것으로 보아 적들은 멀리 가지 못한 듯했다.

방도들의 죽음에 분노해 욕을 해대는 박룡개를 뒤로하고 현헌 등은 다시 달렸다.

한 시진여를 더 달렸을까?

현헌은 보았다, 산허리를 급히 돌아가고 있는 한 떼의 자들을. 선두에는 두 명의 늙은이, 삼십여 명의 무사, 사인교……

"집정대사도라는 자가 있을 것 같소?"

허선이 물었다.

현헌은 눈살을 찌푸렸다. 행렬이 너무 초라했다. 적의 수괴 집정대사도라는 자가 있을 것 같지는 않았다. 또 헛다리를 짚었다는 말인가?

허선도 같은 생각이었다.

"어쨌든 가보아야겠지."

그가 이장무 등에게 눈짓을 했다.

일심당주는 하늘을 우러렀다. 비가 오려는지 바람과 구름의 변화가 심상치 않았다.

'오래 살았지.'

그의 고개가 서서히 꺾였다.

가슴에 깊이 박힌 것은 서슬 푸른 양인기형도! 현헌의 귀왕인이었다.

현헌이 귀왕인을 뺐다.

지밀원주 홍기균의 연락을 받고 뒤늦게 합류, 남만에서 재거(再擧)를 도모하려던 복수혈맹의 최고 원로 일심당주가 스르르 쓰러졌다.

정강산 중정에서 성인학 일행에 의해 세가 크게 꺾인 유인들, 파천결과의 일전에서 살아남은 화룡당의 당원들, 그들은 이미 허선과 이장무 등에 의해 제압된 상태였다.

핏물 뚝뚝 떨어지는 현헌의 귀왕인이 지밀원주 홍기균의 심장을 향했다.

홍기균의 안색이 창백하게 질렸다. 잠시 무엇인가를 생각하던 그가 고개를 들었다.

"알고 싶은 게 무엇이오?"

더 이상의 희망은 없다. 내일 없는 자리에 목숨을 건다는 것은 어리석은 일이다. 너무도 빠른 변절, 항복 선언!

“신분은?”

현헌의 싸늘한 질문.

“나는 복수혈맹의 문서와 기밀을 다루는 지밀원이라는 곳, 그곳의 원주요.”

문서와 기밀을 다루는 건 어떤 문파에서든 핵심적인 요직! 현헌의 눈빛이 빛을 발했다.

“저 안에는 누가 있는가?”

“집정대사도, 복수혈맹의 맹주, 귀하들께서 옥면마룡이라 부르는 자.”

홍기균의 말에 허선 등은 크게 놀라 급히 사인교를 포위했다.

중요한 사람이 타고 있으리라 생각했지만 자신이 그렇게 찾고 있는 집정대사도인 줄은 현헌도 몰랐다. 덮개 있는 사인교였으니 집정대사도의 식솔이나 여자일 것으로 생각했다.

“열어라.”

그가 귀왕인으로 사인교를 가리켰다.

홍기균은 고개를 끄덕였다. 그가 사인교로 다가갔다.

“초토사, 조심하시오!”

허선이 소리쳤다. 그는 사인교에 설치되었을지도 모를 기관 장치나 독을 두려워했다.

홍기균이 사인교에 쳐진 발을 걷었다. 사인교는 침묵 그대로였다.

현헌은 미간을 좁혔다.

어두운 사인교 안에 한 사내가 의자에 몸을 기대고 앉아 있었다. 하얗게 새어버린 머리, 쭈글쭈글한 피부, 해골처럼 앙상한 몸… 중병에 걸린 듯한 다 죽어가는 늙은이였다.

"누구를 바보로 아니! 옥면미룡! 도빌진 진후 놈을 찾기 위해 뿌려진 초상화, 용모파기만 해도 수만 장이었다! 우리가 얼굴을 모를 것 같으냐! 어디서 허튼수작을!"

허선이 고함을 질렀다.

홍기균은 식은땀을 흘리며 사인교의 덮개까지 열었다.

갑작스럽게 쏟아지는 햇빛으로 사인교 안에 있던 늙은이는 멍하게 주위를 둘러보며 눈을 깜박였다.

"자세히 보시오! 옥면마룡, 집정대사도가 맞소! 그는 독공을 익혔소! 기해혈이 파괴되어 공력을 잃은 탓에 독공의 후유증을 감당할 길이 없어 이렇게 급속히 노화가 찾아왔소. 정신도 오락가락하는 중이오!"

그가 집정대사도라 주장하는 늙은이의 옷을 벗겼다. 저승꽃처럼 여기저기 온몸에 핀 검은 반점들.

현헌은 유심히 그 늙은이를 바라보았다. 독공을 익힌 흔적도 분명히 있었고 기해혈이 파괴된 것도 맞았다. 젊었을 때 상당한 미남자이었을 것도 맞았고.

"기해혈이 파괴되었다고? 누구인가?"

"고려에서 왔다는 젊은 놈이오. 우리는 정강산에서 놈에게 당했소!"

"고려?"

현헌의 안색이 변했다. 떠오르는 자들이 있었다.

"노사의 제자들을 만났다는 말이군. 마교가 그들과 싸울 일이 뭐 있지?"

허선은 고개를 갸웃했다.

"설명을 하면 깁니다."

홍기균은 한숨을 쉬었다.

"황금인형은?"

고개를 숙인 채 현헌이 물었다.

"황금인형은 고려의 그놈들이 가져갔습니다!"

홍기균이 말했다.

현헌은 입술을 깨물었다. 고려에서 온 젊은 치들이 황금인형을 찾아 다닌다는 이야기를 들었을 때 좀 더 주의를 기울였어야 했는데…….

"그나저나 이자가 정말 천하를 공포에 떨게 했던 옥면마룡이 맞나? 믿어지지 않는군."

집정대사도의 너무도 초라한 몰골에 허선이 혀를 찼다.

"사형."

현헌은 백영견을 불렀다.

"더 알아낼 것이 있는지 확인해 주십시오. 뒤를 부탁하겠습니다."

그에게 있어 지금 가장 중요한 일은 황금인형을 찾는 일이었지 마교 소탕은 아니었다. 그가 급히 발걸음을 옮겼다.

"무슨 일입니까?"

자수(貲水)를 넘어 용당(龍塘)이라는 곳이었다. 누군가가 백영견에게 귀띔을 하고 돌아가는 것을 보고 현헌이 물었다.

"옥면마룡과 지밀원주라는 자가 죽었다고 하네."

백영견이 말했다. 사람을 심문하고 정보를 캐는 일은 개방의 방도들 이 더 잘하는 일이다. 해서 그는 현헌이 맡긴 집정대사도와 지밀원주 를 조사하는 일을 바로 북지순찰 박룡개에게 넘겼었다.

현헌은 눈살을 찌푸렸다.

"마교의 뿌리를 캐자면 꼭 필요한 자들인데… 너무 심하게 다룬 모양이군요."

"아닐세. 고문 때문이 아냐. 옥면마룡은 자결을 했어. 정신이 오락
가락하던 자라 방심을 했겠지. 그 틈에 어디서 날카로운 도자기 파편
을 구한 모양이야. 잠든 순간을 노려 지밀원주라는 자의 목을 땄고 자
신 역시 죽었어."

"오분육시할 놈인데… 놈에게 영광된 죽음을 주었군요."

"그런가? 나는 어떤 죽음이든 싸움판에서 죽지 못하는 죽음은 다 비
참한 죽음이라 생각하네, 강호인이라면. 아! 물론 놈을 동정해서 하는
말은 아니니 오해하지 말게."

현헌의 꽉 막힌 성격을 아는지라 백영견은 변명을 덧붙였다.

"그런데 사형, 그들은 아직도 제 뒤를 따르고 있군요."

"그들이라니?"

"구파일방의 사람들 말입니다."

현헌은 알고 있었다. 허선, 이장무 등 몇몇 구파일방의 쟁쟁한 고수
들이 자신의 뒤를 좇고 있다는 사실을.

"같이 일을 하자고 자네가 부탁했던 것 아니었나?"

"나는 마교 잔당들의 처단을 부탁했지 고려 놈들의 처단은 부탁하지
않았습니다."

"아! 그럼 그렇게 이야기하지, 이 일은 자네 일이니 나설 필요 없다
고."

"그 사실을 내 입으로 이야기해야 할 정도로 구파일방의 사람들이
눈치가 없는 사람들이었습니까?"

"쩝! 그래, 모르지는 않겠지. 자네가 마교의 잔당들이 아닌 황금인형
을 좇고 있다는 사실을."

백영견은 쓴맛을 다셨다.

"사제, 이제 이야기가 나왔으니 내 솔직히 물어봄세. 황금인형에 든 물건이 황금보전인가, 연왕 친모의 연서인가?"

돌연히 던진 질문이었다.

현헌은 흘깃 백영견을 바라보았다.

"알려고 해서 안 일이 아닐세. 장사꾼이라 앉아 있어도 듣는 이야기가 많지. 웬만한 사람들은 다 아는 이야기. 자네 곁을 붙어 다니기까지 했으니 모른다면 오히려 이상하지."

백영견의 말에 현헌은 고개를 끄덕였다.

"사형께서는 황금보전이라 생각하십니까, 연서라 생각하십니까?"

"나는 연서라 생각하네. 그 이유 아니고는 자네의 등장을 설명할 길이 없으니까."

"황금보전 운운… 그 이야기가 고려 놈의 입에서 나왔으니 그럼 고려의 그놈이 거짓말을 했다는 말이군요. 무엇 때문일 것 같습니까?"

"황금인형은 찾아야 하고, 적당히 댄다고 댄 핑계가 황금보전이겠지. 소국(小國)의 놈들이 대국(大國)의 황실 문제까지 간섭하려 했다는 사실이 드러날 경우 큰 곤란이 생길 테니까."

"일리가 있군요. 그런데 그 큰 위험을 자초하면서까지 소국의 놈들이 황금인형을 찾아 뛰어든 이유는 무엇 때문이라고 생각하십니까?"

"나는 고려의 상인들과 적지 않게 접할 기회가 있네. 때문에 고려, 정확히 말해 조선의 사정을 조금 알지. 고황제도 지금의 황상도 조선을 인정하지 않아. 국왕의 칭호를 사용하지 못하게 하고 인장(印章)도 내리지 않았어. 주청을 하러 오는 사신들까지 억압했지. 그런데 근래 사정이 좀 달라졌다고 하더군. 국왕의 고명(誥命)과 인장을 보냈다고 하년가? 다른 이유 때문이 아닐세. 연왕이 반란을 일으켰기 때문이지. 이 난국에 조선까지 들고 일어서면……. 조선은 만만한 나라가 아닐세. 만일을 걱정해서 회유정책으로 돌아선 것이지.”

“그런 사실이 있었군요.”

외교는 현헌이 잘 모르는 부분이다.

“어쨌든 사이가 좀 좋아지고 있는데 만약 황금인형 속에 든 연서가 터지면? 세상 잠잠해지면 그 일을 빌미로 다시 트집을 잡을지도 모른다고 조선에서는 생각을 했겠지. 해서 어떻게 했겠나? 사람을 보내 연서를 찾아 없애 버릴 것!”

“없애?”

현헌은 눈을 치켜떴다.

“아니, 어쩌면 없애지 않았을 수도 있지. 연왕의… 연왕의 승리를 생각한다면.”

백영견의 생각이었다. 사실과 정확히 일치하지는 않지만 사건의 본질은 정확히 꿰뚫고 있었다.

“연왕의 승리 운운이 아니더라도 사실 나는 없애지 않았을 가능성에 더 큰 비중을 두네. 황금인형을 찾아 여기로 온 고려의 젊은 검호! 어찌 되었든 명령을 따르는 자들. 그 중대 사안이 담긴 문서를 저희들 멋대로 처리하지는 못할 것일세. 일단 제 나라로 가져가 책임자에게 보이는 게 정상적인 수순이겠지.”

없앴을 수도 있다는 말에 현헌이 너무 실망스러운 표정을 보이기에 위로도 할 겸 덧붙인 말이었다.

“사형의 말대로 소국의 놈들이 너무 건방지군요. 놈들은 언젠가 혹독한 대가를 치를 것입니다.”

현헌은 입술을 깨물었다.

"사제는 고려가 왜 누천년 저 자리를 버티고 있는가를 먼저 생각해 보아야 할 것일세. 혹독한 대가를 치르게 하려면 그 이상의 대가를 내놓아야 할 걸세."

"알겠습니다. 생각해 보지요."

딴 나라 일까지 생각하기에는 아직 현헌, 그의 길은 멀었다.

"아! 방금 자네 구파일방 사람들이 왜 뒤를 따르고 있는지 모르겠다고 물었지?"

"예."

"이야기를 하다 보니 이유를 알겠군. 황금보전!"

"무슨 말씀이십니까?"

"그들은 모를 것 아닌가, 황금인형이 숨기고 있는 진짜 비밀을. 황금인형 하면 황금보전일 테니 지밀원주 그 작자의 말에 귀가 번쩍 했겠지! 자네를 따라가면 황금보전을 찾을 수 있다! 강호의 명숙들도 비급에는 눈이 도는 법일세."

"그럴 수 있겠군요."

"저들을 어떻게 할 참인가?"

"어떻게 했으면 좋겠습니까?"

현헌이 되물었다.

"그냥 내버려 두세. 황금인형의 숨겨진 비밀… 웬만큼 세상에 공개된 일이니 명숙들도 알 터이고 명숙들이 아는 이야기니 그들도 곧 알게 되겠지. 좀 일찍 알려지게 된다는 것 외에 특별히 손해 볼 일은 없다는 게 내 생각일세. 그리고… 나는 솔직히 조금 걱정이 되네."

백영견이 뒤를 흘깃 바라보았다.

그늘의 뒤에는 금산오교가 서 있었다.

"장백노사라고 자네 들어본 적이 있나?"

"몇 번 들었습니다."

"엄청난 고수일세. 전대의 절정고수 강호오왕들을 능가하는! 지금 황금인형을 가지고 있는 고려의 검호들이 그 노사의 제자들일세."

"제가 이기기 힘들다고 생각하십니까?"

"만약을 생각하자는 것이지. 금산오교 저자들로서는 힘들지 않는가. 결국 자네와 나인데… 솔직히 나는 자신이 없네. 노사의 대제자는 구걸왕과 겨루어도 밀리지 않았다고 하니. 해서 정 급할 경우 우리 뒤를 따르는 구파일방 문도들의 힘을 빌릴 수도 있다는 게 내 생각일세. 팔은 안으로 굽지. 아무려면 저들이 우리를 모른 척하겠나."

백영견의 생각이었다. 성인학을 통해 현헌을 제거하겠다는 구걸왕의 생각을 전혀 알지 못했기에 할 수 있는.

"사형이 그렇게 생각하신다면……."

패배를 생각했기 때문이 아니다. 자존심이고 뭐고 따질 단계가 아니었다. 이번이 마지막!

"그런데 나는 또 이해할 수가 없군. 그들이 왜 북로(北路)를 택했는지?"

성인학 일행의 행로는 개방 방도들에 의해 백영견에게 보고되고 있었다.

구걸왕이 현헌에게 협조하기로 한지라 그러려니 하고 백영견은 별 생각 없이 정보를 받았지만 그 이면에도 속히 성인학과 현헌을 부딪치게 하려는 구걸왕의 심계가 있었다.

"바닷길을 택하면 더 빠를 텐데… 역시 산중의 강자는 물을 두려워

함이 맞는가?"

그는 성인학이 해로를 두고 육로를 택함을 이해 못했다.

"어쨌든 곧 만나겠지요."

현헌은 귀왕인을 수평으로 잡았다.

상대가 엄청나게 강하다고 하니 이제 모든 생각을 접을 것!

남은 이야기는 모두 귀왕인의 몫이었다.

현헌은 귀왕인에 힘을 실었다. 귀신 울음 같기도 한 묘한 소리를 내며 귀왕인이 도신을 시퍼렇게 빛냈다.

2

성인학 일행이 탄 돛단배는 십여 명이 타기에는 너무 좁은 배였다. 제법 쓸 만한 배는 군용(軍用)으로 모두 징발된지라 이만한 배를 얻은 것만도 다행이었다.

이틀을 돌아다닌 끝에 구한 배다. 잘못 걸리면 적의 위장 선박으로 오인을 받아 물귀신이 되기 딱 좋다느니 병사들에게 걸리면 뺏길지도 모른다느니… 징징 우는 사공을 달래느라 꽤 많은 돈도 들였었다.

어쨌든 배는 지금 망망대해 같은 장강을 가로지르고 있었다.

성인학은 뱃머리에 서 있었다.

명아, 아나와 함께 옹기종기 앉아 잣을 까먹고 있던 해원이 일어났다. 그녀가 성인학의 곁에 섰다.

"대사형, 잣 먹어요."

성인학은 꼼짝 않았다.

“봄바람이 참 좋죠?”

해원이 가슴을 펴며 은근슬쩍 성인학의 몸에 어깨를 기댔다.

성인학은 뒷짐을 진 채 장강의 물굽이만 바라보았다.

“대사형, 아직도 화가 풀리지 않았군요. 스승님이 시킨 일이라고 했는데도…….”

미안했다. 고려의 기서 운운 거짓말을 한 것. 미안했지만 어쩔 수 없었던 일 아니었냔 말이야. 거짓말을 하게 만들 수밖에 없었던 무공광 대사형 스스로를 탓해야지.

“스승님도 노망이 들었지, 어떻게 이런 일을 일이라고 시켜! 우리가 황길중이라는 늙은이의 종인가! 황길중, 그 늙은이도 그렇다! 제가 저지른 일 제가 수습해야지 왜 스승님을…….”

산돌이었다.

“시끄러워요!”

해원이 산돌이의 말을 잘랐다.

“북풍회주 이름까지 왜 들먹여요? 듣는 사람도 있잖아요! 눈치가 쥐처럼 빨라 우리말로 해도 알아들을 건 알아들을 것이란 말이에요!”

그녀가 눈짓으로 엄둥을 가리켰다.

엄둥은 슬쩍 얼굴을 돌리며 고슴도치처럼 몸을 웅크렸다. ‘쥐’라는 고려의 말은 알아들었다. 아하! 잣을 너무 많이 먹어 쥐 운운 욕을 하는구나 생각해서 세 알, 네 알 먹던 잣을 한 알씩 냠냠거리며 주위 눈치를 살폈다.

그런데 그 모습이 영락없는 쥐였으니… 문득 측은한 마음이 들어 명아는 자신이 먹던 잣을 엄둥에게 다 주었다.

“어디에서 뺨 맞고 화풀이하는 거야? 화낼 자격은 사형만 있는 게 아니다!"

산돌이가 화난다며 배를 굴렀다.

배가 거세게 흔들리자 사공이 '아이고! 내 배 부서지오!' 하며 비명을 질렀다.

"어이! 산돌 군, 이제 그만 하시게. 해원이가 누누이 말했지 않는가, 조선의 외교 문제도 달려 있었다고. 두 나라 사이에 자칫 싸움이 일어날 수도 있는 일을 막았으니 그것으로 만족해야지. 암! 역사는 우리를 이렇게 기록할 것이다! 그들로 인해 세계는 조용했다고!"

잉? 웬일인가, 수돌!

그가 산돌이처럼 투덜거리지 않는 데는 이유가 있었다. 고려의 기서, 선사는 찾지 못했지만 다른 것은 찾았다. 오, 오! 내 사랑, 명아.

평생의 반려자를 찾았으니 구주 여행이 그로서는 대성공이었다. 화를 낼 이유가 없었다.

"나는 이방원 그 자식이 명나라에 꼬리 흔드는 꼴을 도저히 보지 못하겠다! 사형, 싸워야 좋은 것 맞지요? 하니 싸울 핑계가 될 수 있도록 황금인형을 응천부 놈들에게 주고 갑시다!"

사형과 마음을 맞추어본 게 이 얼마만의 일인가. 그가 신뢰 가득한 눈빛으로 성인학을 바라보았다. 그러나!

"시끄럽다! 전쟁이 아이들 장난이더냐! 말끝마다 전쟁, 전쟁 하게!"

벼락같은 고함.

산돌이는 놀라 자라처럼 목을 움츠렸다.

"그래, 연왕에게 황금인형을 주겠다는 네 생각은 변함이 없는 게냐?"

성인학이 문득 물었다.

"생각해 봐요, 누가 황금인형을 가장 그리워할지. 북풍회주의 마음
도 연왕에 못지않겠지만… 회주는 윗사람이잖아요. 양보해야 한다고
생각합니다."

결국 만화군주의 생각대로였다. 황금인형은 연왕에게!

"그럼 도대체 우리는 뭐냐고? 수고한 대가가 아무것도 없잖아! 녹여
서 엿이나 사먹자."

"시끄럽다고 해도!"

성인학의 고함에 산돌이는 다시 움찔 고개를 숙였다.

"연왕의 어머니에 대한 애정이 그토록 깊다고 하니… 어머니의 나
라에 대한 애정도 없지는 않겠지요. 대사형, 나는 연왕이 황금인형을
보며 가끔 우리 나라를 생각하리라 생각합니다. 해서 그가 구주의 패
자가 된다면… 황금인형을 주어 우리에게 나쁠 일은 더욱 없죠."

"잘 생각했다. 이런저런 이유를 떠나 인정이 호소하는 자리가 그 자
리이니 황금인형은 연왕에게 가야겠지."

"안에 든 연서는 회주에게 줄 생각이에요. 원래 그 편지는 회주에게
가야 할 편지가 맞으니까요."

연왕을 만나고 북풍회주를 만나야 했기에 가는 길이 북로(北路)였다.

"그렇게 하자꾸나. 그런데… 솔직히 섭섭하기는 무척 섭섭하구나.
얼마나 찾았던 선사인데……."

성인학은 쓴맛을 다셨다.

"나는 선사에서 고려 무학의 원류(原流)를 찾고 내 심인검의 뿌리를
넓힐 생각이었다. 기대에 차서 잠도 제대로 자지 못했지. 그런데 그 모
든 이야기가 거짓이었다고 하니……."

"죄송해요."

헤인이 할 수 있는 말은 미안하다는 밀 외에는 없었다.

"아쉬움이야 크지만 원래 없는 선사, 애석해한다고 생길 것도 아닌 일. 또 선사는 얻지 못했지만 다른 얻은 것은 많다. 전대 태상령인 실명노승을 만났고 구걸왕을 만났고 하후은이라는 친구를 만났다. 심인검이 어찌 하늘에서 뚝 떨어졌겠느냐? 구주의 산과 들이 내게 준 것이 있으니까 심인검을 깨달을 수 있었지."

'아이고! 화상아, 진작 그렇게 말했다면 내가 애 태우지 않았을 것 아냐!'

속으로 쾌재를 부르며,

"아! 대사형의 생각이 그랬군요. 그런데 왜 대사형은 계속 화난 표정을 짓고 있었죠? 말도 하지 않고… 전 죽고 싶은 마음이었단 말이에요."

해원은 눈을 흘겼다.

"누가 화를 냈다는 말이냐? 생각할 게 좀 있었을 뿐이다. 나에 대해. 나는 스승님께서 왜 거짓말까지 해가며 나에게 이 일을 맡겼는가를 생각했다."

"스승님 당신의 제자잖아요. 가장 가까운 곳에 있는 사람이니 일을 맡겼지. 거짓말을 한 건 대사형이 무공 외에 관심을 두지 않기에 그랬었고."

"그럴까? 아니다. 나보다 무공이 더 뛰어나고 머리 좋은 사람 우리 땅에 많다. 누가 스승님의 청을 거부하겠느냐. 나라 일도 걸려 있는데. 다른 사람에게 일을 맡길 수도 있었지. 그런데 스승님께서는 내게 일을 맡겼다."

"무슨 말을 하고 싶은 거예요?"

해원은 눈살을 찌푸렸다.

"나는… 그런 놈이었던 것이다. 무공밖에 모르는. 해서 스승님께 거짓말까지 시키게 만드는……."

성인학이 갑자기 스스로를 욕했다.

"스승님께서 나를 구주에 보낸 이유는 간단하다. '보라, 네 하는 꼴을!' 그래, 나는 중요한 것을 잊고 있었던 거야."

그가 한숨을 쉬었다.

"심인검도 깨닫고 저기, 저… 나이가 차면 혼인을 해야 한다는 것도 깨닫고… 중요한 건 다 알았잖아요. 더 중요한 게 있었어요?"

해원의 물음에 성인학은 대답하지 않았다. 강바람에 표표히 머리카락만 날렸다.

해원은 초조한 마음에 발을 굴렀다.

개구리 뛰는 것은 알아도 대사형 뛰는 것은 예측하지 못하는 바, 덜컥 엉뚱한 이야기를 꺼내지 않을까 겁이 났다. 슬기롭게 이 난국을 헤쳐 나가야 하는데 무슨 생각을 하는지 전혀 알 수가 없으니…….

"수돌 사형, 술 줘!"

답답한 마음에 술 한잔하려 할 때였다.

"저건 뭐야?"

산돌이가 손가락을 들었다.

"군선(軍船)이군."

수돌이가 말했다.

군선 중 검선(劍船)이었다. 거함(巨艦)을 호위하며 거함을 오르는 적, 물에 빠져 허둥거리는 적들의 목을 베는 배.

기동성이 생명이라 배의 크기가 작은데 지금 불쑥 나타난 검선은 중

형급으로 컸다. 주함(主艦)을 호위하는 검선들 가운데 대장선인 듯했다.

검선이 속도를 자랑하며 장강의 물살을 힘차게 갈랐다. 성인학 일행이 탄 배를 향해서였다.

"아이고! 왜 우리에게 와?"

사공은 파랗게 질려 허둥댔다. 그 순간 또 한 척의 배가 나타났다. 쾌선(快船)이었다.

쾌선 역시 뱃머리가 향하는 곳은 성인학 일행이 탄 배였다.

성인학은 팔짱을 낀 채 검선의 뱃머리를 바라보았다. 금의를 펄럭이며 한 사내가 서 있었다.

성인학은 직감으로 그가 누구인지 알았다. 엄 사형이 그토록 떠들던 자, 현헌!

황금인형의 숨겨진 비밀을 모두 알았으니 이제 응천부에서도 왜 황금인형을 찾고 있는지도 알았다. 그렇지만 이렇게 끈질기게 추격을 해오리라고는 생각을 못했다.

"현헌이라는 자야! 현헌이라는 자!"

엄등 역시 생각을 못했던지라 호들갑을 떨었다.

성인학은 굳은 표정으로 생각에 잠겼다.

해원이 다가왔다.

"대사형, 중요한 건 증거예요! 떠들어 제 입 더러워질 이야기를 증거조차 없는데 떠들겠어요?"

그녀는 성인학이 황제의 특사(特使)를 칠 것인가로 고민하고 있다고 생각했다.

현헌을 친다는 건 곧 황제를 친다는 것! 아주 큰 문제다. 그러나 치지 않아도 문제다. 고려인들이 황금인형에 직접 개입까지 했다는 걸 알고 있노라 하며 트집을 잡을 게 뻔했다. 그럴 바에야 황금인형을 굳게 숨긴 후 우리는 그 일에 대해 전혀 모른다라고 말하는 게 낫지.

밝힌 대로 증거도 없으면서 소국을 상대로 자신의 치부를 까발리는 짓은 하기 힘들 것이라는 생각이었다.

"증거를 없앤다 하면… 오늘 일을 아는 모든 자를 죽이란 말이군."

"그건……."

해원은 딱 부러지게 대답을 못했다. 살인멸구 이상 확실한 증거 인멸은 없었다. 하지만 일을 위해 생사람을 잡을 만큼 그녀의 마음이 독하지 못했고 지켜보는 사람 또한 너무 많았다. 현헌 일행뿐만 아니라 다른 자들도 있었다.

"저자들은 여기 웬일이야?"

엄둥이 이마에 주름살을 그렸다.

검선을 뒤쫓던 쾌선! 갈고리를 던져 검선에 배를 붙이고 있었다. 그리고 한두 명씩 검선으로 몸을 날렸다.

허선, 이장무, 철주, 운악, 장하생… 구파일방의 고수들이었다.

"이장무, 나야, 나!"

엄둥이 토끼처럼 뛰며 손을 흔들었다. 그가 굳이 고함을 지르며 이장무를 아는 척한 데는 이유가 있었다. 현헌이라는 자, 생각 이상으로 엄청나게 강했다. 냉랭한 기파가 장강의 물결을 멈추게 할 정도였다.

현헌이라는 자도 강한데 구파일방까지 현헌이라는 자를 거들면… 아무리 날고 뛰는 노사의 제자들이라 하더라도 승리는 힘들었다.

같이 떼죽음을 당할 걱정이 되었으니 우선 '나 이 편 아니야!' 알아

달려가 이장무에게 고함을 쳤던 것이다.

엄등의 경박함이 그와 같았으나 사람을 보는 눈에 있어서는 과연 고수였다. 성인학이 굳은 표정을 짓고 있는 것은 황제의 특사를 치고 어쩌고 때문이 아니었다. 그도 엄등처럼 현헌의 기파에 놀랐었다.

황실의 인물에 환관… 대단해 봐야 얼마나 대단할까 하는 마음이 그도 있었던 것이다. 그런데 아니었다. 집정대사도 이상으로 강해 보였다.

해원만이 모를 뿐 산돌이와 수돌이도 알고 있었다. 집정대사도가 얼마나 강한지! 좀 체 그들의 얼굴에서는 찾기 힘든 긴장이라는 표정이 떠나지 않고 있음을 보면 알 일이다.

"이장무, 나야, 나!"

성인학의 눈치를 힐끔힐끔 보며 엄등은 다시 손을 흔들었다.

이장무는 엄등을 모른 척하며 허선 등과 함께 좌현(左舷)에 도열했다.

성인학을 묵묵히 바라보고 있던 현헌이 손을 들었다. 줄사다리가 성인학이 탄 배로 주르르 내려갔다.

"너희들은 여기 있거라."

성인학이 단번에 뱃전으로 뛰어올랐다.

"움직이지 마!"

배에 있으라고 했지만 걱정이 되어 산돌이와 수돌이도 뱃전으로 뛰어올랐다.

"언니, 아나, 다른 데 가면 안 돼."

결국은 해원까지 뱃전에 올랐다. 오를까 말까 하던 엄등도 결국은 뱃전으로 올랐고.

성인학과 현헌은 서로를 마주 보며 서 있었다.

그 누군가가 곁에서 살짝 손가락으로 퉁기기만 해도 펑 폭발해 버리고 말 것 같은 팽팽한 긴장감! 시작부터 예사롭지 않았다.

대화도 바로 본론이었다.

"황금인형은?"

"내가 가지고 있소."

성인학의 말이 떨어지자마자 고물에 서 있던 금산오교가 일제히 움직였다.

산돌이와 수돌이가 그들을 가로막았다.

"소국의 놈들이 어디서 감히!"

금산오교의 넷째가 신화총을 겨누었다. 순간 수돌이의 비표가 날아갔다.

"악!"

수돌이의 비표에 손을 관통당한 넷째가 신화총을 떨구며 비명을 질렀다.

금산오교가 달려들었고 기다렸다는 듯 산돌이와 수돌이도 달려들었다.

챙! 챙! 챙!

갑판에 칼바람이 세차게 불었다.

백영견은 안색을 찌푸렸다. 승부는 자신이 예측한 그대로였다. 금산오교가 용과 호랑이 같은 장백노사 제자들의 적수가 될 수는 없었다.

그는 퍼뜩 현헌을 바라보았다. 현헌은 움직이지 않았다. 묵묵히 성인학만 바라보고 있었다.

그가 허선 등을 향해 시선을 돌렸다. 허선 등은 먼 산의 불 구경하듯

딴청만 부리고 있었나.

'손을 섞기에 너무 가소롭다는 뜻인가?'

잠깐 사이에 금산오교 중 넷째가 쓰러졌고 둘째와 막내도 곧 쓰러질 판인데 허선 등은 전혀 움직일 생각을 않고 있었다. 현헌에 의해 차출되어 검선을 몰던 수병(水兵)들은 있으나마나. 창백하게 질린 안색으로 한곳에 모여 오들오들 떨고 있었다.

나설 자는 자신뿐이었다.

장백노사의 제자들을 상대한다는 것! 실력 고하를 떠나 썩 내키지 않는 일이다. 하지만 이왕 현헌을 돕기로 했으니… 그가 몸을 뽑았다.

그때였다.

"철심도는 멈추시게!"

냉랭한 고함, 허선이었다.

백영견은 어리둥절한 눈으로 허선을 바라보았다.

"구걸왕의 명일세. 이 싸움은 초토사와 장백노사 제자들 간의 싸움이니 그 누구도 간여하지 말 것! 구걸왕의 명을 어기는 자가 있다면 그 자는 곧 우리의 적일세!"

아니, 이게 무슨 말인가? 백영견은 자신의 귀를 의심했다.

"커억!"

"컥!"

그사이 금산오교는 산돌이와 수돌이에 의해 깨끗이 정리되었다. 비록 현헌으로부터 몇 수 배웠다고는 하나 이류배들에게나 먹힐 수법이었지 현문(玄門)의 거장(巨匠)을 사사한 산돌이와 수돌이의 실력에 비하면 하늘과 땅 차이였다.

금산오교의 패배는 일도 아니었다. 백영견은 아직도 멍한 눈빛으로 허선을 바라보고 있었다.

"황제에게는 황제의 법이 있고 강호에는 강호의 법이 있네! 강호의 법은 진검(眞劍)으로 말할 것!"

그가 검을 빼 들었다.

"허 대협, 대협께서는 우리를 돕기 위해 이곳에 온 것이 아니었습니까?"

백영견이 황당해하며 물었다.

"철심도, 구걸왕께서는 분명 말했네. 만약 철심도가 계속 황제의 법을 따르겠다고 하면 강호의 법에 따라 그를 베라고! 여기는 강호인들의 땅! 황제가 발을 붙일 곳은 없다!"

탁! 허선이 검을 현측판(舷側板)에 꽂았다. 검이 묘한 소리를 내며 파르르 떨었다.

백영견은 돌변한 사태에 어쩔 줄을 몰라 했다. 무슨 말을 꺼내야 할지도 잘 몰랐다.

"자네는 영리한 자이지. 앞뒤 가려 행동하리라 믿네."

운악이 말했다.

백영견은 인상을 찌푸리며 고개를 떨구었다.

"황제의 분노가 두렵지 않습니까?"

"두렵지 않다면 거짓말이겠지. 하지만 장강은 말을 하지 않네. 예로부터 비밀을 파묻기에는 딱 좋은 곳이지."

허선의 말, 살인멸구!

실제 그는 자신의 의지를 증명했다.

"죽이게!"

허선의 말에 운악과 장하생이 움직였다.

"으악!"

"악!"

여기저기서 터지는 비명.

검선을 몰던 수병들의 비명이었다.

"무엇 때문입니까? 연왕의 편이기 때문입니까?"

백영견이 악에 받친 목소리로 물었다.

"아닐세."

허선은 고개를 저었다.

"장백노사와의 인연 때문입니까?"

"아닐세."

"그럼 뭡니까?"

"그는 강호를, 강호인들을 모욕하려 했어. 다른 이유는 구걸왕께 직접 듣게."

그 말을 끝으로 허선은 입을 굳게 닫았다.

백영견은 어금니를 깨물었다. 그가 현헌을 향해 시선을 돌렸다.

현헌은 웃고 있었다.

경험 부족이란 바로 이런 것을 말하는 것이군. 사람에 대해, 일에 대해 좀 더 진지하게 판단하고 행동해야 했었는데. 완전 뒤통수를 맞았군. 하지만 어쩔 것인가, 이미 벌어진 일!

"황상의 명으로 대역도들을 참하겠다."

그의 귀왕인이 귀기(鬼氣)를 뿌리며 칼집을 빠져나왔다.

허선이 턱짓을 했다.

고뇌하는 백영견을 철주가 잡았다.

철주의 손에 이끌려 백영견도 고물에 섰다.

산돌이와 수돌이, 해원과 엄둥도 후미 좌우 현측판에 각기 서 있었다.

이물에 선 자는 현헌, 그 앞 이 장여 떨어진 자리에 성인학!

싸움은 그들이 만난 그 순간 이미 시작된 상태였다.

금산오교를 구하러 현헌이 나서지 못한 이유는 기파의 흐트러짐을 걱정했기 때문! 틈을 보인다면 승부는 바로 끝이었다.

현헌은 공력을 더욱 끌어올렸다. 심장이 쿵쾅거리는 소리와 함께 이명이 찾아오기 시작했다.

그는 자신이 급속히 마력(魔力)에 빠져들고 있음을 알았다. 하지만 이번에는 그 힘을 사용함에 전혀 망설임이 없었다.

'모두 죽일 것이다!'

피가 더욱 끓기를 바랄 뿐이었다.

성인학은 눈을 지그시 감았다. 폭풍처럼 밀려드는 마기(魔氣)! 가장 힘든 승부가 되리라 예감했다.

비로소 그의 검이 검집을 떠났다.

검기(劍氣)가 화산처럼 폭출할 단 몇 합! 그 찰나의 순간이 모든 것을 결정할 것이다.

성인학은 눈을 떴다.

성인학의 눈과 현헌의 눈이 부딪쳤다. 그 순간, 그들이 움직였다.

콰쾅! 쾅! 쾅! 펑!

천지를 난타하는 폭음.

장강의 물결이 삼 척이나 치솟았다. 갑판도 순식간에 박살 나며 배가 기울었다.

그리고 침묵!

현헌과 성인학은 원래 그 자리에 서 있었다.

고오오오오……

시간까지 삼켜 버리는 듯한 엄청난 경기의 압박.

두 사람의 내공을 견디지 못해 배가 서서히 가라앉고 있었다. 장강의 물결이 배 안으로 넘실거릴 때였다.

'혁!'

허선 등은 놀라 눈을 둥그렇게 떴다. 귀왕인에서 파랗게 피어나는 불꽃, 도강(刀罡)!

도검이 흘렀다.

경천동지의 한 합이 될 것이라고 생각했지만 도검의 움직임은 봄날 살짝 스쳐 가는 바람보다 더 가벼웠다.

광란의 태풍이 몰아친 것은 그 직후였다.

우르르! 콰쾅!

장강의 물결이 하늘 끝까지 치솟아 폭우로 쏟아졌다.

그리고 다시 정적!

성인학과 현헌은 서로 어깨를 맞댄 채 서 있었다.

아무도 가까이 가지 못했다.

먼저 움직인 사람은 성인학이었다. 그가 어깨로 현헌의 어깨를 밀었다.

현헌은 고통으로 눈썹을 꿈틀거렸다. 가슴에 꽂힌 검은 성인학의 검!

성인학이 검을 뽑자 피분수를 뿜으며 현헌은 털썩 쓰러졌다.

성인학의 부상도 만만치 않았다. 귀왕인이 핥은 상처로 가슴에 뼈가 보일 정도였다.

"대사형……."

해원이 울먹이며 달려올 때였다.

산돌이와 수돌이, 허선 등이 일제히 검을 잡았다. 죽은 줄 알았던 현헌이 벌떡 일어났기 때문이다.

현헌은 강시처럼 뚜벅뚜벅 뱃머리를 향해 걸어갔다. 그가 무너지듯 주저앉았다.

"황상이시여."

광기로 이글거리던 그의 눈빛에 잠시 애상에 잠겼다. 그리고 그는 더이상 움직이지 않았다. 그의 충정만큼 뜨거운, 붉은 피만 콸콸 쏟았다.

"버러지보다 못한 관리 놈들이 태반인데… 그의 황제에 대한 마음 하나만은 알아주어야겠군."

허선이 혀를 찼다.

"뒷걱정은 하지 마시오. 구걸왕께서 뒷일은 모두 책임을 진다고 하셨소. 아! 적선(敵船)의 요격을 받았다고 해도 되겠군. 어쨌든 여기는 걱정 말고 무사히 갈 길이나 가기 바라오."

그가 성인학을 향해 포권했다. 고려 무학에 대한 질투심으로 한때 성인학을 경원시한 적이 있었다 하지만 오늘 직접 성인학의 무학을 본 후에는 성인학을 대함이 달라졌다. 그 높은 경지에 무릎을 꿇지 않을 수 없었다.

"사, 사매, 이, 이것을 써. 기회 있을 때 처, 천산에서 보자구."

이장무가 해원에게 건넨 것은 금창약이었다.

"철주!"

허선이 철주를 향해 눈짓을 했다.

철주가 자신이 타고 왔던 배로 뛰어내려 갔다. 그가 나한권으로 검선의 바닥을 사정없이 찍었다.

성인학과 현헌의 일전으로 가뜩이나 일그러져 있던 터라 차고 들어오는 물로 검선은 이내 기울었다.

허선이 이장무 등에게 눈짓을 했다.

이장무 등이 현헌과 금산오교, 수병들의 시신을 선내(船內)에 넣었다.

그들은 각기 자신들이 타고 온 배로 돌아갔다.

검선이 포말을 일으키며 장강에 묻혔다.

그 길이 옳았든 틀렸든 황제를 위해 가장 피눈물을 흘렸던 현헌! 이제 그 누가 현헌을 기억해 줄 것인가?

무정한 강호여.

하지만 장강은 울지 않았다. 예전처럼 소리없이 흐를 뿐이었다.

3

동창에서 대패를 한 후 연왕은 북평으로 돌아갔다. 의기소침해 있던 그가 다시 일어난 때는 건문 삼년 이월.

제문을 지어 장옥 이하 전몰 장병을 제사하고 필승의 의지를 다진 후 드디어 세 번째 군단을 이끌고 남진(南進)을 시작했다.

호타하(滹沱河)에서 성용이 이끄는 황군과 만난 그는 일진일퇴의 대공방전을 벌인다.

흙먼지가 천지를 뒤덮는 악천후 속에서 벌어진 전투에서 바람을 등에 진 그의 군대는 점점 유리한 고지를 점했고 마침내 성용이 이끄는 황군을 패퇴시켰다.

윤 삼월, 고성(藁城)에서 오걸(吳傑)이 이끄는 황군과 부딪친 연왕은 솔선해서 선두로 나섰다. 비 오듯 쏟아지는 화살을 뚫고 적진을 향해 돌진한 그의 용맹 덕에 오걸의 군대는 크게 패하고 진정(眞定)까지 쫓거렸다.

적군의 사상자 육만여, 잡은 적장만 해도 수명, 포획한 군수 물자만 해도 산더미 같았다.

고성에서 대승을 거둔 연왕과 그의 군대는 진정에서 사백여 리 떨어진 대명(大名)으로 진격했다.

연왕은 그곳에서 연패의 책임을 지고 황자증과 제태가 관직에서 물러났다는 소문을 듣고 황제에게 서신을 보낸다.

성용, 오걸, 평안 등 제군(諸軍)을 국도(國都)로 소환하십시오. 그렇지 않으면 전투는 끝나지 않을 것입니다.

말은 정중했지만 거의 강압적인 요구였다. 황자증, 제태 등 자신의 토벌을 종용한 간신들을 물리친 것만으로는 이 싸움이 끝날 수 없다는 것을 통고한 것이다.

분노한 황제가 답장을 보내기를,

연왕과 그의 부하들은 죄를 용서하고 각자 고향으로 돌려보낼 터이니 군대를 해산하라.

그 서신을 연왕에게 가져간 자는 대리소경(大理少卿:지금의 대법원 차관) 설암(薛嵓)이었다.

실제 무장 해제를 위해 동원된 황제의 대군을 등 뒤에 둔 채 설암은 연왕을 만났다.

설암의 임무는 연왕을 굴복시키는 것이었다. 하지만 그는 오히려 연왕의 위엄에 굴복해 황제에게 돌아가 연왕에게 유리한 말을 한다.

연왕의 말에는 거짓이 없습니다. 그의 말대로 숙질 사이를 이간질하는 간신들을 제거하고 동원된 군대를 해산한다면 그는 단신으로도 황상을 뵈러 올 것입니다.

골육상쟁에 지쳐 있던 황제로서는 귀가 솔깃한 이야기였다. 당대의 석학 송렴에게 사사했고 유림(儒林)의 모범으로 모든 사람의 존경을 받던 한림원 시강학사 방효유(方孝孺)를 불러 의견을 구한다.
방효유 말하기를,

설암의 말은 연왕을 위한 변호에 지나지 않습니다. 현혹되시면 안 됩니다.

그리하여 다시 전운(戰雲)이 감도는 오월!
성인학 일행이 연왕을 찾은 때는 바로 그때였다.

"아가씨!"
매섭게 빛나는 눈, 주사처럼 붉은 입술에 붉은 얼굴, 해원을 향해 반갑게 달려오는 자는 연락을 받고 기다리고 있던 근위장 복선이었다.
"황금인형을 찾았다고 들었습니다!"
"찾았어요."
"주군께서 기뻐하실 것입니다!"
복선의 입이 귀밑까지 찢어졌다.

"여기 있어요."

해원이 황금인형이 든 궤를 꺼냈다. 그녀가 궤를 건네주려 하자 복선은 황급히 손사래를 쳤다.

"아니, 아니, 아니, 이 물건은 제가 받을 물건이 아닙니다. 아가씨와 공자 분들께서 주군께 직접 전해주시죠."

"우린 바빠요."

"아무리 바쁘다고 해도… 그냥 보낸다면 주군께서 저를 때려죽이려 하실 것입니다! 자, 자, 이곳으로."

복선이 떠밀듯이 일행을 안내했다. 문서가 산더미처럼 쌓인 집무실이었다.

그곳에서 성인학 일행을 반긴 사람은 연왕의 군사 도연이었다.

"오! 오! 저분이 정서대장군, 저 아가씨께서 무력공주(武力公主)겠군. 말씀 많이 들었소."

도연은 산돌이와 해원을 단번에 알아보았다.

"무력공주라뇨?"

해원은 고개를 갸웃했다.

"주군께서 붙이신 별명입니다. 나 그 아가씨께 맞아 죽을 뻔했어, 하시며."

복선이 웃으며 말했다.

"오! 이 사람은 누구신가? 북검 아니신가!"

뒤에 어물쩍 서 있는 엄등을 향해 도연이 손을 들었다.

엄등은 정색을 했다.

"황금인형을 찾기 위해 많은 사람들이 노력을 했소. 그 사람들 중 나의 공도 적다고 할 수 없지! 사매, 그렇지 아니한가?"

그가 해원을 바라보았다.

"맞아요. 엄 사형의 공도 무척 컸죠. 우리들 중 가장 큰 공을 세웠을 걸요."

해원이 엄지손가락을 치켜세웠다.

엄등은 점잖게 고개를 끄덕였다. 무엇 때문에 노사의 제자들을 여기까지 따라왔던가. 저 한마디를 듣기 위해서가 아니었던가.

황금인형을 훔친다는 것은 생각도 할 수 없는 일! 결국 그가 할 수 있는 일은 죽자고 아부하는 일뿐이었다. 나도 한몫했다고 말해 줘, 애걸복걸, 잉! 잉! 잉!

눈물 징징 흘리며 손이 발이 되도록 아부에 애원을 한 보람이 있어 해원은 엄등의 부탁을 들어주고 있었다.

"뭐, 큰 공까지는… 그러나 보이지 않는 곳에서 묵묵히 일한 사람이 없었다면 오늘과 같은 결과는 있을 수 없지!"

엄등이 늠름하게 자신의 가슴을 쳤다.

"보이지 않는 곳에서 묵묵히 일? 무슨 일?"

"맛있는 술 남 주기 싫어 혼자 먹거나 여염집 여자 목욕하는 것 엿보는 일 같은 건 있었지."

웬만하면 참으려 했는데 하는 꼴이 가관이라 결국 수돌이와 산돌이는 참지 못했다.

엄등의 얼굴이 벌게졌다.

"하하하! 군사, 나는 원래 격식을 좋아하지 않는 사람이라 사제들과 흉허물이 없소. 그렇긴 하지만 사제들, 자리가 자리이니 심한 농담은 좀 삼가주게. 하하! 하! 하!"

그가 땀 비질비질 흘리며 억지 웃음을 흘렸다.

"껄껄껄! 맞아. 복김이야 원래 그런 사람이지. 그런데 저분 공자께
서는……."

도연이 성인학을 바라보았다.

"우리 대사형이에요."

"아하! 고려에는 영걸도 많군."

도연은 한숨을 쉬었다. 그는 척 보는 순간 성인학의 비범함을 확인
했었다.

"주군께서 기다리시겠군. 대공자, 아가씨, 같이 가시지요."

드디어 연왕과의 대면이었다.

"나는 몸이 좀 좋지 않소. 언제 기회가 닿으면 뵈리다."

성인학은 거부했다. 실제 그의 몸은 아직 회복이 되지 않은 상태였
다.

"나도 엉덩이가 좋지 않아서… 언제 기회가 되면 보지."

"나는 자지가 좋지 않아서… 너무 사용하지 않았더니 곰팡이가 슬
어… 언제 기회가 되면 보러 오라고 하지."

머리 숙이고 예의 갖추고… 딱 질색이라 수돌이와 산돌이도 가지 않
겠다고 했다.

도연은 강호인들이 격식 차리는 자리를 얼마나 싫어하는지 안다. 더
이상 권하지 않았다.

"천상 아가씨께서 대표로 가야겠소."

그가 앞장섰다.

"나는 왜 빼누?"

엄둥이 달라붙었다.

"북검은 나중에 뵙게."

도연이 그를 밀쳤다.

"저기, 저… 나 혼자 공을 세웠다고 할 수는 없으니… 도독은, 도독은 좀 염치없고… 부도독, 부도독은… 나중에, 나중에… 아시지요. 잉!"

도연의 귀에 대고 재빨리 말한 후 엄둥은 떨어졌다.

4

"이게 누구신가?"

팔을 벌리며 해원을 맞는 자, 연왕이었다.

"황금인형을 찾았다고? 무력공주께서 가장 큰 나의 소원을 들어주셨군!"

그가 무릎을 치며 좋아라 했다.

"여기 있어요."

해원이 황금인형이 든 궤를 도연에게 건넸다.

도연이 궤를 조심스럽게 받아 연왕에게 가져갔다.

연왕의 표정이 긴장으로 굳어졌다.

그가 궤를 열었다.

울고 있는 아이의 인형, 황금인형!

연왕은 황금인형을 바라보며 한동안 말을 잃었다. 궤를 잡은 그의 손이 가늘게 떨리고 있었다. 눈동자도 뿌옇게 흐려졌다.

그가 떨리는 손으로 조심스럽게 황금인형을 꺼냈다.

그는 갓난아이 안듯 곱게 황금인형을 손에 안은 후 한동안 석상처럼 움직이지 않았다. 그의 눈동자에 물기가 맺혔다.

"사부……."

그가 도연을 불렀다.

주군의 눈물을 볼 수 없어 깊게 머리를 숙이고 있던 도연이 고개를 들었다.

"어떻소? 나를 닮았소?"

연왕의 떨리는 목소리.

도연은 아무 말도 못했다.

"나를 닮았군."

연왕이 고개를 떨구었다.

곤룡포에 방울방울 떨어지고 있는 것! 눈물이 분명했다.

뒤에서 지켜보던 복선은 따라서 눈물을 주르르 흘렸고 도연은 몸 둘 곳을 몰라 안절부절못했다. 해원도 콧등이 찡해 고개를 숙이고 죄없는 탁자만 발로 찼다.

소리 내지는 않았지만 연왕은 어깨까지 들썩이며 울었다. 아, 아! 연왕이여, 그 무엇이 무쇠와 같은 간담을 지닌 그대를 그렇게 울게 하는고?

곤룡포를 흠뻑 적신 후에야 연왕은 고개를 들었다.

"아이야, 아이야, 누가 너를 만들었을꼬?"

그가 멍한 눈빛으로 천장을 바라보며 중얼거렸다.

"어머니……."

그의 눈에 다시 물기가 맺혔다.

목이 메이는지 ‘허헉! 컥!’ 이상한 소리까지 내던 그의 눈빛이 어느 순간 갑자기 변했다.

“개자식들!”

그가 욕을 하며 자리에서 벌떡 일어섰다.

“나는 이제 황금인형을 찾았다! 누구에게도 지지 않을 것이다!”

추상같은 고함, 눈빛도 불덩이처럼 이글거렸다.

“사부! 복선! 똑똑히 들어라! 우리는 웅천부를 점령할 것이다! 그리고 그곳에 나의 깃발을 꽂을 것이다!”

명백한 제위(帝位) 찬탈 선언!

“더 이상의 타협은 없다!”

그가 거친 숨을 삼키며 털썩 의자에 앉았다.

격한 감정을 다스리느라 가쁜 숨을 몰아쉬던 그의 눈에 해원이 보였다.

그가 긴 숨을 쉬며 자세를 바로 했다.

“무력공주, 모두가 찾던 그 물건이 여기 황금인형 안에 있는가?”

“무엇 말이에요?”

“이것!”

연왕이 의자 곁에 둔 종이를 들었다. 황금인형 속에 든 연서의 모사본이었다.

“내가 두려워할 것은 아무것도 없다! 보여다오!”

“있어야 보여주죠.”

“원래 없었다는 말인가?”

“있었죠. 있었지만 필요한 사람이 별로 없을 듯해서 없앴어요.”

"정말인가?"

"믿든 믿지 않든 왕야의 마음이죠."

"뭐?"

연왕이 매서운 눈초리로 해원을 바라보았다. 해원은 '그래 봤자! 내가 겁낼 줄 알고' 하며 눈 떼굴떼굴.

"음······."

깊은 숨을 내쉬며 연왕은 눈을 감았다.

"무엇을 더 바라세요? 그만하면 됐잖아요."

해원이 말했다.

"그래, 네 말이 옳다. 나는 단지… 느끼고 싶었을 뿐이다. 그 그리움의 깊이를······."

연왕은 혼자말로 중얼거렸다.

그가 눈을 떴다.

"생각하니 무력공주에게 고생했다는 말 한마디 아직 하지 않았군. 은혜를 갚아야지. 원하는 게 뭔가?"

"원하는 것을 말하기 전에… 조선에 대한 왕야의 마음을 알고 싶군요."

"조선?"

잠시 생각에 잠겨 있던 연왕이 입을 열었다.

"나는 그곳에 가고 싶다. 하지만 가지 못할 것이다. 해서 평생 그곳을 그리움으로만 기억하겠구나."

"좋아요. 저는 왕야께서 그 마음을 변치 않고 간직해 주셨으면 합니다. 그게 제 소원이에요."

"알았다. 사부!"

연왕이 도연을 불렀다.

"방금 우리가 나눈 말을 들었소?"

"들었습니다."

"조선에 대한 나의 생각이 그와 같소. 잊지 말고 기억하도록!"

"존명."

도연이 머리 숙여 명을 받았다. 조선에 대한 연왕의 기본 외교 정책이 수립되는 순간이었다.

"내 어찌 그곳을 잊으랴?"

연왕이 다시 회상에 잠겼다.

연왕의 조선에 대한 마음! 사실이었다.

연왕이 천하를 통일하고 연호를 영락으로 바꾼 오년 칠월, 황후 서씨가 세상을 떠난다. 그러나 연왕, 영락제는 새로운 황후를 세우지 않았다. 현비 권씨에게 황후를 대신해 육궁(六宮)을 보살피게 했다.

천하 이인자의 자리에 오른 현비 권씨가 바로 공녀로 끌려 갔던 조선의 여인!

이후 현비 권씨는 영락제의 총애를 받던 또 다른 여인 여처서에게 모살을 당하게 되는데, 여처서라는 여인 역시 안타깝게도 조선의 여인.

조선의 여인에 대해 정이 뚝 떨어졌으련만 여처서를 처단한 후에도 영락제가 총애한 여인들은 조선의 여인들이었다. 정윤후의 딸을 사랑했고 후에 여비로 봉한 한씨를 사랑했다.

그 일족들도 후하게 대했으니 다른 민족은 물론 한족(漢族)에게도 보기 드문 일이다.

무엇 때문일까? 과연 그들 조선의 여자들이 다른 나라 여자들보다 총명하고 아름다웠기 때문?

원나라 때도 그 땅 여인들의 명성은 높았으니 그렇게 생각할 수도 있으리라. 그러나 영락제의 경우는 그 정도가 특히 심했으니… 생모(生母)의 고국, 나아가 그곳이 마음의 고향이었기 때문이라고 한들 누가 억측이라 하랴.

그러나 그건 먼 훗날의 일!

"이제 다 끝났죠? 왕야, 전 이만 가보아야겠어요."

해원이 말했다.

"뭐, 벌써 가겠다고? 기다려라. 잔치를 열어주겠다."

"안 돼요. 우린 바빠요."

해원은 고개를 저었다.

"아가씨, 성의를 거절하지 마시오."

도연이 잡았다.

"솔직히 우리는 여행에 지쳐 있어요. 한시라도 빨리 고향으로 돌아가 고향의 땅 냄새를 맡고 싶은 생각밖에 없어요. 아픈 사람도 있잖아요. 마음은 고맙지만 사양하겠습니다."

"저런! 고집을 부리기는. 그냥 보내면 내가 섭섭해서 어쩌누."

연왕은 아쉽다고 했다.

"뭘 어째요. 돈이 들지 않아서 좋지. 왕야, 안녕히 계서요."

붙잡아도 소용없다며 해원은 머리를 꾸벅 숙였다. 그녀가 등을 돌릴 때였다.

"저런! 저런! 버르장머리하고. 알았다. 잡지 않으마. 대신 원하는 것을 다시 말하라. 나는 너를 이대로 보낼 수는 없다."

"다른 소원? 음……."

해원은 볼을 손가락으로 찌르며 잠시 생각했다. 그녀가 '아!' 하며 박수를 쳤다.

"잉아, 나 곧 혼인해요."

"뭐? 어떤 놈이 내 허락도 없이 우리 무력공주를 꼬셨누?"

"대사형이요."

"대사형?"

"주군, 저는 그를 보았습니다. 한 마리의 용입니다."

도연이 말했다.

"맞습니다! 인중지룡(人中之龍), 군계일학(群鷄一鶴)입니다! 아가씨와 딱 어울리는 분입니다!"

복선도 소리쳤다.

"아무렴! 무력공주가 반려자로 찍은 자인데 오죽하겠나."

연왕은 고개를 끄덕였다.

"제 부탁은… 왕야, 우리 산인들은 가난해요. 구리 반지 하나 없이 혼인을 치를까 걱정이 돼요. 해서 혼인 날짜가 잡히면 연락을 드릴 테니 축의금 대신 금반지 두 개 보내주세요."

"그게 부탁이었어? 사부, 청첩장이 날아오면 우리 기둥뿌리 하나 뽑으시오!"

"더 뽑을 기둥이 있는지 모르겠지만… 명이니 받들어야지요."

도연이 웃으며 말했다.

"그나저나 나는 벌써 걱정이군. 용봉(龍鳳)이 만났으니 그들에게서 난 아이들이야… 필경 내 수염을 뽑으려 들 것이다! 껄껄껄! 껄껄껄껄!"

연왕이 호탕하게 웃었다. 해원은 '별소리를 다…' 하며 얼굴을 붉혔고.

다시 요하의 물결이 넘실거리는 곳이었다.

"사형, 사형, 이제 우리 일도 끝났잖소. 한가위 때 꼭 스승님 찾아갈 테니 여기서 이만……."

서둘러 아나를 제 오라비에게 맡기고 달아나야 하는데 성인학이 잡고 놓아주지 않아 미칠 지경이었다.

"사형, 사형, 산돌이의 말이 참으로 옳소. 다 큰 사람들이 일없이 몰려다니면 저 친구들은 직업도 없나 하며 남들이 흉봐요."

명아와 오붓한 시간을 보내야 하는데 지켜보는 객꾼들이 이렇게 많으니… 수돌이도 미칠 지경이었다.

"대사형, 사형들의 말이 옳아요. 사형들도 사형들의 일이 있잖아요. 그만 가라고 하죠."

너희들이 귀찮기는 내가 더 귀찮다! 봄이 한창인 이 산하를 대사형과 단둘이 걷고 싶은 마음은 내가 더하단 말야! 해원도 산돌이와 수돌이가 눈엣가시였다.

"너희들은 당분간 나와 함께 있어야 할 것이다."

"옛?"

성인학의 말에 모두 인상을 찌푸렸다.

"또 다른 일이 있어요?"

해원이 물었다.

"난 생각했다, 왜 스승님이 거짓말까지 해가며 내게 이 일을 맡겼을까 하고."

"일전에 이야기한 적이 있죠."

"내가 그런 놈이었기 때문이다. 세상이 어떻게 돌아가는지, 남들이

어떻게 밥 먹고 사는지 전혀 모르고 검에만 미친! 때문에 스승님께서
는 나에게 특별히 하산(下山)을 명한 거야. 사람 사는 것을 좀 보고 오
라고."

"아하! 그럴 수도 있겠군요."

해원은 고개를 끄덕였다.

"그리고 스승님께서는 내게 이야기를 하고 싶었겠지. 검을 배우는
게 중요한 게 아니다, 검을 어디에 어떻게 쓸 것인가가 더 중요하다!"

"……."

"그렇다. 배우면 배운 만큼 세상에 돌려주어야 한다는 사실, 나는 그
사실을 몰랐던 것이다! 이제 알았으니 실천을 해야지."

"음… 그런 생각을 하고 계셨군요. 중들도 보시행(普施行)이라는 것
을 한다고 하니… 좋죠. 그런데 실천을 어떻게 하겠다는 거예요?"

"사람에게 배우고 사람에게 말한다. 다시 여행이다. 스승님을 뵌 후
천하를 여행할 것이다. 그리고 그 길 위에 선 사람들을 만날 것이다.
해서 나는 나의 검에 심인검보다 더 큰 사람의 생명, 우주의 생명을 담
을 것이다."

심인검을 넘어 활검(活劍)으로! 웅비천하(雄飛天下) 성인학의 새로운
목표였다.

"아하! 여행을 계속하겠다는 게 사형의 생각이었군요. 수돌아, 우리
는 여행을 많이 다녔지?"

"아무렴! 백인백색(百人百色)의 사람들, 백인백색의 생각들을 만났
지!"

사형이 무슨 말을 하는고? 몰랐지만 일단 빠져나오고 봐야 한다는
산돌과 수돌!

"시끄럽다! 네놈들도 나와 함께할 것이다! 돌이켜 보라! 네놈들이 어떻게 행동하고 있었는지! 나라 세우니 어쩌니 장난질이나 하고. 그 칼이 어디에 있어야 하는가를 배울 사람은 정작 너희 놈들이다! 나는 사형으로서 네놈들에 대한 책무를 다할 것이다!"

성인학이 소리쳤다.

"뭔 책무까지. 사형, 포기는 빠를수록 좋아요."

"맞아요. 산돌이 사람 만드는 것보다 검둥개 사람 만드는 게 더 낫다니깐."

고개를 움츠린 채 산돌이와 수돌이가 구시렁거렸다.

"음, 나는 시아주버니의 말씀이 옳다고 봐. 태태왕은 더 배워야 해요."

성인학이 있으면 산돌이 달아날 염려 없으므로 아나는 찬성.

"재미있겠네요, 이번에는 일에 매인 여행도 아니니."

여행의 재미에 푹 빠져 있었고 해원과 아나라는 즐거운 말상대까지 있었으므로 명아도 찬성.

"그런데 대사형… 저기, 저… 여행을 가면… 우리, 우리의 일은……."

"혼인부터 하자."

쾌도난마(快刀亂麻) 성인학의 일언(一言)! 장자영에 대한 헛된 생각을 지우기 위해서도 필요했다.

'아호!'

해원은 속으로 환호했다.

"그래요! 대사형, 여행을 떠나요! 곤륜산에 올라 봉황이 춤추는 것을 보고 북명에서는 산만한 고래를 봐요! 서국의 거인들과 마법사들을 만나고 종일 비가 내린다는 그곳에서는 가지가 하늘 끝까지 닿은 나무를 보는 거예요! 떠나요, 떠나는 거예요!"

그녀가 신이 나서 소리쳤다.

"내가 놀러 간다고 하던? 이러니 내가 너를 믿지 못하지."

성인학은 눈살을 찌푸렸다.

"무슨 상관이에요!"

해원은 가슴을 폈다.

그들 여행의 끝은 새로운 여행의 시작!

그 여행도 즐겁기를 바란다며, 고구려인들이 말을 달리던 벌판에 상쾌한 바람이 불었다.

〈終〉

후기(後記)

　연왕의 생모(生母) 공비 운운이 사실인지를 묻는 분이 있다. 야사(野史)에 분명 있는 이야기이고 사실로 거의 인정되고 있는 이야기이다. 나의 잘난 상상력의 소산만은 아니라는 사실을 밝혀둔다.
　그럼 북풍회주 운운은?
　독자들의 판단에 맡긴다. 나의 개인적인 견해로는,
　영락제의 초상화를 본 적이 있다. 제 아비 주원장과는 판이하게 다른, 우리에게 너무도 친숙한 얼굴. 나는 영락제의 그 초상화에서 황금인형의 모티브를 잡았다는 사실을 이 자리를 빌어 밝힌다.

　대미(大尾)를 찍고 나면 남는 것은 아쉬움뿐이다. 황금인형 역시 마찬가지.
　장자영, 현헌, 집정대사도.
　멋지게 그려내고 싶었다. 하지만 과욕은 화를 부른다는 뼈저린 경험을 한 바 있어 아쉬움을 참고 그들의 지면을 노사의 제자들에게 돌렸다.
　특히 현헌과 집정대사도에 대해 아쉬움이 많이 남는데 내가 그들에게서 보고자 한 것은 마인(魔人)이 되어가는 과정, 마공(魔功)이나 약물이 아니라 인생유전, 심리 변화를 통해 마인이 되는 과정을 그려내고 싶었다.
　그러나 말한 대로 실없이 이야기만 길어질 것 같아 접었다. 이 원한은 '대마인(大魔人)' 이라는 화두로 언젠가는 풀고 말리라.

　모든 독자들의 찬사를 받는다는 건 바라지도 않는다. 내 글에 관심있어하는 분들조차 각자의 생각에 따라 좋아하는 내 글들이 각기 다른데…

황금인형에 대한 비판을 겸허하게 수용한다. 하지만 이전에 그랬던 것처럼 내가 쓰고 싶은 글, 내가 이야기하고 싶은 글을 쓰리란 건 변하지 않으리라.

지금 새로운 사람을 만났다.

나는 그의 이야기도 열심히 쓸 것이다.

산맥처럼! 우레처럼!

그와의 만남도 즐거운 만남이 되기를 바라며,

모두 건강하시기를.

장경.

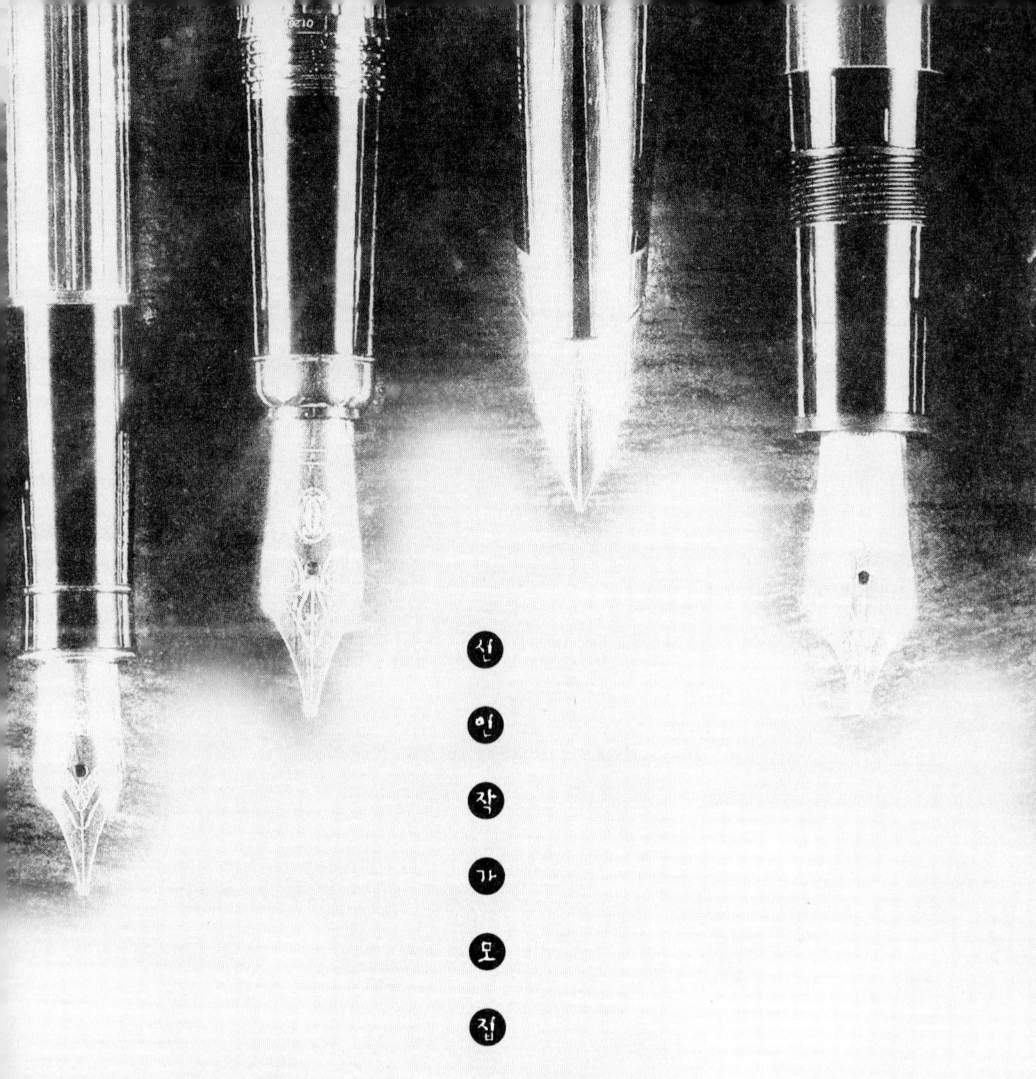